ISABEL MORF

Jahrhundertschnee

EISKALTE SPANNUNG Die fünfundsiebzigjährige Renate Ingold wird erstochen in ihrem Bett gefunden. Bei ihren Nachbarn war sie nicht sehr beliebt, da sie zu (fast) allen unfreundlich war und sich dauernd beschwerte. Wegen extremen Schneefalls hatte in dieser Nacht niemand das Haus verlassen oder betreten können, also muss ein Hausbewohner sie ermordet haben. Beat Streiff, der bei seiner Freundin Valerie Gut, die in dem Haus wohnt, eine Grippe auskuriert, beginnt Vorermittlungen anzustellen. Ein Notizheft, das er in der Wohnung des Opfers findet, beweist ihm, dass die alte Frau allerhand Privates, Unerfreuliches und Peinliches wusste von ihren Nachbarn. Jemand hat das nicht mehr ausgehalten und die Frau deswegen umgebracht. Aber wer? Oder gibt es doch ein anderes Mordmotiv? Die Spannung steigt ins Unerträgliche, als Aline Behrend plötzlich nicht mehr aufzufinden ist. Hat sie sich ins Schneetreiben gestürzt? Glücklicherweise taucht sie wieder auf. Aber dann geschieht ein zweiter Mord.

Isabel Morf wurde 1957 in Graubünden geboren und verbrachte ihre Kindheit im Glarnerland und im Aargau. Sie studierte Germanistik in Zürich und Wien und schrieb einige Jahre als freie Journalistin für verschiedene Zeitungen und Sachbuchverlage. Heute arbeitet sie als Protokollführerin und Online-Redaktorin für das eidgenössische Parlament in Bern. Ihr zweiter Krimi Satzfetzen *ist in den Parlamentsdiensten des Zürcher Kantonsrates angesiedelt und verrät einiges über das reale Arbeitsleben der Autorin. Ihr erster Krimi* Schrottreif *spielt im Fahrradmilieu, obwohl Isabel Morf kein richtiger Velofan ist. Das dritte Buch* Katzenbach *erzählt eine tragische Familiengeschichte – und in Sachen Familie sind wir ja alle irgendwie Experten.*

Website der Autorin: www.isabelmorf.ch

Bisherige Veröffentlichungen im Gmeiner-Verlag:
Katzenbach (2012)
Satzfetzen (2011)
Schrottreif (2009)

ISABEL MORF

Jahrhundertschnee

Kriminalroman

Besuchen Sie uns im Internet:
www.gmeiner-verlag.de

Im Ehnried 5, 88605 Meßkirch
Telefon 0 75 75 / 20 95 - 0
info@gmeiner-verlag.de

1. Auflage 2014

Lektorat: Claudia Senghaas, Kirchardt
Herstellung: Mirjam Hecht
Umschlaggestaltung: U.O.R.G. Lutz Eberle, Stuttgart
unter Verwendung eines Fotos von: © aremac / photocase.de
Druck: GGP Media GmbH, Pößneck
Printed in Germany
ISBN 978-3-8392-1608-8

Personen und Handlung sind frei erfunden.
Ähnlichkeiten mit lebenden oder toten Personen
sind rein zufällig und nicht beabsichtigt.

DER ERSTE TAG: DIE TOTE FRAU

Hätte er es sehen müssen? Es war dunkel draußen, die Glasscheibe der Haustür widerspiegelte das Treppenhaus, seine eigene Gestalt, die hinunterkam. Zudem war er etwas verschlafen und mit seinen Gedanken doch schon halb bei der Arbeit. Während er die Tür aufmachte, warf er einen flüchtigen Blick auf das Anschlagbrett rechts davon, auf dem die Hausverwaltung eine Überholung der Waschmaschine ankündigte – und dann fuhr er zusammen, weil kalter Schneestaub ihm ins Gesicht fiel. Dann prallte sein Kopf gegen die Wand vor ihm. Ein erschrockener Laut entfuhr ihm. Er trat einen halben Schritt zurück und starrte ungläubig. Dann berührte er die Wand. Schnee. Dicht vor der Haustür erhob sich eine Mauer aus Schnee. Bis zuoberst. Er trat mit dem Fuß nach ihr, boxte hinein. Das war keine dünne Schicht, sondern dick und solide. Er eilte eine Etage höher, öffnete das Treppenhausfenster und spähte durch die Gitterstäbe. Der Schnee reichte bis hier. Es mussten fast drei Meter sein. Die Bäume am Straßenrand boten einen grotesken Anblick. Aus sehr kurzen Stämmen erhoben sich die kahlen Kronen. Wo normalerweise die Straße und das Trottoir waren, war nichts als eine Schneefläche, die ganze Straße hinauf und hinunter, so weit er sehen konnte. Keine Fußabdrücke. Keine Menschen. Kein Geräusch. Lajos Varga schloss das Fenster und ging langsam hinauf. Er wischte sich den Schnee von der Stirn.

Er hörte das Öffnen und Schließen einer Tür, eilige Schritte. Seine Nachbarin Janine Bianchera kam ihm entgegen. Sie arbeitete als Kellnerin in einem Café und hatte heute offenbar Frühschicht. Er schüttelte langsam den Kopf. »Sie können nicht zur Arbeit gehen, Frau Bianchera«, sagte er.

Sie hörte nur halb zu. »Guten Morgen, Herr Varga, ich bin in Eile.« Schon war sie an ihm vorbei. Er folgte ihr. »Sie können nicht hinaus«, sagte er eindringlich. Oder spinne ich?, fuhr es ihm durch den Kopf. Das kann doch eigentlich gar nicht sein, so viel Schnee, in Zürich. Aber da hatte sie es schon selbst gemerkt. Sie schrie auf. »Was ist denn das?«

»Schnee«, sagte er hilflos. »Schnee bis übers Erdgeschoss hinaus.«

Sie starrte ihn an. »Wie ist das denn möglich? Gestern Nachmittag war es ein Meter. Das ist ja schon viel, aber das hätte man doch räumen können. Salzen, Kies streuen, irgendetwas. Ich sollte doch das Café aufmachen. Rubina muss in einer Stunde zur Schule.«

»Wahrscheinlich kommen heute Morgen keine Gäste ins Café«, sagte Lajos, »und die Schulen sind wohl auch geschlossen. Das Beste ist, wir gehen zurück und hören Radio.«

»Aber das geht doch nicht«, stotterte die Frau. »Irgendwer muss kommen. Die Armee, die Polizei, das Grenzwachtkorps.«

»Oder die Amerikaner«, kommentierte Lajos Varga sarkastisch und ging hinauf.

Luca Oertle tappte in die Küche. Er war schlecht gelaunt wie immer am Dienstagmorgen, wenn er schon vor acht an der Uni sein musste. Er schaltete die Kaffeemaschine ein, holte aus dem Kühlschrank ein Joghurt und machte das Radio an. Ein bisschen gute Musik würde ihn wecken. Schon war das Stück zu Ende. Nachrichten. »Ausnahmezustand in Zürich und in Teilen des Mittellandes«, hörte er, »außergewöhnlich heftiger Schneefall, zwei bis drei Meter Schnee«. Am stärksten hatte es den Kanton Zürich getroffen, aber auch Teile des Aargaus und von Zug. Was? Luca riss das Fenster auf. Wahnsinn. Auch ihm bot sich die schweigende kalte Schneelandschaft dar wie eine halbe Stunde zuvor Lajos Varga. »… Jahrhundertschnee. Das öffentliche Leben vollständig zum Erliegen gekommen«, hörte er die Radiostimme hinter sich. »Verkehr, Schulen, Geschäfte, Restaurants, Firmen – alles geschlossen.« Die Uni wohl auch, ging es Luca durch den Kopf. »Schneeräumung bis auf weiteres nicht möglich. Die Bevölkerung wird dringend gebeten, ihre Häuser nicht zu verlassen.«

Puh. Luca setzte sich an den Küchentisch und löffelte mechanisch sein Joghurt. Er war ein gut aussehender Mann von Ende zwanzig. Sein Gesicht war leicht gebräunt, dunkle Locken fielen ihm ins Gesicht. Er wusste, dass er attraktiv war, aber im Moment dachte er nicht an sich. Er merkte nicht einmal, dass er ein Aprikosen- statt eines Haselnussjoghurts erwischt hatte. Nochmals ins Bett? Nein, jetzt war er wach. Zeitung holen? Quatsch, Zeitung gab es wohl heute nicht. Er hörte leise Schritte, die Tür ging auf, Aline tappte herein, in ihren graugrünen Morgenmantel gehüllt. Scheußliches Ding, dachte Luca. Aber leider passte er zu Aline. Sie war blass, ihre Haare ungekämmt, neben der Nase hatte sie einen roten Pickel. Eigentlich musste sie einem leidtun, aber häufig fühlte sich Luca nur genervt von ihr.

Er stellte sich vor sie hin. »Jetzt ist es passiert«, rief er dramatisch, »jetzt bist du die Gefangene der Bristenstraße. Für dich gibt es kein Entkommen mehr!«

Sie fuhr zusammen, der Schrecken auf ihrem Gesicht war echt. »Was ist los?«, rief sie.

Er fühlte sich bereits gelangweilt. »Schau aus dem Fenster«, gab er kurz zurück, holte vom Regal eine Tasse und nahm sich einen Kaffee.

Aline schloss das Fenster. »Und wir sind wirklich eingeschlossen?«, fragte sie. »Wir können nicht hinaus?«

»Wirklich und wahrhaftig eingeschlossen«, bestätigte Luca boshaft. »Auf Gedeih und Verderb dem Winter ausgeliefert.«

Aline lief hinaus. »Carsten«, hörte er sie rufen.

Er verdrehte die Augen. Aline war Carstens jüngere Schwester, die vor Kurzem in München ihr Abitur gemacht hatte. Seit zehn Tagen schon war sie bei ihnen auf Besuch, schlief im Wohnzimmer, hockte mager und deprimiert und krankhaft schüchtern in der Küche, versuchte gleichsam, gar nicht da zu sein und nahm gerade dadurch sehr viel Raum ein. Seraina war nett zu ihr. Sie übte wohl schon für die Zukunft, in der sie in irgendeinem Bündner Bergdorf eine Hausarztpraxis führen würde und verknorzte Dorforiginale zu verarzten hätte, dachte Luca. Er hatte jedenfalls keine Lust, Sozialarbeiter zu spielen. Im Lokalradio lief eine Sonderberichterstattung zum Wetter. »Ausnahmezustand kann mehrere Tage andauern«, hörte Luca. Die Schneeräumungsdienste seien heillos überfordert, weil weite Teile des Mittellandes vollkommen zugeschneit seien. Ein Armee-Einsatz werde erwogen. Nur, dachte Luca spöttisch, dass die Soldaten wohl auch nicht aus ihren Wohnungen ausrücken konnten. Eine CVP-Politikerin wies darauf hin, dass der Mensch eben nicht alles im Griff hatte, dass man sich jetzt bewähren müsse. Offenbar war das ein Telefoninterview mit mehreren Zürcher Politikern. Jetzt meldete sich ein Grüner, der den Atomausstieg und die Klimaveränderung ins Feld führte. Unterbrochen wurde er von einem SVP-Mann, der höhnisch sagte, was Klimaveränderung? Dann müsste es ja warm sein. Es habe immer schon Wetterextreme gegeben. Siebzehnhundertsowieso habe es im Juli geschneit. Der Moderator wandte sich an eine FDP-Frau, die erklärte, man müsse jetzt vernünftig bleiben und die paar Tage halt aushalten. Mehrere Tage? Luca riss den Schrank auf, in dem die Lebensmittel aufbewahrt wurden. Immerhin. Einige Pakete Spaghetti und Risottoreis. Pelati und andere Konserven. Zwei Kilo Brot. Im Kühlschrank drei volle Milchpackungen, eine Reihe von Joghurts, zwei Plastiktüten mit Chicorée und ein Kilogramm Karotten. Im unteren Fach ein großes Stück Käse, mindestens ein Pfund, und einige Würstchen. In der Obstschale auf dem Tisch ein Berg Orangen und Äpfel. Hatte also gestern jemand einen Großeinkauf gemacht. Na, er wars nicht gewesen. Vermutlich Seraina. Die WG-Mama. Nein, da tat er ihr Unrecht. Seraina war in Ordnung. Sie sah gut aus mit ihren rotblonden Locken und sie hatte so einen gewissen Berglercharme. Ganz zu Anfang hatte Luca abgecheckt, ob er bei ihr landen könnte. Nix zu machen. Sie hatte ihn bloß ausgelacht, aber fröhlich, nicht herablassend. Einige Tage würden sie also überleben können. Und sonst gabs ja noch die Nachbarn.

Raffaela Zweifel stand im Bad, in einen seidenen lila Morgenmantel gehüllt und tuschte sich die Wimpern. Sie betrachtete sich verdrossen im Spiegel. »Ich sehe furchtbar aus«, murmelte sie.

»Unsinn.« Fridolin Heer, der hinter sie getreten war, küsste sie auf den Nacken. »Du siehst super aus, wie immer. Vielleicht ein bisschen unausgeschlafen. Dabei bist du doch gestern früh zu Bett gegangen.«

»Ich fühle mich, als ob ich gestern Abend zu viel getrunken hätte«, sagte sie, »schwerer Kopf, verklebte Augen.«

»Schlaf doch noch ein bisschen«, riet er.

»Unsinn, ich muss zur Arbeit.«

Fridolin schüttelte bedächtig den Kopf. »Musst du heute nicht. Ebenso wenig wie ich – und alle anderen Bewohner dieser Stadt und über die Stadt hinaus.«

»Soviel ich weiß, haben wir heute weder den 1. Mai noch den 1. August.«

»Du hast noch nicht Radio gehört, meine Schöne. Drei Meter Schnee. Schau es dir an.«

»Was? Das ist doch nicht möglich. Immer deine Witze!« Raffaela eilte zum Fenster, öffnete es und schaute hinaus. »Wahnsinn!«

Sie griff nach dem Telefon und rief in ihrer Firma an. Nur der Beantworter meldete sich. Dann versuchte sie es bei einer Arbeitskollegin, die im Stadtviertel Wollishofen, auf der anderen Seite der Stadt, wohnte. Dort war die Situation genau gleich. Mindestens zweieinhalb Meter Schnee. Keine Chance hinauszukommen.

Ich trinke eine Tasse Tee, und dann lege ich mich nochmals hin, beschloss Raffaela. Ich habe wirklich nicht gut geschlafen. Fridolin küsste ihre Schulter. »Gute Idee«, murmelte er.

Auch Janine Biànchera hatte weder im Café, in dem sie arbeitete, noch an Rubinas Schule jemanden erreicht. Rubina kaute am letzten Bissen Butterbrot. »Da hätte ich ja gar nicht aufstehen müssen«, brummelte sie missmutig. Rubina war, dachte die Mutter, entschieden ein Nachtmensch. Wie wohl die allermeisten Dreizehnjährigen.

»Da du nun schon mal wach und auf bist, mach das Beste draus«, riet Janine. »Klemm dich hinter die Französischwörter. Du warst noch gar nicht sattelfest, als ich dich gestern abgefragt habe. Und für die Prüfung in Geschichte, die ihr übermorgen schreibt, könntest du auch lernen.«

Rubina verdrehte die Augen. »Okay«, murmelte sie seufzend und zog ab. Janine verzichtete darauf, sie darauf hinzuweisen, dass sie ihr Frühstücksgeschirr noch abräumen könnte. Das würde doch nur Streit geben. Es würde wohl heute ohnehin irgendwann Streit geben, wenn sie beide den ganzen Tag zusammen in der Wohnung waren, aber es musste ja nicht unbedingt schon am frühen Morgen sein. Rubina. Janine liebte ihre Tochter, aber einfach hatten sie es nie gehabt miteinander. Als kleines Mädchen hatte Rubina sehr an ihrem Vater gehangen. Es hatte ihr sehr zu schaffen gemacht, als Janine und Mario sich getrennt hatten, und Marios Tod, als Rubina acht gewesen war, war für das Mädchen ein schrecklicher Schlag und für die Beziehung zwischen Mutter und Tochter eine harte Belastungsprobe gewesen. Rubina hatte lange gebraucht, um einigermaßen über den Verlust ihres Vaters hinwegzukommen und wieder ein bisschen Lebensfreude zu finden. Und ich konnte ihr dabei nicht helfen, dessen war sich Janine bewusst. Sie hatte aufgehört, sich deswegen Vorwürfe zu machen. Sie hatten dann zwei recht friedliche, gute Jahre miteinander verlebt, aber seit Rubina langsam in die Pubertät kam, wurde es wieder schwieriger. Als Janine ihr kürzlich nicht erlaubt hatte, den ganzen Samstagnachmittag zusammen mit Freundinnen in Kaufhäusern an der Bahnhofstrasse zu vertrödeln, hatte Rubina plötzlich aufgestampft – tatsächlich, aufgestampft – und gerufen: »Papa würde es mir erlauben!«

Es war besser, gar nicht mehr an diese Szene zu denken. Janine war so wütend geworden, dass sie dem Mädchen am liebsten eine heruntergehauen hätte. Sie konnte sich gerade noch davor zurückhalten zu schreien: »Dann geh doch zu deinem Papa!« So weit darf es nie kommen, dass ich mich vergesse, schwor sie sich. Sie gestand sich ein, dass Rubinas unbeherrschter Ausruf sie eifersüchtig gemacht hatte. Eifersüchtig auf einen Toten. Sie schämte sich. Aber Rubina und sie waren so verschieden, sie hatten nie die enge, vertraute Beziehung gehabt, die Janine sich gewünscht hatte. Ihre Tochter sah ihr schon äußerlich gar nicht ähnlich. Sie war nach Mario geraten mit ihrer gebräunten Haut, den dunklen Augen, den schwarzen Haaren und dem rundlichen Gesicht. Eine Italienerin. Sie hatte nach dem Tod ihres Vaters ihr Italienisch nicht vergessen, hatte sich in der Schule mit einem italienischen Mädchen angefreundet, sich auf Geburtstag und Weihnachten italienische Kinderbücher, DVD und Hörbücher gewünscht. Sie konnte die Sprache ihres Vaters fließend. Wenn sie zusammen Ferien in Italien verbrachten, merkte Janine, dass die Kleine sich ihr überlegen fühlte, wenn sie in Restaurants oder Läden ihr klägliches Italienisch hervorkramte und die kleine Tochter ihr über den Mund fuhr, schnell und perlend erklärte, was die Mama hatte sagen wollen und ihr dann die Antwort etwas gönnerhaft übersetzte.

Schluss jetzt, befahl sich Janine. Wenn ich schon mal unter der Woche frei habe, kann ich mir den Kühlschrank vornehmen, nötig hat er es. Sie schaltete das Radio ein und begann, den Kühlschrank auszuräumen. Sie lenkte ihre Gedanken auf das Wetter. Die Prognosen stimmten sie nicht zuversichtlich. Es schneite weiter, es würde weiterschneien, ein Ende war offenbar nicht abzusehen. Einen Moment lang hatte sie Angst. Es könnte eine Naturkatastrophe werden. Wenn die Heizungen ausfielen, könnte es gefährlich werden, sie könnten erfrieren. Nein, sagte sie sich, so schlimm wird es nicht werden. Wir sind immer noch mitten in der Zivilisation, in der Schweiz, in der Stadt Zürich. Sie öffnete den Schrank mit den Lebensmittelvorräten. Doch, einige Tage würde es reichen. Teigwaren, Reis, Gemüsekonserven, Knäckebrot. In der Gefrierschublade lagerten Fleisch, eine Packung Fischfilets und Eis. Und vorgestern hatte sie zwei Kilo Orangen und ein großes Stück Kürbis gekauft.

Patrick Freuler blinzelte verschlafen. Der Wecker sagte ihm in grün leuchtenden Zahlen, dass es Viertel nach acht war. Warum war es dann noch stockdunkel? Er setzte sich abrupt auf. Warum war es überhaupt stockdunkel? Zumindest den Schein der Straßenlaterne hätte er doch wahrnehmen müssen. Über Nacht erblindet war er nicht, sonst hätte er die Uhrzeit auf dem Wecker nicht gesehen. Was war denn da los? Er ging hinaus in die Küche. Auch dort: stockfinster. Ebenso im Wohnzimmer und im Büro. Patrick schlüpfte in den Morgenmantel und ging ins Treppenhaus. Ein paar Stufen hinunter, die Tür aufgerissen – ihm bot sich der gleiche Anblick wie Lajos Varga anderthalb Stunden vorher. »Verdammt«, rief er verblüfft aus. Er eilte hinauf in den ersten Stock, schaute dort durchs Treppenhausfenster. »Zugeschneit«, murmelte er, den Kopf schüttelnd, »komplett zugeschneit. In Zürich.« Langsam ging er wieder hinunter in seine Wohnung. Er machte das Radio an, duschte, zog sich an, schaltete die Kaffeemaschine ein. »Mehrere Tage«, hörte er aus der Nachrichtensendung. Ich werde verhungern, dachte er. Er brauchte seine Vorräte gar nicht zu checken, es gab keine. In der Brotbüchse fand er ein vertrocknetes Croissant von gestern, das er lustlos aß. Ich muss mich bei der WG anhängen, dachte er, oder bei Valerie. Das ist ja kein Leben, tagelang so im Finsteren. Seine Nachbarin vom gleichen Stock kam ihm in den Sinn. Der wird's auch nicht besser gehen. Zumindest kann sie für diese Übeltat nicht jemandem vom Haus die Schuld geben, überlegte er ein bisschen boshaft und grinste. Vermutlich schlief sie noch. Patrick fuhr sich durchs Haar. Er trug seinen hellbraunen Schopf kurz geschnitten und es war ihm anzusehen, dass er in zehn Jahren vermutlich schon fast eine Glatze haben würde. Aber das kümmerte ihn nicht. Er hielt sich ohnehin nicht für besonders gut aussehend mit seinem breiten Gesicht und der etwas zu groß geratenen Nase.

Beat Streiff schlug die Augen auf. Er gähnte und streckte sich. Valerie kam ins Schlafzimmer. »Na?«, fragte sie.

»Ich glaube, es geht mir besser«, sagte er.

Sie kam zum Bett, küsste ihn auf die Stirn und schob ihm den Fiebermesser unter den Arm. »Mal schauen, wie deine Temperatur ist. Wie hast du denn geschlafen?«

»Jedenfalls habe ich geschlafen«, meinte er.

»Du warst viel ruhiger als die Nächte zuvor«, bestätigte sie. »Noch vorletzte Nacht hast du dich nur herumgewälzt.«

»Wird auch Zeit«, brummte er. »Macht keinen Spaß, so eine blöde Grippe.«

Beat Streiff war selten krank. Er war Kommissar bei der Stadtpolizei Zürich, zuständig für schwere Verbrechen wie Tötungsdelikte. Er war ständig auf Achse, nicht selten auch nachts oder am Wochenende. Aber in diesem Februar hatte es ihn doch erwischt. Ausgerechnet an einem Freitagabend, als er früh Schluss machte, um einen gemütlichen Abend bei Valerie zu verbringen, hatte er sich unversehens miserabel gefühlt, innert kürzester Zeit Halsschmerzen und recht hohes Fieber gehabt. Valerie hatte ihn ins Bett gepackt und ihm Tee gekocht, den er, zu kaputt, um sich zu sträuben, brav getrunken hatte.

Das Fieberthermometer piepste. Valerie griff danach: »Nur 37,1«, verkündete sie, »fast normal.«

»Ja dann«, Beat setzte sich auf, »wird's Zeit, mich wieder mal im Büro zu zeigen.« Er stand auf, schwankte leicht und musste sich gleich wieder setzen.

»Oh, offenbar noch nicht ganz wiederhergestellt«, brummte er. »Mir ist gleich schwindlig geworden.«

»Ja, eben«, protestierte Valerie energisch, »du bist noch viel zu schwach, um arbeiten zu gehen. Mindestens noch zwei Tage bleibst du hier. Wenn es dir wirklich besser geht, machen wir heute Nachmittag einen kleinen Spaziergang, eine Viertelstunde, nicht mehr.«

Beat erhob sich nochmals, diesmal vorsichtiger. »Wenigstens duschen will ich«, sagte er, »und danach einen Kaffee trinken. Mit diesem Kräuterteezeugs ist jetzt Schluss.«

Es klingelte. »Wer kann denn das sein, so früh?«, fragte sich Valerie. Sie ging zur Tür. Draußen stand ihre Nachbarin, die alte Frau Meyer.

»Haben Sie es schon gesehen?«, fragte sie ängstlich.

»Was denn?«, fragte Valerie zurück.

»Den Schnee«, sagte Frau Meyer.

»Ich weiß schon, dass es Schnee hat«, erwiderte Valerie etwas unsicher. Was wollte die Frau nur? Es hatte ja schon seit zwei Wochen ordentlich Schnee in der Stadt.

»Nein, ich meine, wie viel Schnee es jetzt hat«, versuchte die alte Frau zu erklären. Valerie ging zum Fenster. Frau Meyer folgte ihr und deutete nach unten. »Das ganze Erdgeschoss ist zugeschneit«, sagte sie. »Wir können nicht aus dem Haus. Sie haben es im Radio gesagt.«

Hm. Tatsächlich, stellte Valerie fest, als sie sich aus dem Fenster lehnte. Verrückt. So viel Schnee gab es doch sonst nur in den Bergen. Irgendwie spannend.

»Ich hätte doch heute einen Arzttermin«, sagte Frau Meyer aufgeregt, »ich habe angerufen, aber niemand meldete sich.«

»Ihr Arzt ist vermutlich auch zu Hause und kann nicht hinaus«, meinte Valerie, »machen Sie sich deswegen keine Sorgen. Es bleibt uns allen wohl nichts anderes übrig, als daheim zu bleiben. Für mich kein Problem, da ich eh eine Woche Ferien genommen habe. Im Februar kaufen die Leute keine Fahrräder.« Valerie führte das Fahrradgeschäft *FahrGut* bei der Schmiede Wiedikon.

Frau Meyer nickte.

»Haben Sie alles, was Sie brauchen?«, fragte Valerie. »Genügend zu essen, zu trinken und so weiter?«

»Ja, ich habe alles. Es ist nur ein bisschen unheimlich.« Die Frau schaute sie mit großen Augen an.

»Nein, nein«, beschwichtigte Valerie, »gefährlich ist das sicher nicht. Wir müssen einfach abwarten, bis die

Schneeräumungswagen wieder durchkommen. Wenn was ist, kommen Sie ruhig.«

Die alte Frau ging zur Tür. Die Badezimmertür ging auf und Beat Streiff erschien, in ein großes Handtuch gewickelt. Er brummte einen Gruß und verschwand im Schlafzimmer.

»Ach, Ihr Freund ist da!« Frau Meyer schien das zu beruhigen. »Dann ist wenigstens ein Polizist im Haus.« Valerie wusste nicht so recht, was ein Polizist zur Wetterberuhigung beitragen könnte, aber sie sagte nichts.

»Sie ging zu Beat ins Schlafzimmer. Er war daran, sich anzuziehen. »Bad news«, erklärte sie, »kein Spaziergang heute Nachmittag.« Er schaute sie fragend an.

»Jahrhundertschnee.«

»Was?«

»Schau aus dem Fenster!«

»Wow!« Ein erschrockener Laut entfuhr ihm. »Das gibt's doch nicht, das ist ja verrückt. Aber das war nicht das ganze Wochenende so?«

»Nein. Aber es hat halt stetig vor sich hingeschneit. Du hast das gar nicht bemerkt, weil du die meiste Zeit ziemlich weggetreten warst. Gestern war es ein Meter, und die große Menge kam in den letzten zwölf, vierzehn Stunden. Jetzt ist es so viel, dass keine Räumungsfahrzeuge mehr ausrücken können.«

Er schüttelte fassungslos den Kopf. »Ich muss im Büro anrufen.«

»Viel wirst du dort nicht erreichen. Vielleicht sollte ich mal bei den anderen Nachbarn klingeln gehen«, überlegte sie. »Schauen, ob alle okay sind und genügend Vorräte für ein paar Tage haben.«

»Die Frau im Erdgeschoss sicher«, grinste Beat.

Ja, Renate Ingold, eine ältere Frau, hatte bestimmt Essensvorräte. Sie war eine unzugängliche Person, deren Kontakte mit den Hausbewohnern sich in Reklamationen erschöpften. Aber sie musste eine begnadete Köchin sein. Zweimal pro Tag stiegen aus ihrer Wohnung die verführerischsten Essensdüfte im Treppenhaus hoch. Sie hatte niemals Besuch zum Essen, sie kochte und aß ganz für sich allein.

Eine Stunde später waren fast alle Hausbewohner im Treppenhaus versammelt, vor der Wohnung der Wohngemeinschaft. Patrick Freuler und Raffaela Zweifel und Fridolin Heer waren diejenigen, die am wenigsten für Notzeiten vorgesorgt hatten. »Du kannst in diesen Tagen bei uns essen« bot Seraina Patrick an, während Csilla Varga das Paar vom zweiten Stock zum Mittagessen einlud.

»Heute Abend könnten wir alle bei uns essen«, schlug Seraina vor, »wir haben massenhaft Spaghetti und Fertigsaucen, und Reibkäse ist auch mehr als genug im Kühlschrank. – Aber wo sind denn unsere älteren Ladys?«, fragte sie.

»Frau Meyer ist okay«, meldete Valerie, »ein bisschen ängstlich, aber versorgt mit allem, was sie braucht. Und sehr beruhigt über die Anwesenheit eines Polizisten im Haus.«

Luca murmelte spöttisch etwas von »Freund und Helfer«.

»Aber was ist mit Frau Ingold?«, erkundigte sich Csilla Varga. Sie schnupperte. »Um diese Zeit müsste man doch schon langsam ihr Mittagessen riechen. Sie kocht ja häufig Gerichte, die sie endlos lange schmoren lässt.«

Valerie und sie gingen ins Erdgeschoss hinunter und klingelten. Nichts war zu hören. Sie klingelten nochmals. Nichts. »Ob sie weg ist?«, fragte Valerie.

»Nein«, sagte Csilla, »wir haben gestern Abend ihren Fernseher gehört. Sie geht ja abends kaum weg.«

Valerie klopfte. Nichts. »Frau Ingold«, rief sie. Die beiden Frauen schauten sich an. Dann drückte Valerie die Türfalle hinunter. Die Wohnungstür ging auf.

»Sie schließt doch immer ab«, murmelte Csilla ratlos.

»Frau Ingold«, rief Valerie nochmals, dann betraten sie die Wohnung.

Csilla verdrehte die Augen. »Peinlich«, flüsterte sie, »wahrscheinlich schläft sie heute länger.« Sie warfen einen Blick in die leere, aufgeräumte Küche, dann ins Wohnzimmer mit seiner behäbigen Polstergruppe, dem großen Fernsehapparat und der dunklen Wohnwand. Auch im Esszimmer war niemand. Sechs Stühle standen um den runden Esstisch, an der Wand stand ein riesiger Geschirrschrank. Und das alles für eine einzige Person, ging es Valerie durch den Kopf.

»Wir müssen im Schlafzimmer nachschauen« sagte sie zu Csilla, »vielleicht ist sie krank.« Csilla nickte und folgte ihr. Leise öffnete Valerie die Schlafzimmertür. »Frau Ingold«, rief sie leise. Dann hielt sie erschrocken den Atem an. Rasch ging sie zum Bett der alten Frau. Sie lag darin, ihre Augen waren geöffnet und auch ihr Mund stand leicht offen. Aber sie sah nichts und sie würde nie mehr etwas sagen. Renate Ingold war tot. Csilla entfuhr ein entsetzter Laut. Valerie schlug die Bettdecke etwas zurück und sie sahen Blut auf der Höhe ihrer Brust.

»Sie ist tot«, flüsterte Csilla. »Hatte sie einen Herzinfarkt?«

»Nein«, sagte Valerie, »das war kein natürlicher Tod. Ich hole Beat.«

Im Flur hing ein Schlüsselbrett, von dem Valerie einen Hausschlüssel nahm, mit dem sie die Wohnung abschloss. »Wie schrecklich«, brach es aus Csilla Varga heraus, »was ist denn da passiert?«

»Ich glaube, sie ist erstochen worden«, murmelte Valerie.

»Die Kinder«, rief Csilla Varga in Panik, »sie dürfen es nicht erfahren!«

»Ruhig, Frau Varga«, Valerie reagierte automatisch. Noch ließ sie keine Gefühle an sich heran, keinen Schrecken, keine Angst. »Gehen Sie in Ihre Wohnung, bleiben Sie bei Ihren Kindern. Beat Streiff wird sich das ansehen.« Csilla eilte davon, Valerie rief Beat und Seraina Loretz.

»Ich kann den Todeszeitpunkt nicht genau bestimmen«, sagte die Medizinstudentin. Sie strich eine Locke, die ihr ins Gesicht fiel, zurück. »Das ist nicht so einfach wie im Fernsehkrimi.« Streiff nickte.

»Irgendwann nachts«, fuhr Seraina fort«, »ihre Körpertemperatur beträgt noch sechsundzwanzig Grad, die

Leichenstarre ist eingetreten. Ihr Tod kann vielleicht zehn, zwölf Stunden her sein. Vielleicht mehr, vielleicht auch weniger.«

Es war kühl im Schlafzimmer. Renate Ingold hatte die Heizung auf Stufe 1 eingestellt gehabt, und Streiff hatte sie ganz zurückgedreht. »Ist sie im Schlaf getötet worden?«, fragte er.

Loretz zuckte die Schultern. »Kann sein. Jedenfalls erkenne ich keine Anzeichen von Gegenwehr. Ich glaube nicht, dass sie gekämpft hat. Es hat wohl auch niemand Schreie gehört. Sonst hätten die Varga oder Patrick sicher etwas gesagt.«

Streiff ging langsam durch die Wohnung. Alle Fenster waren geschlossen, ebenso die Türe, die auf einen kleinen Gartensitzplatz führte. Nur die Wohnungstür war nicht abgeschlossen gewesen. Es war eine typische Wohnung einer alten Frau, die früher zu zweit oder mit Familie gelebt hatte und die allein zurückgeblieben war, in einer zu großen Wohnung, die sie nicht für ihre jetzigen Bedürfnisse umgestaltet hatte. Ein Zimmer schien völlig unbenutzt zu sein. Vielleicht war es einmal ein Gästezimmer gewesen, in geselligeren Zeiten. Vielleicht waren Nichten und Neffen zu Besuch gekommen, fröhliche Kinder, die sich ins große Bett gekuschelt hatten. Streiff konnte es sich zwar schlecht vorstellen, aber wer weiß? Auch dieses Zimmer war ungeheizt. Es wirkte ganz unpersönlich, keine Bilder an den Wänden, keine Familienfotos auf der Kommode. Fast wie ein billiges altmodisches, fensterloses Hotelzimmer. Streiff lehnte sich an den Türrahmen. Die Glühbirne unter dem düster geblümten Stoffschirm warf ein ungemütliches Licht in den Raum.

In dieser Wohnung war letzte Nacht ein Mensch erstochen worden. Eine alte, alleinlebende Frau. Eine Situation, die ich kenne, dachte Streiff. Die ich hundertmal erlebt habe. Und doch ist diesmal alles ganz anders. Kein Staatsanwalt. Kein Polizeiarzt. Keine Sanität. Keine Spurensicherung. Bloß ich. Plötzlich erinnerte er sich an den neunjährigen Beat. Er war wohl aufgeweckt und lebhaft gewesen, aber auch ein Bücherwurm. In seiner Familie hatte es keinen Fernseher gegeben, bis er dreizehn gewesen war. Nicht weil seine Eltern irgendwie alternativ gewesen wären, sie waren schlicht altmodisch: Man musste nicht immer gleich alles haben. Fernsehen ist nichts für Kinder, es macht sie dumm. Er hatte im Radio die »Kinderstunde« gehört, oft draußen gespielt und viel gelesen. Vor Weihnachten hatte er jeweils die Kataloge der Kinderbuchverlage durchgeblättert und Kreuzchen gemacht. Natürlich hatte er nie alle Bücher bekommen, die er angekreuzt hatte. Aber es gab ja noch die Dorf- und die Schulbibliothek, die für Nachschub sorgten. Besonders hatte er Krimis geliebt, zum Beispiel die lange Serie der »Fünf-Freunde-Bücher«. »Fünf Freunde auf der Felseninsel«, »Fünf Freunde jagen die Entführer«, »Fünf Freunde auf geheimnisvollen Spuren«. Beat lächelte. Der neunjährige Beat hatte Detektiv werden wollen, nichts anderes. Dabei hatte er nicht an die Polizei gedacht, nein, ein Detektiv war einer, der allein arbeitete. Der ein Béret trug, Pfeife rauchte. Den Leuten Fragen stellte, deren Hintersinn sie nicht begriffen, sodass sie sich verrieten. Bis Beat Streiff gegen Ende zwanzig dann tatsächlich bei der Kriminalpolizei gelandet war, hatte es einige Umwege gegeben. Ein abgebrochenes Jurastudium. Einige Jahre als Judolehrer. Auch wenn er seine Arbeit manchmal als mühsam empfand, gelegentlich sogar als langweilig, war er doch mit Herzblut Polizist und hatte seine Berufswahl nie bereut. Eine Beziehung war daran kaputtgegangen, aber das war so lange her, dass Beat kein Bedauern mehr empfand. Die Arbeit bei der Kriminalpolizei hatte kaum Ähnlichkeit mit den Detektivträumen des Neun- oder Zehnjährigen gehabt. Aber in diesem Moment fühlte er sich plötzlich darauf zurückgeworfen. Einer, der allein arbeitet. Es konnte sein, dass sie alle mehrere Tage in diesem Haus eingeschlossen sein würden. Sechzehn Personen, darunter drei Kinder. Sechzehn Personen, die wussten, dass in der Wohnung im Parterre rechts eine tote Frau lag. Ein Mordopfer. Einige würden sich fürchten, die Situation als bedrohlich, als unheimlich empfinden. Wie würden sie reagieren, was würde der Tod von Frau Ingold auslösen? War der Täter ein Hausbewohner? Er musste sich das Haus ansehen. Natürlich löste man nicht als Einmannbetrieb einen Mordfall. Aber er würde jetzt sicher nicht tagelang herumsitzen und nichts tun, bis die Verstärkung anrollen konnte.

Streiff löschte das Licht und trat in den Flur hinaus. Dort stand Seraina Loretz, etwas unsicher. »Ich bräuchte Hilfe«, sagte sie, »um die Leiche, nun ja, ein bisschen zurechtzumachen. Ich dachte, ich könnte Frau Bianchera fragen. Ist das okay?«

Streiff nickte. »Tun Sie das.« Er schaute auf die Uhr. »Sagen Sie den Hausbewohnern, dass wir uns alle um zwei Uhr treffen«, er brach ab. »Wo denn? Wir sind im Ganzen sechzehn Personen.«

»Bei uns«, schlug Seraina vor. »Wir haben einen großen Tisch, weil wir oft Besuch haben. Vielleicht könnten andere noch ein paar Stühle mitbringen. Oder bei Patrick. Er hat einen riesigen Arbeitstisch – aber fast keine Stühle.«

Streiff bat die junge Frau, sich darum zu kümmern. Er schaute sich das Haus an. Ging in den Keller. Natürlich war er auch schon unten gewesen. Er hatte ja Valerie beim Umzug geholfen, als sie vor zwei Jahren ihre alte Wohnung verlassen musste, weil das Haus abgerissen wurde. Und er hatte auch schon ab und zu eine Flasche Wein aus ihrem Kellerabteil geholt. Jetzt sah er sich genauer um. Jede Wohnung hatte ein kleines Kellerabteil, dann gab es noch Waschküche und Heizungsraum. Zwei der Abteile waren praktisch leer; jenes von Renate Ingold, weil sie eine ordentliche Person gewesen war, und jenes von Patrick Freuler, weil er vor Kurzem mit fast nichts eingezogen war. Andere, beispielsweise das Abteil der Wohngemeinschaft und jenes von Mutter und Tochter Bianchera, waren komplett vollgestellt mit Schachteln, alten Haushaltgegenständen, Reisetaschen, Skiern. Hier könnte man gut irgendwo eine Waffe verstecken, dachte Streiff. Hier müssten Profis ans Werk. Er stieg die Treppe langsam wieder hoch. Im obersten Stock, zwischen den Wohnungstüren von Ursula Meyer und Valerie Gut, war noch eine kleine Tür. Streiff drückte die Falle, aber die Tür ging nicht auf. Valerie schaute hinaus. »Ach, das ist nichts. Irgendein winziges Estrichräumchen, das von niemandem benutzt wird. Abgeschlossen.« Es war Viertel nach eins. Valerie hatte eine Kartoffelsuppe gekocht. »Komm, du musst doch noch etwas essen vor diesem Treffen«, drängte sie. »Und wie fühlst du dich überhaupt? Immer noch fieberfrei?«

Er schaute sie erstaunt an. »Fieberfrei?« Er hatte vollkommen vergessen, dass er gestern noch mit Grippe im Bett gelegen hatte. Wenn er am Arbeiten war, konnte er private Befindlichkeiten völlig beiseiteschieben. »Ja, ich nehme gern etwas Suppe. Aber zuerst will ich noch telefonieren.«

Er ging ins Wohnzimmer und rief den Detektivposten Aussersihl an, wo er sein Büro hatte. Zita Elmer, seine Kollegin und engste Mitarbeiterin, hob ab. Schlecht gelaunt. Sie hatte Nachtdienst gehabt und quasi zusehen können, wie sie gnadenlos eingeschneit wurde. Sie war müde und verärgert, weil sie nicht nach Hause konnte und nicht abgelöst wurde. Streiff orientierte sie kurz über die Situation an der Bristenstraße. Er gab ihr die Namen aller Hausbewohner durch, mit der Bitte nachzuschauen, ob sie in irgendeiner Polizeidatenbank registriert waren. »Okay, mach ich«, brummte Elmer. Streiff hörte, dass sie bereits etwas zufriedener gestimmt war. So war Elmer, nicht gerade ein Ausbund an Charme, aber eine gescheite, zuverlässige, hart arbeitende Polizistin, der es am liebsten war, wenn etwas lief.

»Dein Sohn ist gut versorgt?«, fragte Streiff.

»Ja, Linus ist bei ihm, er kann ja auch nicht zur Arbeit.«

Leo war vier Jahre alt, ein stämmiger, lebhafter kleiner Junge, der ganz nach der Mutter geriet. Er würde einen Tag mit dem Papa wahrscheinlich genießen, denn Zitas Mann Linus, ebenfalls Polizist, kannte sich auch im Haushalt, in der Küche und in Sachen Spielzeug aus. Um Zita und Familie musste man sich also keine Sorgen machen.

Er öffnete sein Laptop und ging auf eine Seite, die ihm Auskunft über die Wetterentwicklung der letzten Nacht gab. Bis um elf Uhr hatte Lajos Varga noch den Fernseher von Renate Ingold gehört. Anschließend war sie wohl zu Bett gegangen und eingeschlafen. Um diese Zeit aber war es schon nicht mehr möglich gewesen, das Haus durch die Haustür zu betreten oder zu verlassen. Im Keller war niemand versteckt, und auch in den Wohnungen war es nicht möglich, dass sich ein Fremder über Stunden verstecken konnte. Ergo – Streiff ging in die Küche.

Er schöpfte sich von Valeries köstlicher Kartoffelsuppe. Sie war eine spontane Köchin, probierte gern dieses und jenes aus, und es geriet ihr leider nicht immer. Aber ihre Kartoffelsuppe mit geröstetem Mehl, wenig Käse und viel Muskatnuss war ein sicherer Wert.

»Was hast du nun vor?«, fragte sie eifrig. »Wirst du den Mord aufklären?«

Er lächelte. »Du meinst, so wie Hercule Poirot es getan hätte?«

Sie wurde ein wenig verlegen und deutete ein Schulterzucken an. »Kannst du doch sicher«, ermutigte sie ihn. Dann wurde sie ernst: »Glaubst du auch, dass es ein Hausbewohner gewesen sein muss? Ich meine, es konnte doch niemand reinkommen oder rausgehen?«

Er seufzte. »Wie wir der Presse gegenüber immer sagen: Wir stehen noch ganz am Anfang der Ermittlungen, sachdienliche Hinweise aus der Bevölkerung – du kennst das ja.«

»Was wirst du den Nachbarn sagen?«

»Ich werde sie einfach informieren und ankündigen, dass ich sie alle besuchen werde, um ein wenig mit ihnen zu reden.«

»Und dann stellst du ihnen so raffinierte Fragen, dass sie sich in Widersprüche verwickeln und am Schluss jemand sagt, er habe es nicht mehr ausgehalten, wie die Ingold immer wegen der Waschküche reklamiert habe.«

»Das ist eine wichtige Frage«, warf Beat ein, »das Motiv.«

»Sie war eine dumme und bösartige alte Frau«, fuhr Valerie auf. Aber plötzlich verzog sich ihr Gesicht. »Es tut mir leid«, murmelte sie und schluchzte ein bisschen. »Es ist schrecklich, dass sie umgebracht worden ist.« Ihr Mann legte den Arm um sie. Valerie und er hatten vor einem Jahr geheiratet, aber sie hatten es nicht an die große Glocke gehängt, und sie waren auch nicht zusammengezogen.

»So wird es jetzt auch den anderen ergehen«, tröstete er. »Sie sind aufgewühlt, zornig, trotzig, aber auch erschrocken und entsetzt und vielleicht ein wenig traurig. Das ist normal. Ein solches Ereignis wühlt die Menschen, die involviert sind, auf, auch wenn sie mit dem Opfer vielleicht gar nicht viel zu tun hatten oder es nicht leiden konnten.«

Valerie aß auch noch ein paar Löffel Suppe, bevor sie die Teller in den Geschirrspüler räumten und in den zweiten Stock hinuntergingen.

Alle waren schon da. Auch die Kinder. Csilla Varga, die Ungarin, hatte sich mit Timea und Géza neben der Küchentür platziert. Géza, der erst seit einem halben Jahr zur Schule ging, hatte am Morgen geweint, als er erfahren hatte, dass er zu Hause bleiben musste. Er ging leidenschaftlich gern in die Schule und liebte es sogar, Hausaufgaben zu machen. Timea, die Viertklässlerin, war schon etwas abgebrühter. »Reg dich nicht auf«, hatte sie zum kleinen Bruder gesagt, »du gehst dann noch lange genug in die Schule.« Csilla war erst dagegen gewesen, die Kinder an diese Versammlung mitzubringen. »Geh du allein, Lajos«, hatte sie ihren Mann beschworen, »ich bleibe mit den Kindern in der Wohnung. Sie vertragen das nicht, wir müssen sie beschützen.« Aber Lajos hatte seine Frau davon überzeugt, dass die beiden nur noch mehr leiden würden, wenn sie nichts wissen durften. »Dass Frau Ingold tot ist, haben sie mitbekommen«, sagte er. »Wenn wir alle Informationen vor ihnen zurückhalten, werden sie sich etwas zusammenfantasieren, sich ängstigen.« Csilla hatte, nur halb überzeugt, eingewilligt. Nun hatte sie den siebenjährigen Géza auf dem Schoß, Timea eng neben sich. Die Zehnjährige warf scheue Blicke auf die andere Seite des Tisches, wo Rubina saß. Sie bewunderte die Ältere, wäre gern ihre Freundin gewesen. Aber Rubina ließ sich selten dazu herab, mit ihr zu spielen. Meist behandelte sie sie mit freundlicher Herablassung. Sie glaubt, ich sei noch ein kleines Kind, dachte Timea missmutig, aber das ist gar nicht wahr. Ich weiß über vieles Bescheid, viel mehr als Géza. Warum lässt mich Rubina nicht ihre Schminksachen ausprobieren? Ich möchte auch einmal hellblaue Augenlider haben. Und rosa Fingernägel.

Streiff lehnte am Küchenbuffet und ließ seine Augen über die Gesellschaft schweifen. Die alte Frau Meyer saß auf der Stuhlkante. Ihre Augen hatte sie weit aufgerissen, sie starrte Streiff hilfesuchend an. Seraina Loretz stellte ihr eine Tasse Tee hin, für die sie sich mit einem Nicken bedankte. Fridolin Heer und Raffaela Zweifel saßen nebeneinander. Er hatte eine Hand auf ihre Schulter gelegt. Die junge Frau wirkte nervös, unruhig, während er gelassen, die Beine ausgestreckt, sich im Küchenstuhl fläzte. Fast zu lässig, ging es Streiff durch den Kopf. Janine Bianchera saß neben Csilla Varga. Sie warf Blicke zu ihrer Tochter, die sich demonstrativ auf der anderen Seite des Tisches platziert hatte. Lajos Varga stand hinter seiner Frau. Sie lehnte ihren Kopf an seinen Oberkörper. Die beiden jungen Männer der WG, Luca Oertle und der Deutsche, Carsten Behrend, saßen auf dem Fensterbrett. Die Tür zum Wohnzimmer stand offen. In die Türöffnung hatte Aline Behrend einen alten Sessel geschoben, auf dem sie hockte, die Beine hochgezogen. Die strähnigen Haare fielen ihr ins Gesicht. Patrick Freuler saß neben Ursula Meyer. Er wirkte ruhig, abwartend, trank in kleinen Schlucken Kaffee.

»Sie wissen, was geschehen ist«, begann Streiff. Er führte kurz die Fakten aus, die sich natürlich schon herumgesprochen hatten. Die Leute reagierten unterschiedlich. Raffaela Zweifel vermied seinen Blick, während ihr Freund ihm ins Gesicht sah. Lajos Varga blickte auf seine Familie hinunter und strich seiner Tochter übers Haar. Carsten Behrend wirkte bedrückt, während Luca Oertle ab und zu ein schiefes Grinsen nicht unterdrückte.

»Sie sind auch insofern in einer schwierigen Situation«, fuhr Streiff fort, »als wetterbedingt die Polizei keine Möglichkeit hat, hierher zu kommen.« Janine Bianchera gab einen erschrockenen, Oertle einen spöttischen Laut von sich. »Und das kann noch einige Tage so bleiben«, sagte Streiff ungerührt. »Ein Ende des starken und stetigen Schneefalls ist noch nicht abzusehen. Wir müssen irgendwie mit der Situation klarkommen. Ich möchte Sie bitten, nicht in Panik zu verfallen, sich nicht dagegen aufzulehnen, denn das würde nichts ändern.«

»Wie soll man das aushalten?« Der Schrei kam von Aline, die sich bis dahin regungslos in ihren Sessel gekauert hatte. »Ich will nach Hause! Carsten, hilf mir!«

Der junge Student war sofort bei seiner Schwester. »Beruhig dich, Aline, hier kann dir nichts geschehen. Wir brauchen einfach einige Tage Geduld.«

»Und wenn noch jemand umgebracht wird? Ich könnte umgebracht werden!«

So viel zum Thema »Keine Panik«, dachte Streiff. Aber das war im Grunde genommen normal und zu erwarten gewesen, dass mindestens jemand die Nerven verlor. »Darf ich bei dir schlafen, Carsten?« Jetzt weinte die junge Frau.

»Klar«, murmelte der ältere Bruder, »hör auf, dir Sorgen zu machen, Aline.«

Aber Aline war immer noch in Aufruhr. »Und wer ist es überhaupt gewesen? Niemand kann hineinkommen. Es muss einer von uns gewesen sein.« Sie schluchzte auf.

Es war in der großen Küche ganz still geworden. Jetzt war es ausgesprochen. Einer von uns. Natürlich hatte es diejenige Person ausgesprochen, die am hilflosesten war, die am wenigsten dazu beitragen konnte, die Lage im Griff zu behalten. Valerie starrte Beat an.

Streiff räusperte sich. »Es haben noch keinerlei Ermittlungen stattgefunden«, sagte er. »Wir wissen über den Täter und seine allfälligen Möglichkeiten, ins Haus einzudringen und es wieder zu verlassen, gar nichts. Sie haben insofern recht, als es nicht ausgeschlossen werden kann, dass ein Bewohner des Hauses die Tat verübt hat.«

»Mama, hat ein böser Mann Frau Ingold auf den Kopf gehauen?«, erkundigte sich Géza. Er war groß für sein Alter und trug stolz einen blonden Bürstenschnitt.

»Ich weiß nicht, sei still, mein Kleiner«, murmelte Csilla Varga.

»Braucht sie ein Pflaster, oder muss man nähen?«, fragte der Junge weiter. Nähen, er war ganz stolz, dass er auf die Idee gekommen war. Er hatte im letzten Sommer beim Fussballspielen sein Kinn aufgeschlagen, und der Doktor hatte das nähen müssen.

Die Mutter schüttelte den Kopf. »Frau Ingold ist gestorben«, erklärte sie leise. »Weißt du, wie Nagymama letztes Jahr.«

»Oh«, Géza war beeindruckt. »Gehen wir sie besuchen?«

»Sei still«, zischte Timea.

Rubina sah mitleidig zu ihnen hinüber. Plötzlich stiegen Tränen in ihr hoch. Papa, dachte sie, Papa. Sie stand auf, drängte sich Richtung Tür, das Schluchzen war schon da, bevor sie ganz weg war. Die Wohnungstür fiel hinter ihr ins Schloss. Janine erhob sich halb, blickte ihrer Tochter unsicher nach, setzte sich wieder.

Streiff beschloss, dass es fürs Erste genügte. Er kündigte an, dass er der Reihe nach mit ihnen allen einzeln reden würde und fragte nach, wie es um die Essensvorräte bestellt war. Außer Patrick Freuler, der sich der Wohngemeinschaft anschließen konnte, und dem Paar Zweifel/Heer, das reihum bei den Vargas, bei Frau Meyer, den Biancheras und Valerie und ihm essen würde, waren alle ausreichend mit Lebensmitteln versorgt.

»Über was wollen Sie denn mit uns reden?«, fragte Ursula Meyer mit kleiner Stimme.

»Darüber, wie gut Sie Frau Ingold gekannt haben, wie Sie sich mit ihr verstanden haben, ob Ihnen gestern Abend irgendetwas aufgefallen ist; ob Sie etwas gehört oder gesehen haben. Solche Dinge.« Streiff zuckte die Schultern. Die Versammlung löste sich auf.

Zurück in der Wohnung, bat Csilla Varga Timea, nicht mit Géza zu streiten. »Schau, er ist klein, er kann es noch nicht richtig begreifen. Aber du bist doch die Große.«

Nun ja, die Große war man auch, wenn es darum ging, der Mama zu helfen und Géza zu klein war dafür. Aber jetzt hörte Timea es gern. »Ihr könntet doch ein »Eile mit Weile« spielen«, schlug die Mutter vor.

»Zu zweit?«, zweifelte Timea.

»Frag doch noch Rubina. Oder Aline, das Mädchen in der WG.«

»Ach, die weint ja bloß.«

»Eben, ihr würde es gut tun, sich ein bisschen abzulenken.«

Timea wiegte skeptisch den Kopf, ging dann aber doch hinaus. Einige Minuten später kam sie zurück, tatsächlich in Begleitung von Rubina und Aline. Rubina tat ein bisschen gönnerhaft. Csilla erriet, dass sie sich schämte, weil sie vorhin die Nerven verloren hatte. Aline jedoch freute sich ein wenig. Sie wirkte jünger als ihre neunzehn Jahre, fast kindlich. Csilla versicherte ihr, wie froh sie sei, dass sie sich mit den Kindern abgab. Alle vier verschwanden im Kinderzimmer, und bald hörte man ein friedliches Gemurmel.

Dann saßen Csilla und Lajos miteinander im Wohnzimmer. Nun, da sich die Frau nicht mehr zusammennehmen musste wegen der Kinder, wirkte ihr Gesicht fahl und in sich zusammengefallen. Auch Lajos sah bedrückt aus.

»Wie wird es herauskommen?«, fragte Csilla verzweifelt. »Wir sind Ausländer, auch wenn wir schon über zehn Jahre hier leben. Wir können die Sprache, wir arbeiten, verdienen unser Geld, wir haben Freunde hier, unsere Kinder sind hier verwurzelt, wir haben die C-Bewilligung, und doch sind wir Ausländer. Man wird uns verdächtigen.«

Lajos hätte seine Frau gern getröstet, ihr Mut zugesprochen. Aber hatte sie nicht recht? Ausländer sein. Das ging, solange das Leben in geordneten Bahnen verlief, solange man nicht auffiel, die Kinder keinen Mist bauten, man nicht arbeitslos wurde. Man vermied es, über Ungarn zu sprechen, über die Jobbik-Partei, über die Armut, über die Bürgerwehren, die durch Roma-Quartiere marschierten. Man redete nur zu Hause, am Familientisch Ungarisch. Schon in der Migros sprachen Csilla und er Deutsch miteinander. Jetzt waren sie in die nächste Nähe eines Mordes geraten. Ja, dachte Lajos mutlos, man wird uns verdächtigen. Wir können nichts dagegen tun. Eine Einbürgerung können wir vergessen.

Die Polizei wird sich bei der Hausverwaltung erkundigen, dachte Csilla, und die wird sagen, dass Frau Ingold sich mehrmals über uns beklagt hat, die Kinder machten zu viel Lärm. Aber es sind doch Kinder, sie spielen halt, ich kann sie doch nicht auf einem Stuhl festbinden. Sie hat auch behauptet, dass ich die Waschküche nicht sauber putze. Aber das stimmt nicht.

Aus dem Kinderzimmer drang Lärm, empörte Rufe von Géza. Csilla eilte hinüber.

»Ich will nicht«, schrie Géza.

»Géza, du hast dreimal die Sechs gewürfelt, das heißt, alle deine Figuren müssen heim und nochmals von vorn beginnen«, erklärte Timea, und dann, mit Ungeduld in der Stimme: »Das weißt du doch. Sonst bist du zu klein zum Mitspielen.« Sie schaute den kleinen Bruder wütend an.

»Kinder, streitet nicht«, bat Csilla, »Géza ist halt noch klein.«

Rubina zuckte spöttisch die Schultern.

Timea beharrte: »Er muss sich an die Spielregeln halten.«

Aline machte einen Vorschlag zur Güte. »Kommt, wir geben ihm einen kleinen Bonus. Er hat zum ersten Mal dreimal die Sechs gewürfelt, das übersehen wir jetzt. Aber beim zweiten Mal gilt dann die Regel, wie bei uns auch.«

»Von mir aus okay«, nickte Rubina.

»Okay«, wiederholte der Kleine besänftigt. »Du bist nett«, sagte er zu Aline, »viel netter als die da«, mit einem Blick auf seine Schwester.

Aline lächelte. »Deine Schwester ist doch ganz prima«, sagte sie.

Csilla war erstaunt. Bisher hatte sie Aline nur gekannt als verhuschtes, scheues Mädchen, das das Treppenhaus hinauf- oder hinuntergeeilt war, kaum gegrüßt hatte. Und vorhin, an der Versammlung, hatte sie völlig verzweifelt und erschöpft gewirkt. Jetzt aber war sie plötzlich ruhig, geduldig, liebevoll. In der steckt wohl mehr, als wir angenommen hatten, dachte sie.

Timea gab nach, und die vier spielten weiter.

Csilla ging zurück zu Lajos. »Meinst du wirklich«, hob sie an, »ich meine, der Polizist hat das doch angetönt, dass jemand von den Hausbewohnern die alte Frau getötet hat?«

»Ich kann es mir nicht anders vorstellen«, gab er zu. »Niemand konnte ins Haus kommen. Die Balkontüren waren sicher alle zu.«

»Aber wer«, flüsterte Csilla, »und warum?«

»Wir sollten uns nicht den Kopf darüber zerbrechen«, wehrte ihr Mann ab, »wir können es nicht wissen, und es ist auch nicht unsere Aufgabe, es herauszufinden.«

»Ich frage mich, ob wir in Gefahr sind«, fuhr Csilla leise fort, »ist da ein Verrückter im Haus, der weitermorden wird? Und wir können nicht weg, wir können die Kinder nicht in Sicherheit bringen.«

»Bestimmt nicht, wir sind zusammen, wir halten die Wohnungstür verschlossen. Und es ist ein Kriminalpolizist im Haus. Der Mörder wird es nicht wagen, noch jemanden umzubringen.«

»Heute Abend essen Frau Zweifel und Herr Heer bei uns. Ich habe kein gutes Gefühl dabei.«

»Unsinn. Die beiden haben offenbar keine Lebensmittelvorräte, weil sie oft auswärts essen, aber sie sind harmlos. Hab keine Angst, ich bin ja auch noch da. Was wirst du kochen, etwas schönes Ungarisches?«

»Besser nicht, lieber etwas ganz Gewöhnliches, also etwas, was die Schweizer kochen. Vielleicht Rösti mit Salat und Käse. Ein Pfund Schinken ist auch noch da.«

Janine Bianchera folgte Seraina Loretz in die Wohnung von Renate Ingold. Sie war entschlossen, sich nichts anmerken zu lassen, aber sie hatte ein mulmiges Gefühl, nein, eigentlich hatte sie Angst. Sie hatte schon tote Menschen gesehen, ihre Großmutter, einen Onkel, ihre Mutter. Aber sie waren schon zurechtgemacht gewesen, in ein weißes Hemd gekleidet, die Hände auf der Bettdecke zusammengelegt, die Augen geschlossen. Sie hatten friedlich und sehr distanziert ausgesehen. Würdig. Jetzt würde sie sich um eine tote Frau kümmern müssen, die so dalag, wie der Mörder sie hatte liegen lassen, nachdem er ihr ein Messer ins Herz gestochen, es wieder herausgezogen und sich davongemacht hatte. Was würde sie tun müssen? Hatte die alte Frau nach ihrem Tod vielleicht noch ihre Blase oder ihren Darm entleert? Sie schauderte. Die junge Studentin, die voranging, schien keine Probleme damit zu haben. Janine schämte sich, aber sie blieb im Türrahmen zum Schlafzimmer stehen. »Ich«, murmelte sie und brach ab.

»Ja?«, fragte Seraina zurück.

»Ich weiß nicht, ob ich das kann«, sagte Janine, »ich bin das nicht gewohnt.«

»Können Sie kein Blut sehen?«, fragte Seraina.

»Nein. Ich habe ja schließlich ein Kind, es ist nur –«

»Der Tod«, sagte Seraina. »Ist es Ihnen unheimlich?«

Janine nickte.

»Sie sagen es mir, wenn es nicht mehr geht. Ich mache es schon. Sie können mir einfach helfen.« Sie ging zum Bett der alten Frau und schlug die Decke zurück. Janine folgte ihr langsam. Da waren auf Brusthöhe Blutflecken auf dem Nachthemd. Und, ja, es stank. Aber das schien Seraina nichts auszumachen. Sie stand neben dem Bett, hatte die Hände zusammengelegt und schaute auf die Frau nieder. Ob sie ein Gebet spricht?, mutmasste Janine. Die junge Frau drückte der alten behutsam die Augen zu.

»Holen Sie mir ein Becken mit heißem Wasser, einen Lappen und ein Handtuch. Und suchen Sie, wo es frische Bettwäsche hat.«

Janine eilte in die Küche. Sie öffnete Schränke und Schubladen, zunehmend verwirrt und hilflos. Erst als sie einen Blick auf den kleinen Küchenbalkon warf, wurde sie fündig. Sie füllte das Plastikbecken mit Wasser, nahm aus einer Schublade einen verwaschenen Frotteelappen und ein Küchentuch und brachte alles ins Schlafzimmer. Die Studentin hatte die Frau bereits ausgezogen. Nackt lag sie da, ein alter Körper, faltige Haut, Fettpolster, schwere Brüste. Hässlich, dachte sie. Alte Frauen sind hässlich. Auch ich werde einmal alt sein, schoss es ihr durch den Kopf. Bin ich es schon? Es hat bereits angefangen. Orangenhaut an den Schenkeln. Einige Kilo zu viel an Hüften und Bauch. Unsinn, dachte sie dann. Darum geht es jetzt nicht. »Ich gehe Bettwäsche suchen«, murmelte sie und verließ das Schlafzimmer. Im Nebenzimmer lehnte sie sich an die Wand und versuchte, tief zu atmen. Seraina rief nach mehr Wasser. Janine reagierte. Sie füllte einen Eimer, der ebenfalls auf dem Balkon stand, brachte ihn Seraina und nahm das Becken, das sie in die Toilette entleerte und frisch füllte. »Gibt es irgendwo Mülltüten?« – »Gleich«, Janine fand eine Rolle, die hinter den Herd geklemmt war. Seraina hatte die tote Frau gewaschen und die schmutzige Bettwäsche abgezogen. Sie wies auf den Schlafzimmerschrank. »Ich brauche ein frisches Nachthemd.« Janine schaute nach und brachte ein hellgelbes langes Hemd, das mit kleinen Blumen bedruckt war. »Oder ist das vielleicht unpassend?«, fragte sie unsicher. »Nein, ist gut so.« Im gleichen Schrank gab es auch Bettwäsche. »Ich helfe Ihnen beim Beziehen«, anerbot sich Janine tapfer. Seraina nickte. Sie rollte den Leichnam zuerst auf die eine, dann auf die andere Seite, sodass es Janine gelang, das Bettlaken auf die Matratze zu legen. Während sie die Bettdecke bezog, streifte Seraina Renate Ingold das frische Nachthemd über. Sie hatte einen schweren Körper, aber Seraina wusste offensichtlich, wie sie die Frau bewegen musste. Dann stopfte die Studentin die schmutzige Bettwäsche in die Mülltüte. »Die stellen wir ins Bad«, beschloss sie, »das muss alles untersucht werden.« Janine holte eine Plastiktüte für das blutbefleckte Nachthemd und legte sie ebenfalls ins Bad. Seraina vergewisserte sich, dass der Heizkörper auf null gestellt war. Sie schaute die Frau an. Ihr Gesicht war zusammengefallen und bleich, ihre Hände knochig und klein. »Nun können wir nur hoffen, dass sie nicht noch tagelang da liegenbleiben muss«, murmelte sie. Das kann ihr ja jetzt egal sein, dachte Janine Bianchera. Eigentlich wollte sie gar nichts sagen, aber dann entfuhr es ihr doch. »Glauben Sie, sie ist jetzt noch irgendwo, ich meine, die Seele?« Es war ihr peinlich. Aber diese junge Frau strahlte so eine Ruhe und Kompetenz aus, die, wie ihr schien, nicht nur von Hörsälen herrühren konnte. Seraina schaute sie an: »Ich bin katholisch aufgewachsen, und ein bisschen davon ist in mir hängen geblieben. Ja, ich denke, sie ist irgendwo. Auch wenn dieser Ort – falls man es überhaupt Ort nennen kann – vermutlich nicht genauso aussieht, wie sich die christliche Kirche das Paradies vorstellt.« Oder die Hölle, ging es Janine durch den Kopf. Sie wollte von dem heiklen Thema ablenken. »Lernen Sie das an der Universität, die Toten zu waschen und anzukleiden?«- »Ich habe vor Studienbeginn ein halbes Jahr als Schwesternhilfe im Spital Ilanz gearbeitet«, erwiderte Seraina. »Dort haben wir das machen müssen.«

»Und jetzt? Wie geht es weiter?«, fragte Janine unsicher.

Seraina zuckte die Schultern. »Sobald die Straßen wieder befahrbar sind, wird sie abgeholt und in die Rechtsmedizin gebracht werden. Vielleicht finden sich an ihrem Körper oder an der Wäsche irgendwelche Spuren des Täters.«

»Das kann noch tagelang dauern«, fuhr Janine auf, die Radiomeldungen noch im Ohr.

»Deshalb ist die Heizung ausgeschaltet. Und wir werden natürlich die Türe abschließen. Da darf jetzt niemand rein, außer vielleicht Streiff. Aber der kann allein nur Vorarbeit leisten. Heute werden Kriminalfälle nicht mehr von einer Person im Alleingang gelöst.«

»Dann werden wir weiß Gott wie lange im selben Haus mit einer Toten eingesperrt bleiben!« Janine war entsetzt.

»Na und?« Die Medizinstudentin hatte keine Lust, Care Team zu spielen. »Der Tod ist etwas ganz Normales.«

»Aber ein Mord nicht!«

»Nein, ein Mord nicht.«

»Ein Mörder auch nicht! Und dieser Mörder läuft in unserem Haus frei herum.«

»Ja«, sagte Seraina nachdenklich. »Wahrscheinlich. Aber es bleibt uns nichts anderes übrig, als durchzuhalten.«

Janine sah sich um. »Sollten nicht Angehörige von Frau Ingold benachrichtigt werden?«

»Falls sie überhaupt welche hat«, meinte Seraina. »Besuch hatte sie jedenfalls nie.«

»Vielleicht gibt es irgendwo ein Adressbuch?« Janine ging ins Wohnzimmer, wo das Telefon auf einem Tischchen stand.

»Nein«, wehrte Seraina ab, »das soll wenn schon Streiff machen. Das geht uns nichts an.«

»Gewaschen und angekleidet haben wir sie ja auch.«

»Ja, das ist, weil ich das Arztähnlichste bin, was es in diesem Haus gibt«, erklärte Seraina etwas ungeduldig. Bei sich dachte sie: Jetzt, wo sie ihre Neugier stillen könnte, ist sie plötzlich ganz tapfer und tatkräftig. Sie mochte Janine Bianchera nicht besonders. Die Frau wirkte immer distanziert, oft etwas missmutig. Manchmal hörte man, wie sie sich mit ihrer Tochter stritt. An ihr war nichts Herzliches, nichts Warmes, fand Seraina. Ab und zu, nicht sehr oft, holte ein Mann sie abends ab oder brachte sie nach Hause. Das waren immer Männer, mit denen Seraina nicht einmal einen Kaffee hätte trinken mögen. Nein, lieber keinen als zum Beispiel jenen fünfzigjährigen Dicken mit dem rötlichen Gesicht und den graublonden Haarsträhnen über der Glatze. Der war Seraina aufgefallen, weil er im Treppenhaus zu laut geredet und gelacht hatte. Zufällig hatte sie spätabends mitbekommen, wie er Janine zurückgebracht hatte. Er hatte mit raufgehen wollen, aber Janine hatte abgewehrt. Er war dann türenknallend wieder im Auto verschwunden und weggefahren und nie mehr aufgetaucht. Lieber keinen als so einen. Seraina war seit einigen Monaten single. Nicht, dass sie einsam war. In der WG fühlte sie sich wohl, sie hatte Freundinnen und Freunde, mit denen sie ausging, an der Uni lernte sie mit Studienkollegen zusammen. Trotzdem hätte sie nichts gegen eine neue Beziehung gehabt. Und es gab ja auch einen Mann, der ihr gefallen hätte. Aber das hatte sie bis jetzt streng für sich behalten. Patrick vom Parterre. Sie hatte ihn von Anfang an sympathisch gefunden, sich ab und zu im Treppenhaus mit ihm unterhalten, und es kam auch vor, dass er abends bei ihnen aß. Er war auch Single, das wusste sie. Schwul war er nicht. Er mochte sie, aber ob sie ihm auch gefiel? Sie war unsicher und hatte bis jetzt keinen Vorstoß gewagt. Seraina war nicht schüchtern, aber ein bisschen vorsichtig und auch nüchtern. An kurzfristigen Affären lag ihr nichts. Sie wusste, was sie wollte. Nach Abschluss der Ausbildung würde sie nach Vals zurückkehren und die Praxis von Doktor Candinas übernehmen. Natürlich wollte sie einen Mann, aber der musste dort hinpassen. Patrick war Architekt, und Architekten brauchte es auch in den Bergen. Aber ob das zu seinen Zukunftsplänen passte? Sie schob die fruchtlosen Gedanken beiseite. Janine stand neben ihr und warf ihr einen unsicheren Blick zu. Plötzlich tat sie Seraina ein wenig leid. Die Frau hatte es nicht einfach. Alleinerziehende Mutter einer pubertierenden Tochter, Kellnerin in einem Café, wo es wahrscheinlich nicht gerade Trinkgeld regnete. War doch verständlich, dass sie gern einen Mann gehabt hätte. Sie fasste sie leicht am Arm. »Kommen Sie, gehen wir wieder hinauf.« Janine folgte ihr dankbar. Sie hatte ein zwiespältiges Verhältnis zu der jungen Studentin. Fühlte sich ihr auf eine Art überlegen: Was wusste denn diese Zweiundzwanzigjährige schon vom Leben? Auf der anderen Seite beneidete sie sie ein wenig. Die ging an die Uni, würde Ärztin werden, angesehen sein, gut verdienen – während sie, Janine, Kellnerin war und einen guten Teil ihrer Lebensträume schon begraben hatte. Nicht einmal als Mutter war sie erfolgreich. Und die Chance auf ein zweites Kind war in ihrem Alter, mit zweiundvierzig, vorbei. »Ich danke Ihnen für Ihre Hilfe«, sagte Seraina, und Janine war selbst überrascht, dass sie dieser Satz rührte. »Ich bin Janine«, sagte sie, »wir könnten uns doch du sagen.« – »Gern«, Seraina lächelte. »Seraina. Wenn diese Situation etwas Gutes hat, dann wohl das, dass man sich ein bisschen besser kennenlernt.« Janine verschwand in die Wohnung und Seraina stieg die Treppe zu ihrer Wohnung hoch.

Streiff saß im Wohnzimmer von Ursula Meyer der alten Frau gegenüber. Sie hatte Tee gemacht, den Streiff nicht mochte, aber er nahm höflich ein paar Schlucke. Er hatte das Gespräch langsam angehen lassen, hatte sie gefragt, wie lange sie schon hier wohnte, dreiunddreißig Jahre, wie es ihr gefiel, sie fühlte sich wohl in ihrer Wohnung, wie lange sie verwitwet war, elf Jahre, ob es ihr schwerfiel, allein zu leben, oh nein, gar nicht. Da ist etwas, dachte Streiff, was sie mir nicht sagen will.

»Verstehen Sie sich gut mit den Nachbarn?«, fuhr er fort.

»Frau Gut ist sehr nett«, nickte Frau Meyer, »die Familie Varga ebenfalls, auch wenn sie Ausländer sind, und der junge Herr Freuler hat mir schon zweimal die Einkaufstasche hinaufgetragen.«

»Frau Bianchera?«, fragte Streiff nach.

Winziges Schulterzucken. »Die habe ich nicht oft gesehen. Sie arbeitet ja den ganzen Tag. Ihre Tochter lackiert sich schon die Fingernägel.« Das fand offensichtlich nicht die Billigung der achtundsiebzigjährigen Ursula Meyer.

»Dann das Paar vom zweiten Stock, die sind, glaube ich, nicht verheiratet. Na ja, so ist es halt heutzutage. Es ist ganz normal, dass die jungen Leute zusammenziehen. Ein paar Jahre später trennen sie sich und gehen eigene Wege.«

»Früher war das anders«, merkte Streiff sanft an.

Die alte Frau sah plötzlich traurig aus. »Ja. Man gehörte zusammen. Auch wenn man nicht glücklich war. Glück ist nicht das Wichtigste.«

Streiff fragte sich, ob sie damit sich selbst meinte. Aber seine nächste Frage ging in eine andere Richtung. »Wie verstanden Sie sich mit Renate Ingold?«

Ursula Meyer wurde rot. »Ist das wichtig? Wir hatten keinen Kontakt.«

»Warum denn nicht? Sie lebten doch beide seit vielen Jahren in diesem Haus.«

Die alte Frau rutschte auf ihrem Sessel herum, sie atmete heftig. »Das muss ich nicht sagen, das ist privat.«

»Entschuldigen Sie«, bat Streiff sanft, »wenn ich Sie gekränkt habe. Aber es ist wichtig für mich, möglichst viel zu wissen.«

»Es gibt nichts zu wissen«, sagte Frau Meyer trotzig.

»Hatten Sie einen Grund, ihren Tod zu wünschen?«

Diese Frage ging an die Grenze, das wusste Streiff. Dennoch überraschte und erschreckte ihn ihre Reaktion. Sie schlug die Hände vors Gesicht und begann, bitterlich zu weinen. »Gehen Sie«, rief sie, es war kaum zu verstehen durch ihr Schluchzen hindurch, »gehen Sie.«

Streiff stand auf und ging hinaus, nebenan in Valeries Wohnung. »Geh zu Frau Meyer«, bat er sie, »es geht ihr nicht gut.« Valerie verschwand, ohne zu fragen.

Die Küche war leer. Seraina, Carsten und Luca hatten sich in ihre Zimmer zurückgezogen, Aline war bei den Nachbarn. Seraina saß an ihrem Pult, ein dickes Buch vor sich. Aber statt zu lesen, starrte sie aus dem Fenster ins Schneegestöber. Die Flocken fielen noch immer unablässig, dicht und langsam. Bei ihr zu Hause in Vals gab es auch jeden Winter meterhohen Schnee, aber man war darauf eingerichtet, die wenigen Straßen konnten geräumt werden, das Postauto nach Ilanz fuhr immer. Hier in der Stadt brauchte es gerade mal zwei Tage, um alles zusammenbrechen zu lassen, den Verkehr, die Versorgung mit Gütern, das soziale Leben, einfach alles. Wenn bloß die Heizung nicht versagte und die Stromzufuhr weiterhin funktionierte. Wir würden erfrieren, dachte sie. Man kann nicht eine ganze Stadt evakuieren. Das würde in Vals niemals passieren. Ihre Eltern hatten einen ansehnlichen Holzvorrat in einem ans Haus angebauten Schuppen, und in der Küche stand neben dem Elektroherd noch der alte Holzherd, den man anfeuern konnte. Seraina sah nicht einmal bis zum Nachbarhaus hinüber. In den Schneefall hatte sich nun noch Nebel gesenkt. Wo sind wir überhaupt?, dachte sie. Ist da noch eine Stadt um uns herum? Gibt es nur noch uns, sie zählte, siebzehn Menschen, einer davon tot, und einer ein Mörder? Aber wer, und warum?

Carsten lag auf seinem Bett, in den neuesten Roman von Richard Ford vertieft. *Kanada* hieß er. Er las ihn für ein Seminar über amerikanische Neuerscheinungen und hatte es übernommen, ein kurzes Referat darüber zu schreiben. Daran konnte er arbeiten, egal, wie das Wetter war. Es war ihm für eine halbe Stunde gelungen zu vergessen, in was für einer scheußlichen, ja unerträglichen Situation sie sich alle befanden. Das galt natürlich auch für den Mörder, wenn auch aus einem anderen Grund. Diese alte Frau, ja, sie war ein unfreundliches Weib gewesen – aber wird man deswegen umgebracht? Carsten bezweifelte es. Es musste einen Grund gegeben haben, einen richtigen Grund. Auf wen würde er tippen, wenn ihn jemand fragte? Die alte Frau vom obersten Stock? Er hatte mal so ein Gerücht gehört. Oder der Mann unter ihnen, der Ungar? Konnte es auch eine Frau gewesen sein? Diese hübsche von nebenan, Raffaela? Aber was sollte sie für einen Grund haben? Hatte die Ingold irgendetwas von ihr gewusst? Auch über Raffaela zirkulierten Gerüchte. Sie habe mal was geklaut oder etwas Geklautes verhökert, irgend so was. Luca? Nein, Luca war ein Großmaul und kein netter Mensch, aber doch kein Mörder. Er war manchmal hässlich zu Aline, und das nahm Carsten ihm übel. Er hatte schon mal mit ihm deswegen geredet. Ach, hatte keinen Zweck, sich das Hirn zu zermartern. Anscheinend fühlte sich Aline wohl bei den Nachbarn, sie war jetzt schon eineinhalb Stunden dort. Carsten kehrte zu seinem Buch zurück.

Streiff klingelte bei Zweifel/Heer. »Kommen Sie rein.« Die junge Frau war blass und wirkte übernächtigt. »Haben Sie schlecht geschlafen?«, fragte Streiff höflich, als er ihr ins Wohnzimmer folgte.

Sie lachte kurz auf. »Nein. Es dauerte nicht lange, den Mord zu begehen, ich war schnell wieder im Bett.« – Sie drehte sich zu ihm um. »Sorry. War ein Witz. Nicht lustig, ich weiß. Aber irgendwie muss man ja reagieren. Nehmen Sie Platz.«

Streiff setzte sich. Der Sessel war nicht besonders bequem. Ihm gegenüber auf dem Sofa saß Fridolin Heer. »Und jetzt werden wir verhört?«

»Befragt«, korrigierte Streiff humorlos. Die beiden gingen ihm jetzt schon auf die Nerven. Er musste sich zusammennehmen. Aber das Gespräch wollte er kurz halten.

»Wissen Sie etwas darüber, warum sich Frau Meyer und Frau Ingold schlecht verstanden haben?«, fragte er. Raffaela hatte sich neben ihren Freund gesetzt.

»Ich habe mal etwas gehört«, sagte Raffaela stirnrunzelnd. »Von Csilla Varga? Oder, nein, von dir Fridolin, nicht?«

Er nickte. »Frau Ingold hat mir mal erzählt, sie habe vor zwanzig Jahren eine Zeit lang ein Verhältnis mit dem Mann von Frau Meyer gehabt. Seither hasste die Meyer die Ingold.«

»Warum hat sie dir denn das erzählt?«

»Ach, du weißt, sie mochte mich ganz gern. Ich habe ihr den vollen Abfallsack abgenommen und zum Container gebracht und so. Bin halt ein charmanter Typ.« Er lächelte spöttisch. »Da hat sie mir mal einen Kaffee gemacht und mir diese Story erzählt. Wollte sich wohl etwas wichtigmachen. Mir zeigen, dass sie früher attraktiv gewesen war.«

»Das stimmt«, fiel Raffaela ein. »Das konnte man immer noch sehen. Sie hat einen schön geformten Schädel. Die war sicher mal richtig gutaussehend.«

Streiff fiel es schwer, von dem zusammengefallenen leblosen Gesicht auf eine lebendige und lebensfrohe Frau zu schließen. »Also Sie hat sie gemocht?«, wandte er sich an Heer.

»Ja. Mich und Patrick Freuler. Sie konnte vor allem Frauen nicht ausstehen. Und Kinder.«

»Hatte sie manchmal Besuch?«

»Nicht dass ich wüsste. Sie ging ab und zu in die Stadt. Aber nur tagsüber. Vielleicht hat sie da jemanden getroffen. Aber ich glaube nicht, dass sie einen jungen Lover hatte.« Fridolin lachte kurz auf. »Ihre beste Zeit war lange vorbei.«

»Können Sie sich einen Grund denken, warum sie umgebracht worden ist?«

Beide wurden einen Moment still.

»Ich weiß nicht«, sagte Raffaela unbehaglich. »Sie war unsympathisch. Unfreundlich. Aber deshalb wird man doch nicht gleich getötet.«

»Mit wem hatte sie Streitigkeiten, außer mit Frau Meyer?«

»Sie ärgerte sich über die Kinder der Vargas. Die wohnen ja direkt obenan, und die Wohnungen sind hellhörig. Sie hat natürlich mitbekommen, wenn Timea und Géza zu laut spielten oder sich stritten. Aber Herr und Frau Varga haben es nicht auf einen Streit ankommen lassen. Haben um Verständnis geworben und Besserung versprochen.«

»Sie hat sie auch nicht gemocht, weil sie Ausländer sind«, fiel Fridolin ein.

»Stimmt. Und Frau Bianchera und mir hat sie vorgeworfen, wir würden die Waschküche nicht sauber genug putzen. Aber wir haben ihr zurückgegeben. Die WG war ihr ein Dorn im Auge, weil sie das komisch fand, dass mehrere nicht verwandte Leute sich eine Wohnung teilen. Zudem waren weder Luca noch Carsten dafür zu haben, mit ihr Kaffee zu trinken.«

»Wie stand sie zu Valerie Gut?«

»Na ja.« Fridolin lächelte schief. »Mit einem Polizisten als Freund hatte sie natürlich gute Karten. Soviel ich weiß, hat sie Valerie in Ruhe gelassen. Sonderbarerweise mochte sie den Hund. Ich habe zweimal mitbekommen, dass sie ihn gestreichelt und so etwas wie ›guter Hund‹ gemurmelt hat.«

»Also«, fasste Streiff zusammen, »es gab Nachbarschaftsstreitigkeiten, wie sie in jedem Mietshaus vorkommen können; vielleicht ein bisschen eine geballte Ladung, aber nichts, was darüber hinausging.«

Fridolin und Raffaela nickten.

»Was haben Sie gestern Abend gemacht? Waren Sie zu Hause?«

»Ja«, sagte die junge Frau. »Ich kam kurz nach sieben aus dem Fitnesscenter. Fridolin war schon da. Dann haben wir gekocht, gegessen, ferngesehen. Gegen halb elf sind wir schlafen gegangen.«

»Ein ganz normaler Abend?«

»Ja. Wobei, ich war plötzlich sehr schläfrig, tauchte rasch weg. Und doch habe ich nicht gut geschlafen, fühlte mich heute Morgen wie ein alter Waschlappen, den man aus lauem Wasser zieht. Komisch.«

»Haben Sie zum Abendessen Alkohol getrunken?«

»Ich zwei Bier«, sagte Fridolin, »Raffi nur Wasser. Wir haben uns nicht mitten in der Nacht betrunken ins Parterre geschlichen.«

»Haben Sie einen Verdacht, wer es gewesen sein könnte?«

Heer verzog den Mund. »Lajos Varga? Aus Angst, die Ingold würde es fertigbringen, dass man ihnen die Wohnung kündigt? Frau Meyer als Racheengel? Janine Bianchera aus Genervtheit? Die Frau war ständig im Stress. Patrick, weil sie ihn in ihre Wohnung locken wollte? Die kleine Deutsche aus der WG in einer akuten Panikattacke?«

»Tja«, meinte Streiff trocken, »jetzt fehlt uns nur noch ein Grund für Valerie und für Sie beide.«

Raffaela zuckte zusammen. »Wir?«, stieß sie erschrocken hervor.

»Liebchen, er macht einen Witz«, Fridolin streichelte ihre Schulter.

»Der Mord war leider kein Witz. Renate Ingold ist tot«, erklärte Streiff und stand auf, um sich zu verabschieden. »Oder möchten Sie mir noch etwas sagen?«

Beide blieben stumm. Streiff ging mit einem unguten Gefühl. Verschwieg ihm dieses Paar etwas? Er trat aus der Wohnung, zog aber die Tür nicht ganz hinter sich zu und blieb stehen. Er hörte, dass die junge Frau etwas sagte, ihr Tonfall war verzweifelt. Dann ihr Freund: »Sei nicht kindisch, Dummchen, alles ist in Ordnung.«

Patrick Freuler hockte in seinem Büro am Computer. Er starrte auf den großen Bildschirm, der Raum war in ein kühles Licht getaucht. Eigentlich war es das Wohnzimmer. Aber für Patrick war klar gewesen, dass er im größten und hellsten Raum arbeiten würde. Der Bildschirm zeigte eine Skizze eines Hauses. Es war sein erster Auftrag. Seine Mutter hatte ihn engagiert, ein kleines Haus für sie zu entwerfen. Sie lebte allein, seit ihre Ehe zerbrochen und beide Söhne ausgezogen waren. Das Haus in Hirslanden, in dem sie alle gelebt hatten, war ihr zu groß. Vorübergehend wohnte sie in einer hübschen, teuren Dreizimmerwohnung in der Nähe des Milchbucks. Sie wollte sich keine Wohnung kaufen, denn die Vorstellung, mit den Besitzern der anderen Wohnungen im selben Haus zu einer kleinen Schicksalsgemeinschaft zusammengekettet zu sein, gefiel ihr nicht. Sie wollte ein kleines Haus mit etwas Garten für sich haben. Sie hatte ein Grundstück in einer Agglomerationsgemeinde gefunden, nicht weit von einer S-Bahn-Haltestelle entfernt. Leisten konnte sie es sich, sie war eine gut verdienende Zahnärztin mit Praxis am Löwenplatz. Überdies war vor einem Jahr ihr Vater gestorben und hatte ihr sein Geld vererbt. Patrick arbeitete mit

Eifer und Freude am Haus für seine Mutter, aber heute kam er nicht in Arbeitsstimmung. Die Dunkelheit der Wohnung drückte ihm aufs Gemüt. Er hatte überall die Lampen eingeschaltet, dennoch kam es ihm vor, als ob Nacht wäre, eine endlose, erbarmungslos finstere Nacht. Es war halb fünf, schon bald würde es wieder dämmrig werden. Aber er könnte das nur vom Treppenhaus aus sehen oder von der WG aus. Er würde bei ihnen zu Abend essen, aber er wollte nicht den ganzen Nachmittag bei ihnen abhängen. Er nahm an, Seraina, Luca und Carsten würden in ihren Zimmern arbeiten. Aline würde scheu und verschreckt in der Küche hocken und sich ihren Ängsten überlassen. Seraina. Patricks Gedanken blieben bei ihr hängen. Er kannte sie seit einem halben Jahr, seit er hier eingezogen war. Er gestand sich ein, dass er ein wenig verliebt war in sie. Anfangs hatte sie einen Freund gehabt, einen, fand Patrick, allzu gut aussehenden Medizinstudenten. Typ Schönheitschirurg, dachte er geringschätzig. Er verstand nicht, was Seraina an dem gefunden hatte, außer dass er auch aus Graubünden kam und sie ihn von früher kannte. Aber der war bald nicht mehr aufgetaucht. Jetzt war sie wohl Single. Wie er. Patrick hatte sich bisher nicht getraut, etwas von seinen Gefühlen durchblicken zu lassen. Er würde es irgendwann tun müssen, es sei denn, er legte die Sache ad acta. Aber das war Unsinn, er würde nicht einfach aufhören, verliebt zu sein. Christine, seine letzte Freundin, ging ihm durch den Kopf. Drei Jahre waren sie zusammen gewesen. Und dann hatte sich die Liebe einfach davongemacht, auf beiden Seiten. Ein Gedicht von

Erich Kästner kam ihm in den Sinn: »Als sie sich acht Jahre kannten, und man darf sagen, sie kannten sich gut, kam ihre Liebe plötzlich abhanden, wie anderen Leuten der Stock oder Hut.« Christine und er hatten sich ohne Drama getrennt, etwas verlegen, etwas beschämt vielleicht, hatten etwas gesagt von Freunde bleiben, aber nicht einmal dazu hatte es gereicht. Christine war seit neun Monaten völlig aus seinem Leben verschwunden. Patrick dachte nicht oft an sie, und er sprach auch nicht darüber. Es war ihm immer noch ein bisschen peinlich. Sollte ich unfähig sein zu tiefen Gefühlen?, fragte er sich hin und wieder, unfähig zu einer Liebesbeziehung? Würde sich das vielleicht herausstellen, wenn er es mit Seraina probierte? Na ja, vorausgesetzt, sie wollte ihn überhaupt. Sie war nett zu ihm, fröhlich, zeigte sich interessiert an seiner Arbeit, aber sie war auch zu den anderen freundlich und heiter. Sie war eben ein netter Mensch, unkompliziert, gescheit, gleichzeitig ernsthaft und lebenslustig. Patrick seufzte. Das machte nun wirklich keinen Sinn, in seiner zugeschneiten Bude zu hocken und einer Frau nachzuträumen. Ob er einen Spaziergang –? Nein, eben nicht. Das war ja jetzt das Problem. Die zugeschneite Stadt. Die erzwungene Untätigkeit. Nicht wissen, wie lange die Situation anhalten würde. Er drehte das Radio an. Radio 24 brachte eine Sondersendung. Vermutlich noch mit der gleichen Equipe, die Nachtdienst gehabt hatte. Die Lage war unverändert. Es schneite und schneite, und es war nicht abzusehen, wie lange noch. Wenn bloß die Heizung nicht aussteigt, dachte Patrick, dann würde es echt ungemütlich. Aus dem Sender äußerten sich nun Stadtbewohner, die ins Studio angerufen hatten. Einige fanden den Zustand romantisch, andere machten sich Sorgen, hatten Angst. »Hilfe«, rief ein Mann ins Telefon. Er habe nichts mehr zu essen. Der Moderator riet ihm, sich an die Nachbarn zu wenden. Kurz darauf rief eine Frau an, die im selben Haus wohnte wie jener hungrige Mann. Sie gab Entwarnung. Sie habe ihm ein Paket Spaghetti, eine Pestosauce und einen Beutel Reibkäse vorbeigebracht. Dieses Happy End veranlasste den Moderator zu einem kleinen philosophischen Exkurs über die schönen Seiten von Notzeiten, in denen die Menschen näher zusammenrückten, einander beistanden und Freundschaften schlossen. »Wer sagt denn«, rief er, »dass in der heutigen Zeit nur noch das Materielle zählt? Nehmen Sie sich ein Beispiel an dieser warmherzigen Frau, die ihrem Nachbarn geholfen hat.« Der betreffende Mann rief nochmals an, versicherte, es gehe ihm jetzt besser. Er habe im Keller noch ein paar Flaschen Wein, und er werde seiner Nachbarin jetzt eine vorbeibringen. Der Moderator gab gerührte Töne von sich und spielte einen Song von Leonard Cohen. Patrick grinste. Tja, im Vergleich zu anderen hatten sie es doch gut hier. Dann hielt er einen Moment den Atem an. Im Gegensatz zu anderen hatten sie eine tote Frau im Haus. Eine erstochene alte Frau. Die letzte Viertelstunde hatte er das komplett beiseitegeschoben. Sie war einige Wände und wenige Meter von ihm entfernt. Im Gegensatz zu anderen hatten sie einen Mörder im Haus. Patrick machte das Radio aus. Er überlegte, ob er seine Mutter anrufen sollte. Sie würde sich sicher freuen. Sorgen machte er sich keine um sie. Essensvorräte hatte sie, und mit Musik und Büchern würde sie problemlos einige Tage überstehen. Wahrscheinlich erwog sie auch, ihn anzurufen. Sie meldete sich nicht allzu oft, weil sie ihn nicht bemuttern wollte, und das schätzte er. Er wandte sich wieder dem Computer zu und zwang sich, Überlegungen zur Treppenhauskonstruktion anzustellen.

»Ja, bitte kommen Sie doch herein«, Lajos Varga trat höflich beiseite. »Meine Frau ist im Wohnzimmer.«

Streiff betrat die Wohnung, begrüßte Csilla Varga und setzte sich. Er sah sich im Wohnzimmer um. Ziemlich farbig, stellte er bei sich fest. Ein rotes Sofa, ein gelbrot gefleckter Teppich, gelbe Vorhänge, es sah ganz nach einer fröhlichen Familie aus. Das Paar, das ihm gegenüber saß, bildete einen Gegensatz zur Ausstrahlung der Wohnung. Sie sahen beide so ernst und bekümmert aus, dass Streiff sich fragte, ob es dafür einen Grund gab, der über den Umstand hinausging, dass in der Wohnung unter ihnen eine Leiche lag.

Sie versicherten beide, sie hätten in der letzten Nacht nichts gehört. Bis um elf sei der Fernseher gelaufen, das hörte man ganz leise, nachher sei es still gewesen. Kein Streit, kein Kampf, nichts sei zu ihnen heraufgedrungen. Sie gaben zu, mit Frau Ingold nicht sehr gut ausgekommen zu sein. Die Kinder zu laut, die Waschküche zu wenig sauber, das Kellerabteil zu unordentlich – Csilla Varga seufzte. »Wir sind eine normale Familie«, versicherte sie. »Nicht anders als die Schweizer Familien.«

Nun drangen aus dem Kinderzimmer nebenan laute Stimmen herüber.

»Sie spielen«, murmelte Csilla Varga, »Timea und Géza, mit Rubina und Aline Behrend, der jungen Frau, die in der Wohngemeinschaft zu Besuch ist.«

»Ich habe gewonnen«, das war eine kräftige Bubenstimme.

»Ja, schon gut«, das musste Rubina sein.

»Gratuliere«, fiel eine zweite Stimme ein, wahrscheinlich Aline.

»Sie müssen sich ein bisschen ablenken«, sagte Csilla, als müsste sie sich verteidigen. »Das ist doch nicht auszuhalten für Kinder, so eine schreckliche Situation.«

»Sie nimmt es auch her«, stellte Streiff fest.

War Lajos Varga zusammengezuckt? Streiff hätte es nicht mit Sicherheit sagen können.

Er nickte. »Heute Morgen, als ich aufgestanden bin, war es ein ganz normaler Tag. Und jetzt sind wir mitten drin in einer kompletten Ausnahmesituation, von der wir nicht wissen, wann sie enden wird. Und wie«, sagte er.

»Mehr als ein paar Tage wird der Schneefall nicht dauern«, versicherte Streiff. »Dann werden die Straßen geräumt werden und die Leiche von Frau Ingold wird weggebracht werden.«

»Und wann wird der Mörder abgeführt werden?«, fragte Lajos.

Der Kriminalbeamte zuckte die Schultern.

Csilla zupfte nervös an ihrem Schal herum. »Sie haben gesagt, dass alle Fenster und Balkontüren verschlossen waren«, begann sie. »Die Haustüre ist offenbar seit etwa Mitternacht zugeschneit, auch wenn wir das erst Stunden später gemerkt haben. Das heißt, es kann niemand das Haus betreten oder verlassen haben. Damit ist bewiesen, dass ein Hausbewohner Frau Ingold getötet hat.« Sie begann zu weinen. »Das halte ich nicht aus.« Sie verbarg das Gesicht in den Händen. Ihr Mann rückte näher an sie heran und legte ihr einen Arm um die Schultern. Er murmelte leise etwas in einer Sprache, die Streiff nicht verstand. »Szegény lányom.«

»Sie müssen es aushalten«, sagte er. »Können Sie sich vorstellen, wer von den Hausbewohnern zu dieser Tat fähig wäre und einen Grund dafür hätte?«

Csilla Varga sagte nichts, Lajos sah auf. »Wir beschuldigen niemanden«, sagte er, »wir bezahlen unsere Steuern, wir arbeiten, wir halten uns an die Gesetze. Wir gehen nicht zu einem Schweizer und sagen: Du hast eine alte Frau getötet.«

Streiff begriff. Das Ehepaar Varga hatte Angst. Hatten sie auch vor Renate Ingold Angst gehabt? Angst, sie könnten diese angenehme und günstige Wohnung verlieren? Hätte Lajos Varga, um seine Familie zu beschützen, die alte Frau erstechen können?

»Wie lange wohnen Sie schon hier?«, fragte er stattdessen.

»Sieben Jahre. Kurz vor Gézas Geburt sind wir eingezogen. Timea war drei. Sie ist hier im Quartier in die Krippe gegangen, in den Kindergarten, wir sind hier zu Hause.«

»Wie verstehen Sie sich mit Frau Meyer?«

»Gut«, sagte Csilla. »Sie ist eine freundliche alte Frau. Etwas einsam. Sie hat mich schon zu Kaffee und Kuchen eingeladen. Sie mag unsere Kinder, sie findet nicht, dass sie zu laut oder unfolgsam sind.«

»Ihre Tochter ist befreundet mit der Tochter von Frau Bianchera?«

Die Frau zuckte leicht die Schultern. »Nun ja, Rubina ist ein paar Jahre älter als Timea. Und das macht in diesem Alter viel aus. Unsere Timea ist zehn, ein Kind noch, während Rubina dreizehn ist, in der Pubertät, eigentlich schon nicht mehr ein Kind, sondern eine Jugendliche. Ich möchte auch nicht, dass sich Timea zu früh für Make-up und solche Dinge zu interessieren beginnt. Aber ich glaube, sie bewundert Rubina ein wenig.«

»Ich glaube, sie bringen sich gegenseitig ein bisschen ihre Zweitsprachen bei«, fügte Lajos Varga an. »Kürzlich habe ich im Treppenhaus mitbekommen, dass Timea zu Rubina ›Buon giorno‹ sagte und Rubina mit ›Jó napot kívánok‹ antwortete. Fast akzentfrei.« Er lächelte.

»Insgesamt haben die Hausbewohner ein gutes Verhältnis zueinander?«, fragte Streiff.

Lajos und Csilla nickten. »Ja, schon. Man grüßt sich freundlich, wenn wir in den Ferien sind, gießt Frau Bianchera unsere Pflanzen. Auch Frau Gut ist sehr nett. Die meisten sind ja den ganzen Tag außer Haus.«

»Sie sind auch erwerbstätig?«, wandte sich Streiff an die Frau.

»Ja, aber nur zweieinhalb Tage pro Woche, ich habe ja die Kinder. Ich bin Kosmetikerin und bin in einem Kosmetiksalon angestellt. Und an einem Abend pro Woche gebe ich an der Volkshochschule Ungarischunterricht.«

»Ungarischunterricht? Wer lernt denn in der Schweiz Ungarisch?«

»Die meisten sind Leute mit einem ungarischen Elternteil, die aber die Sprache in ihrer Kindheit nicht gelernt haben. Dann gibt es auch welche mit einem ungarischen Ehepartner.«

»Und, lernen sie es? Ich habe gehört, Ungarisch sei eine unerhört schwierige Sprache.« Lina Kovàts, Valeries beste Freundin, kam aus einer ungarischen Familie und sprach die Sprache mit ihrem Bruder.

Csilla lächelte. »Ja, sie funktioniert ganz anders als das Deutsche, die romanischen und die übrigen europäischen Sprachen. Nur mit dem Finnischen ist sie entfernt verwandt. Die Kurse dauern oft nur vier, fünf Semester, dann geben die Schüler wieder auf, weil es ihnen zu kompliziert wird. Aber es gibt doch immer wieder neue, die sich daran versuchen wollen.«

»Und in der Familie sprechen Sie Ungarisch?«

»Ja, das ist uns wichtig. Wir haben ja noch Verwandte in Ungarn, die wir regelmäßig besuchen. Ich will auch, dass die Kinder es lesen und schreiben können, mit Timea übe ich manchmal, und sie liest ungarische Kinderbücher.«

»Haben Sie schon daran gedacht, sich einbürgern zu lassen?«

»Ja, wir haben darüber gesprochen. Aber jetzt –«, Varga brach ab.

»Jetzt?«, fragte Streiff nach.

»Jetzt können wir es doch vergessen«, sagte Lajos

Varga heftig. »Im Haus, wo wir wohnen, ist ein Mensch getötet worden. Vielleicht wird man den Mörder nicht finden. Und an wem bleibt dann der Verdacht haften? An uns natürlich. An den Ausländern.« Csilla legte ihrem Mann die Hand auf den Arm.

»Unsinn«, widersprach Streiff scharf. »Sorgen Sie sich nicht deswegen«, fügte er ruhiger hinzu. »Die Ermittlungen haben ja noch kaum begonnen, wir werden seriöse Arbeit leisten und den Mörder finden.«

Er erhob sich, dankte dem Ehepaar Varga für seine Auskünfte und verließ die Wohnung. Bevor er die Tür ins Schloss zog, hörte er die aufgeregte Stimme von Csilla Varga: »Warum hast du das gesagt? Das war ein Fehler.« Streiff wartete nicht auf die Antwort, sondern zog die Tür hinter sich zu.

Ursula Meyer nickte. »Ja, ich fühle mich etwas besser. Aber es ist schrecklich, so etwas zu erleben.« Nach einer Pause fügte sie an: »Glaubt Ihr Freund, der Polizist, jetzt wohl, ich habe Frau Ingold getötet?«

»Bestimmt nicht«, fiel Valerie Gut ein. »Sie hätten doch gar nicht die Kraft dazu.«

»Aber er wird jetzt doch erfahren, dass ich sie gehasst habe«, sagte die alte Frau hilflos.

»Ja, aber umgebracht haben Sie sie nicht, das denkt niemand«, versicherte ihr Valerie. »Dass Sie sie hassten, ist normal. Keine Frau hält das ruhig aus, wenn ihr Mann mit einer anderen Frau eine Affäre hat.«

»Ich möchte jetzt ein wenig allein sein«, murmelte Ursula Meyer.

»Dann lasse ich Sie jetzt. Ich schenke Ihnen noch eine Tasse Tee ein. So. Wenn Sie etwas brauchen oder nicht mehr allein sein möchten, dann kommen Sie und klingeln bei mir.«

Die Frau nickte dankbar, und Valerie ging.

Ursula Meyer griff nach einer leichten Wolldecke und legte sie über ihre Beine. Sie fröstelte oft, obwohl die Wohnung eigentlich gut geheizt war. Aber sie war dünn und zerbrechlich, Wärme hielt sich nicht lange in ihrem alten Körper.

Ihre Gedanken schweiften in die Vergangenheit. Ihr Mann und sie hatten schon ein paar Jahre hier gewohnt, als das Ehepaar Ingold eingezogen war. Sie hatte schon bemerkt, dass ihr Mann der Ingold nachschaute. Sie war attraktiv gewesen, selbstsicher, von einer etwas hochmütigen Lebhaftigkeit. Dass sie ihm gefiel, gut, das war auszuhalten gewesen. Aber dass er mit ihr – Ursula biss sich auf die Lippen. Es war schon so lange her, und es hatte nicht lange gedauert, ein paar Monate, und doch tat es immer noch so weh – Wut, Eifersucht und Schmerz, eine tiefe Trauer. Erwin und sie hatten nie ausführlich darüber geredet, was es bedeutet hatte, für ihn, für sie beide. Sie hatte ihn einmal aus ihrer Wohnung kommen sehen, und es war klar gewesen. Entsetzt war sie aus dem Haus gelaufen und zwei Stunden später wieder gekommen. Er hatte sich Mühe gegeben, ein Nachtessen zuzubereiten, er, der doch überhaupt nicht kochen konnte. Furchtbar verlegen und schuldbewusst war er gewesen, voll Angst, sie würde ihn verlassen. Es sei fertig, hatte er gemurmelt, er mache das nie mehr. Mit ein paar Fragen hatte sie einige Einzelheiten aus ihm herausgequetscht, dann hatten sie die Sache auf sich beruhen lassen. Erwin und sie hatten weiter zusammengelebt wie vorher. Sie war nicht misstrauisch gewesen, er würde sie wieder betrügen, aber ihr Vertrauen zu ihm war kaputt, und es war nie wiedergekommen. Vor elf Jahren war Erwin gestorben. Sie hatte getrauert, um ihn, um etwas, was schon vor vielen Jahren gestorben war. Zur Beerdigung waren die Kinder gekommen, Christine und Hannes, auch schon nicht mehr ganz jung. Kerstin, Hannes' Frau, war auch dabei, Liza, Christines Lebenspartnerin, nicht. Christine war eine Woche geblieben, Hannes zwei, dann waren sie wieder abgereist, sie nach Boston, er nach Stockholm, wo sie lebten. Sie schrieben ihr, sie riefen auch regelmäßig an, Christine etwas öfter als Hannes, und sie waren froh zu hören, dass es der Mutter gutging, die Gesundheit noch mitmachte, sie ins Altersturnen ging und mit einer Freundin jeden Donnerstagnachmittag im Café Ernst an der Bahnhofstraße Tee trank und ein Törtchen aß.

Das Alter, dachte Ursula, macht nicht gelassen und weise. Immer noch können schreckliche Gefühle in einem herumtoben. Sie mögen über Jahre im Tiefschlaf liegen, aber es braucht nicht viel, um sie zu wecken. Die Ingold mit Erwin, mit Erwin. Die Ingold. Es würde nie vorbei sein. Ich bin alt, dachte Ursula, aber ich kann noch lang leben. Die Frauen werden alt heutzutage. Eines Tages werde ich im Altersheim sein, vielleicht sogar in der Pflegeabteilung. Sie werden mich waschen und mir zu essen geben. Wahrscheinlich werden sie freundlich zu mir sein. Es ist ja nicht anzunehmen, dass wieder so etwas passiert wie damals im Entlisberg, als Pflegerinnen demente Patientinnen gefilmt und ausgelacht hatten. Ich werde meine Tage mit Radio und Fernsehen verbringen, aber immer werde ich die Ursula sein, deren Mann mit der Ingold – nie werde ich jemand anders sein. Nie eine Frau, die von ihrem Mann wirklich geliebt und beschützt worden ist.

Sie starrte aus dem Fenster. Alles, was sie sah, war ein trübes Weiß. Dicke Flocken, die langsam fielen, unaufhaltsam. Sie ließ ihre Gedanken laufen. Vielleicht war jetzt schon der erste Stock zugeschneit. Vielleicht stieg der Schnee noch höher, bis zu ihr. Vielleicht würde auch ihre Wohnung zugeschneit, das ganze Haus, sie würden alle in einem Iglu sitzen, die Heizung würde ausfallen. Ich werde mich ins Bett legen, dachte sie. Ein paar Schlucke nehmen vom Kirsch, den sie fürs Fondue im Küchenschrank hatte. Erfrieren war ein angenehmer Tod, hatte sie einmal gelesen. Am Schluss friert man nicht mehr. Sie nickte ein.

Auch Valerie sah aus dem Fenster. Sie dachte nicht an den Tod, nicht an schmerzliche Ereignisse. Sie überlegte scharf, allerdings ohne zu einem Ergebnis zu kommen. Die Situation war, wie sie eben war. Größter Schneefall seit Menschengedenken. Würde noch Tage so weitergehen. Eine Leiche, nein, nicht im Keller, aber in der Parterrewohnung. Ein Polizist mit Internetanschluss und telefonischem Kontakt zu einer übermüdeten Polizistin, die nach ihrer Nachtschicht nicht heim konnte.

Ein Mörder im Haus, der – ja, wie ging es dem nun? Hatte er Angst, war er in Aufregung? Oder lachte er sich ins Fäustchen ob seiner Schlauheit, seinem perfekten Plan? »Du wirst ja sehen, wie perfekt er war«, brummte Valerie zornig vor sich hin. »Du wirst dieses Haus in Handschellen verlassen.« Bestimmt war er nervös. Wirklich sicher fühlen konnte er sich nicht. Er. Oder war es eine Frau? Sicher nicht die alte Ursula Meyer. Oder etwa doch? Weinend hatte sie Valerie von jener alten Geschichte berichtet. Mehr als zwanzig Jahre war es her, aber es schmerzte sie immer noch. Vielleicht gab es noch ein ganz anderes Motiv, von dem sie alle nichts ahnten. Die Nachbarn kannten ja einander nicht wirklich gut. Wo Beat nur blieb? Sicher war er noch auf seiner Gesprächstour durchs ganze Haus. Er würde auch die Wohnung von Renate Ingold durchsuchen müssen. Vielleicht fand sich ein Hinweis.

Valerie hatte richtig vermutet. Streiff stand in Janine Biancheras Küche. Die Frau wirkte müde und sah, im weißen Licht des Himmels, älter aus, als sie war. Irgendwie verhärmt, verbraucht. »Was soll ich Ihnen sagen?«, murmelte sie. »Wir wohnen seit ein paar Jahren hier, meine Tochter und ich. Wir kennen die Leute im Haus so, wie man Nachbarn halt kennt. Mal ein kurzer Schwatz im Treppenhaus. Frau Varga gießt meine Pflanzen, wenn wir weg sind.«

»Wie war Ihr Verhältnis zu Frau Ingold?«

Janine seufzte. »Kaum existent. Sie fand, Rubina sei frech. Was vielleicht auch stimmte. Das Mädchen ist in der Pubertät. Aufmüpfig. Launisch. Innerlich unsicher. Wie sie halt sind in dem Alter. Das geht vorbei, es hat nichts weiter zu bedeuten.«

»Sie selbst verstehen sich also gut mit Ihrer Tochter?« Streiff war überrascht von ihrer Reaktion auf seine Frage. Sie war offensichtlich wütend.

»Was wollen Sie damit sagen? Ich könne mein Kind nicht erziehen? Ja, ich bin allein mit ihr. Ihr Vater ist tot. Aber ich kümmere mich um Rubina, ich bin für sie da.« Sie schaute an Streiff vorbei aus dem Fenster. »Was sollen diese Fragen überhaupt? Denken Sie so den Mörder von Frau Ingold zu finden?«

»Ich möchte mir nur ein Bild von den Verhältnissen machen«, sagte Streiff und versuchte, beruhigend zu klingen. »Ich stelle allen Hausbewohnern einige Fragen.«

Janine Bianchera schaute ein bisschen freundlicher.

»Wer hat sich Ihrer Meinung nach besonders gut und wer besonders schlecht mit Renate Ingold verstanden?«, fragte Streiff.

»Ich glaube, die jungen Männer mochte sie ganz gut«, überlegte Bianchera. »Jedenfalls Fridolin Heer und den jungen Architekten vom Parterre. Die Jungs von der WG gefielen ihr nicht. War ihr suspekt, dass da junge Frauen und Männer in der gleichen Wohnung hausen, ohne verwandt oder verheiratet zu sein.«

»Hatte sie strenge moralische Massstäbe?«

»Hm, weiß nicht. Es gibt ja das Gerücht, dass sie früher mal mit Frau Meyers Mann etwas hatte. Keine Ahnung, ob es stimmt. Ist mir auch egal.« Sie schwieg einen Moment. »Aber sie war überheblich. War ja früher von Beruf Kaufhausdetektivin. Ließ ab und zu durchblicken, dass sie es jemandem auf den ersten Blick ansieht, ob er was auf dem Kerbholz hat.«

»Hat sie solche Anspielungen gemacht über eine bestimmte Person in diesem Haus?«, wollte Streiff wissen.

»Weiß ich nicht. Wäre das dann der Mörder?«

Streiff zuckte die Schultern. »Ich würde gern auch mit Ihrer Tochter reden.«

»Mit Rubina? Warum? Was kann sie denn schon wissen? Sie ist ein Kind.«

»Kinder«, sagte Streiff ruhig, »haben oft eine gute Beobachtungsgabe. Sie bemerken Dinge, auch wenn sie vielleicht nicht wissen, was sie bedeuten.«

»Rubina ist drüben bei den Vargas. Spielt mit den Kindern. Ich kann sie holen.«

»Ich würde gern zu zweit mit ihr reden. Könnten Sie sie bitte hinaufschicken, zu Frau Gut?«

Janine blickte skeptisch, aber sie nickte.

Als Janine allein war, tigerte sie nervös durch die Wohnung. Sie rief nochmals im Café an, in dem sie arbeitete. Natürlich hob niemand ab. Dennoch fühlte sich Janine unbehaglich. Als ob sie blaumachen würde – obschon sie wusste, dass das Unsinn war. Sie war eine gute Arbeitskraft. Vielleicht nicht so süß zu den Gästen wie Marianne, ihre junge Kollegin. Aber sie bediente schnell, verwechselte nie Bestellungen und vergass nie etwas. Jedenfalls machte sie nicht weniger Trinkgeld als die

Jüngere. Janine erwog, Frau Zeller anzurufen, die Besitzerin des Cafés, die in Horgen lebte. Aber sie verwarf die Idee, das wäre ihr doch zu unterwürfig vorgekommen. Frau Zeller war genauso in ihrer Wohnung eingeschlossen wie alle anderen auch.

Janine wusste nicht, was sie mit dieser freien Zeit anfangen sollte. Sie las kaum, das nachmittägliche Fernsehprogramm fand sie langweilig, die Wohnung war sauber. Mit etwas schlechtem Gewissen ging sie in Rubinas Zimmer. Nein, natürlich hatte sie nicht vor, ihrer Tochter nachzuspionieren. Bloß ein wenig umsehen wollte sie sich. Ein bisschen aufräumen. Ihr war klar, dass sich Rubina ganz und gar nicht darüber freuen würde. Fuchsteufelswild wäre sie, wenn sie die Mutter dabei ertappte. Trotzdem öffnete die Mutter jetzt ihre Zimmertür und trat ein. Es war ein ganz normales Mädchenzimmer. An den Wänden Poster von Lady Gaga und Luca Hänni, einem Schweizer Teenie-Star. Alles ein bisschen unordentlich, aber nicht beunruhigend. Janine ging zum Bücherregal, das nicht nur Lesestoff, sondern auch Modeschmuck und Schminksachen beherbergte. Violetter Nagellack, Wimperntusche – mussten sich die jungen Mädchen heute so früh schon anmalen? Alle täten das, hatte Rubina gereizt versichert, als die Mutter sie einmal darauf angesprochen hatte. Es lohnte sich nicht, sich darüber aufzuregen. Aber dann hielt sie einen Moment die Luft an. Was war denn das? Sie nahm einen Lippenstift auf. Das war kein Stück einer preisgünstigen Teeniemarke. Das war ein richtig teurer Lippenstift einer angesehenen

Kosmetikfirma. Janine selbst hatte ihn einmal im Globus ausprobiert, aber dann schweren Herzens gefunden, dass sie ihn sich nicht leisten konnte. Woher hatte ihre dreizehnjährige Tochter, die sich mit einem mittelprächtigen Taschengeld durchschlagen musste, dieses teure Teil? Mädchen, dachte sie, dich werde ich mir vorknöpfen, wenn du wieder da bist. Klaute Rubina etwa? Und hatte Renate Ingold das herausbekommen? Janine fühlte sich plötzlich schwach. Rasch ging sie aus dem Zimmer, zog die Tür fest hinter sich zu und ließ sich im Wohnzimmer aufs Sofa sinken.

Das Gespräch mit Rubina dauerte nicht lang und brachte nichts. Das Mädchen war abweisend, kurz angebunden. Verstockt, dachte Streiff. Nachdem sie gegangen war, blieb Beat Streiff am Küchentisch sitzen und dachte über Mutter und Tochter Bianchera nach. Äußerlich glichen sie sich gar nicht, die blonde, etwas füllige Frau und der dunkelhaarige, schlanke Teenager, und auch von ihrer Art her waren sie sehr verschieden. Aber eines hatten sie gemeinsam, die Abwehr ihm gegenüber, die sich beim Mädchen in Trotz äußerte. Knapp und unfreundlich hatte sie auf seine Fragen geantwortet und behauptet, gar nichts zu wissen. Ob das stimmte? Vielleicht hing es mit ihrem Alter zusammen, dass sie sich grundsätzlich nicht für Erwachsene, für ältere Leute interessierte. Leute, die keine Ahnung hatten, welche Musik gut war, welche Kleider cool waren. Er stand auf. Zeit, sich ein wenig mit den WG-Bewohnern zu unterhalten.

Er würde sich die vier jungen Leute einzeln vorknöpfen. Seraina Loretz, die Bündnerin, machte einen bodenständigen, vernünftigen Eindruck. Carsten Behrend wirkte ruhig, freundlich, etwas verschlossen. Es war vermutlich eher schwierig, an ihn heranzukommen. Seine jüngere Schwester Aline würde eigentlich ärztlichen Beistand brauchen, eine Therapie. Sie war dermaßen aufgewühlt und verängstigt, und das war vermutlich nicht nur auf den Todesfall zurückzuführen. Luca Oertle gab sich überlegen, war sehr von sich selbst eingenommen. Streiff wunderte es, dass er Ethnologie studierte, ein brotloses Fach, das eigentlich die Bereitschaft und Fähigkeit erforderte, sich unvoreingenommen auf fremde Kulturen einzulassen. Streiff hätte ihn eher als Ökonomen gesehen. Aber das war nicht seine Sorge. Grundsätzlich konnte jeder von den vieren irgendeine Leiche im Keller haben. Oder im Parterre, dachte er sarkastisch.

Er klingelte. Seraina Loretz öffnete und bat ihn in ihr Zimmer. Ein typisches WG-Zimmer: Bett, Arbeitstisch mit Bürostuhl, Bücherregal und ein Kleiderschrank. Sie bot ihm den Stuhl an und setzte sich aufs Bett.

»Was hätten Sie für ein Motiv, Renate Ingold umzubringen?« Streiff hatte mit Absicht mit einer Provokation begonnen.

Die Überraschung saß. Die junge Studentin starrte ihn erst mal nur an. »Überhaupt keines«, wehrte sie sich dann empört. »Weshalb sollte ich eine alte Frau töten, deren einziger Fehler es ist, unfreundlich zu sein? Das war ein Grund, ihr aus dem Weg zu gehen – mehr sicher nicht.«

»Ich beschuldige Sie nicht«, relativierte Streiff. »Sie wissen, ich führe hier lediglich erste Gespräche. Aber jeder Hausbewohner würde mir auf diese Frage ungefähr so antworten wie Sie. Dennoch sind sich alle einig, dass mit allerhöchster Wahrscheinlichkeit jemand, der hier lebt, die Tat begangen hat. Das heißt, jemand hatte ein Motiv, von dem wir bis jetzt noch nichts wissen, oder für jemanden genügte es tatsächlich, dass sie äußerst unliebenswürdig war.«

»Ich studiere Medizin«, sagte Seraina dezidiert, aber freundlicher. »Mein Ziel ist es, Menschen zu kurieren, Leben zu erhalten, nicht, es auszulöschen.«

Streiff nickte.

»Wie würden Sie sie charakterisieren, unabhängig davon, ob sie Ihnen sympathisch war oder nicht?«

Die Studentin runzelte die Stirn. »Sie war sehr selbstbewusst – ziemlich von sich eingenommen, würde ich sagen. Sie hatte immer recht. Sie war sehr allein, aber ob sie sich einsam fühlte, kann ich nicht beurteilen. Eher nicht. Tagsüber ging sie oft in die Stadt. Ging einkaufen, traf sich mit früheren Arbeitskollegen, habe ich mal sagen hören. Abends war sie eigentlich immer zu Hause. Die Nachbarn über ihr hörten ihren Fernseher. Sie kochte sehr gut. Die Düfte stiegen bis zu uns hoch. Natürlich wurden wir niemals eingeladen.« Sie lächelte. »Ich glaube, sie war ganz zufrieden mit sich und ihrem Leben. Sie hielt ihre Wohnung im Schuss, kochte und backte und briet, zog sich auf eine altmodische Weise gut an.«

»Hatte sie einen Freund?«

»Nein, das glaube ich nicht. Sie war nicht charmant, nicht liebenswürdig. Obwohl, zu Männern konnte sie manchmal ganz nett sein. Aber sie hatte nie Besuch.«

»Hörte man sie telefonieren?«

»Nein, aber das hätte man im Treppenhaus wohl auch nicht gehört.«

»Wer, glauben Sie, hätte einen Grund gehabt, sie zu töten?«

»Keine Ahnung. Meinen Sie irgendeinen verborgenen Grund? Ich weiß von nichts.«

Luca Oertle war weniger hilfsbereit als Seraina Loretz. Er fläzte sich auf seinem Bürostuhl und wies, mit einem Blick auf Streiff, auf das Bett. Streiff zog es vor stehenzubleiben. Das Bett war nicht gemacht, und überhaupt herrschte im Zimmer Unordnung. Bücher und CDs lagen herum, Kleider, Wäsche, zwei MP3-Player, zwei Laptops und ein Haufen Kleinigkeiten. Streiff hatte Lust, ein wenig mehr über den jungen Mann herauszufinden. Er war zweifellos einige Jahre älter als seine beiden Mitbewohner, knapp dreißig, schätzte Streiff.

»Haben Sie die Matura auf dem zweiten Bildungsweg gemacht?«, erkundigte er sich, darauf gefasst, dass ihm Oertle eine Abfuhr erteilen würde.

Aber der lächelte. »Ich weiß, was in Ihrem Kopf abgeht«, gab er spöttisch Auskunft. »Was macht dieser Alte noch an der Uni? Die Antwort ist einfach: einem interessanten Hobby nachgehen. Ich habe einen Abschluss der HSG St. Gallen. Aber da ich finanziell nicht darauf angewiesen bin zu arbeiten, beschäftige ich mich mit anderen Dingen, die mich fesseln. Was dagegen?«

Streiff schüttelte den Kopf. Aha, dachte er, ein fils à Papa, der keine Verantwortung für sich übernehmen muss und will, der sich treiben und es sich wohl sein lässt. Nun, ihm konnte das egal sein.

»Wen verdächtigen Sie?« Diese Frage kam ohne Einleitung, in scharfem Ton.

Luca ließ sich nicht provozieren, sondern dachte eine Weile ernsthaft nach. »Nicht unsere hübsche Seraina«, sagte er, »auch nicht Carsten. Warum sollte er so was tun? Aber vielleicht die kleine spinnerte Aline? – Im Ernst, die hat definitiv nicht alle Tassen im Schrank. Schwankt ständig zwischen Verzweiflung, krankhafter Schüchternheit und Angst. Hat noch nie gelacht, seit sie hier ist. Ich bezweifle, dass sie weiß, dass sie eine Frau ist.«

»Wissen Sie, warum es ihr so schlecht geht?«

»Nein. Interessiert mich auch nicht. Ich mag attraktive Frauen, die Spaß verstehen. Keine graumäusigen Mauerblümchen.«

»Hat Aline Behrend Angst vor Ihnen?«

»Glaub schon.« Wieder ein spöttisches Lächeln. »Man kann sie so schön erschrecken. Uhh, nein«, ahmte er die junge Frau nach, »Caaarsten!«

Streiff wechselte das Thema. »Wer sonst käme Ihrer Ansicht nach als Täter infrage?«

»Patrick, der sein Büro vergrößern möchte und dafür gern die Vierzimmerwohnung hätte. Die Vargas, damit ihre Gofen ungestört in der Wohnung herumtoben können. Raffaela, weil Ingold ihren Liebsten angeflirtet hat.

Fridolin, weil Ingold herausgefunden hatte, dass er abends gern mal kokst. Madame Bianchera, um ihre Teenie-Tochter zu beschützen. Madame Meyer, die einen Rachefeldzug führt. Tja, fehlt nur noch Ihre Liebste.«

»Und was könnte Valerie für einen Grund gehabt haben?«, fragte Streiff unerschüttert.

»Die böse Renate mochte keine Fahrräder«, gab Luca ebenso gelassen zurück.

Das Gespräch mit Carsten Behrend, der in der Küche saß und las, brachte nicht sehr viel. Seine Schwester war in seinem Zimmer, lag in einem Schaukelstuhl und hörte über Kopfhörer Musik.

»Sie konnte mich nicht leiden«, erzählte sie, offensichtlich froh, mit jemandem reden zu können. »Weil ich Deutsche bin. Die Schweizer können ja die Deutschen nicht ausstehen. Sie denken, wir nehmen ihnen die guten Jobs weg.« Sie schwieg eine Weile. »Luca mag mich auch nicht. Eigentlich mag mich hier niemand. Außer Carsten, der hilft mir. Und vielleicht die Kinder aus dem ersten Stock. Die sind nett. Aber untereinander sprechen sie so eine komische Sprache. Ich habe kein Wort verstanden.«

»Haben Sie eine Meinung zu dem, was passiert ist?«, fragte Streiff. »Eine Vorstellung, wer die alte Frau umgebracht haben könnte?«

»Nein! Wie könnte ich?« Schon war Panik in ihrer Stimme. »Ich bin doch erst seit zehn Tagen hier. Ich weiß gar nichts, ich kenne niemanden.«

»Aber Sie sind Frau Ingold doch begegnet.«

»In der Waschküche. Sie hat mir befohlen, besser zu putzen. Wieso ich? Ich habe die Waschküche nicht schmutzig gemacht. Und einmal hat sie mir vorgeworfen, dass ich ihr »Tagblatt« aus ihrem Milchkasten genommen hätte. Was interessiert mich diese Zeitung? Warum werde immer ich beschuldigt? Was haben die Leute gegen mich? Was ist so schrecklich an mir?« Sie schlug die Hände vors Gesicht.

»Hatten Sie schon immer so viel Angst vor den Menschen?«

»Carsten sagt, ich müsse lernen, mich besser abzugrenzen. Aber ich kann es nicht. Manchmal möchte ich einfach drauflosschlagen. – Aber ich tue es natürlich nicht«, fügte sie erschrocken hinzu, »ich habe das nicht getan. Glauben Sie mir?« Ihre Augen waren aufgerissen, ihr Gesicht wachsbleich.

Streiff hatte genug. »Machen Sie sich keine Sorgen«, sagte er kurz. »Ich muss mit allen Hausbewohnern sprechen. Ich selbst habe noch gar keine Meinung.«

Noch bevor er die Tür hinter sich zugezogen hatte, hatte Aline bereits wieder die Kopfhörer in den Ohren und auf die Playtaste ihres Geräts gedrückt.

Streiff ging nochmals kurz zu Carsten Behrend, der ihm bestätigte, dass seine Schwester an einer Depression litt. Natürlich würde sie eine Behandlung benötigen, gab er zu, vielleicht sogar Medikamente, aber die familiäre Situation zu Hause war im Moment wegen der Scheidung der Eltern so schwierig, dass er es für das Beste gehalten hatte, Aline eine Zeit lang zu sich zu nehmen. »Sie ist verwirrt und verängstigt«, sagte er, »aber glauben Sie mir, sie neigt nicht zu Gewalt. Sie könnte keiner Fliege etwas zu Leide tun.«

Manchmal, dachte Streiff, sind verzweifelte, verschüchterte Leute zu vielem fähig, das eigentlich gar nicht zu ihnen passt. Aline, die sich abgelehnt fühlt und wohl tatsächlich von vielen abgelehnt wurde – wie viel Aufruhr und Elend mochte sich in ihr aufgestaut haben? Er schaute auf die Uhr. Schon fast Abend. Ein Gespräch lag noch vor ihm, das mit dem jungen Architekten vom Parterre. Das wollte er vor dem Abendessen noch hinter sich bringen. Dann war Feierabend, wobei das natürlich eine unpassende Bezeichnung war. Das Abschalten würde ihm nicht leicht fallen, jetzt, wo es nur eine hauchdünne Grenze zwischen Tatort, Leiche, Verdächtigen und dem Zuhause gab.

Patrick saß in seiner komplett zugeschneiten Wohnung bei kühlem Neonlicht in seinem Atelier vor einem großen Computerbildschirm. »Ja, ich arbeite, warum nicht«, sagte er. »Das würde ich ja auch tun, wenn das Wetter nicht verrückt spielen würde.«

Er erzählte, dass er sich mit Frau Ingold ganz gut verstanden hatte. Er hatte ihr mal eine Sicherung ausgewechselt, und ab und zu hatte er irgendwelchen Geschichten von früher zugehört. Er bestätigte, dass sie gelegentlich Anspielungen über Leute im Haus hatte fallen lassen, was ihm nicht sehr sympathisch gewesen war, und er hatte sich nie dazu geäußert.

»Was denn für Anspielungen?«, wollte Streiff wissen.

»Ach, so allgemein. Über Kinder und Jugendliche, die klauen, zum Beispiel, über Ausländer, die sich angepasst verhalten, aber sich im Grunde genommen doch nicht um das Land scheren, das sie aufgenommen hat und ihnen alles gibt. Über Leute, die ihre Vorstrafe verheimlichen. Oder über Leute, die im Geheimen jemanden hassen und denen alles zuzutrauen wäre.«

»So«, brummte Streiff. Wen auch immer die Frau damit gemeint haben konnte, irgendwie hatte sie recht behalten.

»Und von Ihnen hat sie auch etwas gewusst oder vermutet?«

Von einem Augenblick auf den anderen verschloss sich Patrick Freulers Gesicht. Er zuckte gleichgültig die Schultern. »Was denn schon?«

Der Junge erinnerte sich offensichtlich nicht mehr an ihn. Streiff half ihm auf die Sprünge. »Sie hat nie eine Andeutung fallenlassen«, versicherte Freuler, dem das Ganze gar nicht recht war. War er vorher offen und freundlich gewesen, war er nun höflich, korrekt, aber es war ihm anzumerken, dass er Streiff ins Pfefferland wünschte. Dieser verabschiedete sich ohne weitere Fragen. Ob das wohl stimmt?, überlegte er sich, als er in den vierten Stock hinaufstieg. Es war sehr gut möglich, wenn nicht sogar wahrscheinlich, dass Renate Ingold Patrick Freulers Geheimnis gekannt hatte. Und dann hatte sie sicher einmal eine Bemerkung gemacht. Keine Drohung, keine Erpressung, lediglich ein Satz, in dem sie ihr Wissen durchschimmern ließ. Nein, man konnte diesem jungen Mann nicht unbedingt Glauben schenken, so wenig wie den anderen Hausbewohnern. Jetzt brauchte er erst mal Ruhe, Zeit zum Nachdenken.

Fridolin Heer klopfte an die Schlafzimmertür. »Hey, Raffi, was ist? Bist du krank?«

Sie öffnete. »Nein, aber ich habe Kopfschmerzen. Ich habe mich schon den ganzen Tag nicht wohlgefühlt. Habe so komisch geschlafen letzte Nacht. Gleichzeitig sehr tief und nur ganz dünn.«

»Willst du gleich schlafen?«

»Ach, ich weiß nicht. Ich will einfach ein wenig liegen. Essen mag ich nichts.«

Stimmt, essen. Sie waren bei Biancheras eingeladen. In einer halben Stunde.

»Geh du nur allein. Wenn ich doch Appetit bekomme, nehme ich mir ein paar Zwieback.«

Raffaela entzog sich Fridolins Hand, die über ihre Stirn strich. »Ich möchte jetzt einfach für mich sein.« Sie schloss die Tür und legte sich aufs Bett. Müde war sie nicht. Aber verwirrt, aufgewühlt. Ich muss nachdenken, sagte sie sich, ich muss mich erinnern. Da war doch etwas. Habe ich etwas gehört? Nein, das ist nicht möglich. Vermutlich habe ich letzte Nacht einfach unruhig geschlafen und etwas Merkwürdiges geträumt. Was soll das, ich schlafe doch sonst immer gut. Werde ich etwa schon alt? Unsinn, ich bin noch jung, ich will noch ein paar Jahre Spaß haben. Und dann will ich ein Kind. Mit Fridolin. Ist er meine große Liebe? Ich weiß es nicht. Gibt's die überhaupt? Es ist nicht so wichtig. Sie griff nach der Fernbedienung und schaltete den kleinen Schlafzimmerfernseher ein.

Fridolin saß im unbeleuchteten Wohnzimmer. Es war dunkel. Er fühlte sich ruhig und leicht. Ein paar geschenkte freie Tage, das war sehr angenehm. Morgen würde es Raffaela wieder gutgehen. Sie war halt ein bisschen der nervöse Typ, gefühlsbetont, mal von etwas begeistert, dann wieder voller Sorgen. Er würde sie schon beruhigen können, sie vertraute ihm. Vor einer Weile hatte sie eine Bemerkung fallen lassen, dass sie ein Kind wollte. Ein Kind? Er hatte noch nie darüber nachgedacht. Aber warum nicht? Die meisten Paare bekamen irgendwann Kinder. Sie würden sich eine größere Wohnung suchen, etwas Hübsches mit etwas Garten in einer Agglomerationsgemeinde. Das würde nicht billig sein, aber es würde schon gehen, er lächelte. Er hörte von draußen die Uhr schlagen. Sieben Uhr. Zeit fürs Abendessen. Er stand auf.

Beat Streiff streckte sich auf dem Bett aus. Er fühlte sich müde, merkte plötzlich wieder, dass er noch kaum von seiner Grippe genesen war. Aus der Küche hörte er Geräusche. Valerie kochte. Heute Nachmittag hatte die Medizinstudentin aus der Wohngemeinschaft vorgeschlagen, dass heute alle bei ihnen essen könnten. Aber nun hatte sich nur der junge Architekt bei ihnen eingefunden. Das Paar Heer und Zweifel war bei Biancheras, Ursula Meyer war von Frau Varga abgeholt worden, Valerie und er waren für sich. Offenbar hatte niemand Lust auf viel Gesellschaft. Kein Wunder. Die Entdeckung der Leiche hatte alle mitgenommen. Vermutlich auch Luca Oertle und Fridolin Heer, die so überlegen taten. Und noch etwas: Allen war bewusst, dass der Täter höchstwahrscheinlich unter ihnen war. Keine gute Voraussetzung für einen gemütlichen Abend.

Bis das Essen fertig war, würde es noch eine Weile dauern, hatte Valerie angekündigt Streiff ließ sich den Tag durch den Kopf gehen. Vor allem eines beschäftigte ihn jetzt: das Motiv. Niemand hatte einen Streit, einen Kampf, Schreie gehört. Der Mord musste sich sehr still abgespielt haben. Also keine Verzweiflungstat, keine heftigen Gefühle, keine überwältigende Angst oder nicht mehr beherrschbare Wut. Ein kühles, geplantes Verbrechen, dachte Streiff. Und dafür konnte das Motiv Geld sein. Hatte die alte Frau Geld besessen? Was sie vermögend? Wer war ihr Erbe? Ich werde mir morgen ihre Wohnung ansehen, beschloss er, Papiere und so weiter. Es eilte ja nicht. Das Schlafzimmer, in dem sie lag, und die Wohnung waren abgeschlossen, die Schlüssel hatte Streiff bei sich. Die Wohnung hatte nicht den Eindruck gemacht, als ob sie durchsucht worden wäre. Jetzt bin ich ein Detektiv, dachte er, schade, dass ich nicht Pfeife rauche.

Fridolin Heer fühlte sich nicht besonders wohl bei Biancheras. Die Tochter beobachtete ihn schweigsam, kühl und, so kam es ihm vor, misstrauisch. Nun ja, sie war praktisch noch ein Kind. Sie nahm bestimmt an, dass ein Mann der Mörder war. Warum also nicht er, wo er doch schon am Küchentisch saß? Die Mutter kochte nicht besonders gut. Die Teigwaren waren etwas zu weich, nichts von al dente, der Sauce war anzumerken, dass sie aus einem Beutel oder einem Gläschen stammte. Der Wein, den sie einschenkte, war billig. Fridolin entschuldigte Raffaela und aß höflich. Viel Gesprächsstoff gab es nicht. Man wollte ja vor dem Mädchen nicht endlos über den Mord reden, aber allen dreien kamen auch keine anderen Themen in den Sinn. Aus Unbehagen und Verlegenheit trank er etwas zu schnell, sodass er sich mit der Zeit besser fühlte. Er erzählte von den letztjährigen Ferien, die er mit seiner Freundin in Thailand verbracht hatte. Ob das die beiden Biancheras interessierte, war ihm egal. »Wir«, unterbrach ihn Rubina plötzlich betont, »fahren in den Sommerferien immer nach Italien. Wir waren auf Sizilien, auf Elba, Sardinien, in Rom, Florenz und Venedig.«

»Ja, sehr schön«, sagte Fridolin. »Und es gefällt dir da?«

Rubina tat ihm nicht den Gefallen, auch nur eine Andeutung von Lächeln zu zeigen. »Ich bin Italienerin«, sagte sie, »mein Papa stammte aus Bologna.«

Das war ja gut und recht. Aber warum musste sie ihm das so unter die Nase reiben, als ob es etwas ganz Besonderes wäre? In der Schweiz gab es ja viele Italiener der ersten, zweiten, dritten, vielleicht schon bald der vierten Generation. Italiener in der Schweiz waren eigentlich gar nicht mehr Ausländer, sondern einfach eine etwas andere Art von Schweizern.

»Du hast beide Pässe?«, fragte er, nicht weil es ihn wirklich interessierte, sondern nur, um etwas zu antworten, wo doch jetzt wenigstens ein Gesprächsthema lanciert war.

Sie nickte. »Ich werde später in Italien studieren oder arbeiten«, sagte sie, »ich werde in Italien leben, in Bologna oder in Rom.«

Janine holte Luft, sagte aber nichts.

»Buona sera, signorina«, versuchte Fridolin zu witzeln, merkte aber sofort, dass es nicht ankam. »Weißt du denn, was ›Ich liebe dich‹ auf Italienisch heißt?«, versuchte er es nochmals.

»Ich kann Italienisch«, gab Rubina deutlich gelangweilt zurück.

Fridolin schaufelte den Rest der Pasta in sich hinein, spülte mit dem unsäglichen Wein nach und erhob sich dann. Er müsse nach seiner Freundin sehen, gab er an, sie habe Kopfschmerzen. Janine brachte ihn zur Tür. So ein Mist, dachte er. Wenn nur Raffaela dabei gewesen wäre. Zu dieser Schrulle und dem unerzogenen Gör gehe ich nicht mehr essen, schwor er sich. Lieber hungere ich.

Auch bei der Familie Varga, an deren Tisch Ursula Meyer saß, war die Stimmung angespannt. Frau Meyer war schüchtern, aß wenig, versuchte, ein wenig mit den Kindern zu reden. Csilla war darum besorgt, dass alle etwas auf dem Teller und im Glas hatten. Sie hatte Spiegeleier mit gebratenem Schinken gemacht, dazu Bratkartoffeln und Salat. Die Kinder liebten Spiegeleier und futterten mit Appetit, während Frau Meyer am immer gleichen Ei herumsäbelte und es in kleinsten Stückchen aß. Doch, doch, es schmecke ihr, versicherte sie und spiesste mit der Gabel ein halbes Salatblatt auf. Nach dem Essen verschwanden Géza und Timea in ihre Zimmer; Csilla Varga stellte Ursula Meyer einen Kamillentee hin. Sie hätte zwar viel lieber auch einen Espresso gehabt wie Frau und Herr Varga, aber sie traute sich nichts zu sagen und trank höflich den Tee. Sie sprachen wenig. Was hatte es für einen Sinn, wieder und wieder das furchtbare Ereignis zu erwähnen und über den möglichen Täter zu spekulieren? Was wussten sie denn schon voneinander? Csilla und Lajos wussten vom Seitensprung des seligen Herrn Meyer und fragten sich, ob eine alte Frau imstande wäre, für ihre eigene Gerechtigkeit zu sorgen. Die alte Frau Meyer wiederum dachte: Und es sind halt doch auch Ausländer. Wer weiß, wie man in ihrem Land Konflikte löst? Diese Ungaren in der – wie hieß es: Puszta? – hatten doch so ein wildes Temperament. Die stachen vielleicht schon eher mal mit einem Messer zu als die Schweizer. Frau Varga bat Frau Meyer, es nur zu sagen, wenn sie irgendwelche Hilfe brauchte, und Frau Meyer nickte brav und versicherte, das werde sie tun. Aber sie war ganz sicher, dass sie das nicht machen würde. Wenn schon, würde sie zu Frau Gut gehen, da war immerhin auch der Polizist. Auch wenn Frau Meyer stark daran zweifelte, dass er in der Lage wäre, den Mordfall aufzuklären. Zu ihr war er streng, richtig hässlich gewesen. Was hatte er nur gefragt. Sie konnte sich nicht mehr genau erinnern.

»Der Herr Streiff war auch bei Ihnen?«, erkundigte sie sich.

»Ja, er hat auch mit uns gesprochen, hat Fragen gestellt.«

»Vielleicht war der Täter doch jemand, der von draußen kam und wieder flüchtete«, schlug Ursula Meyer vor.

»Vielleicht«, stimmte Lajos Varga halbherzig zu. Das wäre für uns alle am angenehmsten, dachte er.

Die alte Frau stellte ihre leere Tasse ab. »Ich werde hinaufgehen und noch ein bisschen fernsehen«, sagte sie, »ich bin sehr müde. Das hat mich alles sehr mitgenommen heute.«

Ihre Gastgeber versuchten nicht, sie zurückzuhalten. Bevor sie die Wohnung verließ, erschien Géza im Flur. »Wir haben uns gedacht«, sagte er in einer Mischung aus Befangenheit und Schalk, »meine Schwester und ich, Sie könnten doch jetzt unsere neue Großmama sein. Unsere ist nämlich gestorben.«

»Aber Géza«, stoppte ihn die Mutter, »das ist frech. Was fällt dir ein? – Bitte entschuldigen Sie, Frau Meyer.«

Die alte Frau lächelte. »Deine Schwester und du, ihr könnt mich morgen besuchen, ich habe ein paar Spiele von früher, die wir zusammen spielen könnten.«

»Computergames?«, fragte Géza gierig.

»Nein, das nicht. Aber Monopoly. Das ist auch spannend. Man kann viel Geld gewinnen, aber auch verlieren.« Damit ging sie.

Auch in der Wohngemeinschaft war das Abendessen vorüber. Carsten hatte gekocht und war deshalb vom Abwasch befreit. Aline und er hatten sich ins Wohnzimmer verlagert, und sie schauten sich den Dienstagskrimi an. Aline jammerte zwar ein bisschen, weil es ein Film einer neuen Schweizer Serie war, die auf Schweizerdeutsch gedreht wurde. »Konzentrier dich, dann verstehst du es schon«, meinte Carsten, und Aline starrte auf den Bildschirm und spitzte die Ohren. Luca hatte sich in sein Zimmer zurückgezogen. In der Küche blieben Seraina und Patrick, die die Küche aufräumten.

»Was denkst du über das alles?«, wollte Patrick wissen.

Sie zuckte die Schultern. »Jedenfalls will ich nicht Gerichtsmedizinerin werden«, versicherte sie mit einem kurzen Lachen. »Die Situation ist unangenehm und ungemütlich. Aber wir müssen es einfach durchstehen.«

»Du glaubst auch nicht an die Theorie vom Irren, der nach und nach das ganze Haus abmurkst?«, fragte er.

»Bestimmt nicht. Ich habe gar keine Theorie. Es ist so unglaublich, dass das überhaupt geschehen ist.«

»Reden wir von was anderem.«

»Das ist eben schwierig, weil wir ja doch die ganze Zeit daran denken.« Sie schwiegen. Patrick wusste schon, worüber er gern mit Seraina geredet hätte. Aber das ging natürlich nicht, einfach so. Das müsste man vorbereiten, man müsste am richtigen Ort sein, vielleicht auf einem Spaziergang oder in einer netten kleinen Bar.

Seraina lachte auf. »Das tönt jetzt wahrscheinlich ganz pietätlos. Aber ich würde dennoch gern einen Blick in deine Wohnung werfen. Du bist doch komplett zugeschneit. Ist das nicht ein komisches Gefühl?«

»Doch, auf eine Art schon. Ich habe mich mit Arbeit abgelenkt. Ich bin ja an dem Haus für meine Mutter. Klar, ich zeige dir meine Schneehöhle.« Er hängte das Abtrocknungstuch an einen Haken. Seraina spülte das

Abwaschbecken aus und fuhr mit einem Lappen darüber. »So, jetzt sieht das wieder einigermaßen aus. Ich verräume noch schnell die Teller.«

Unten sah sich Seraina um. »Jetzt, wo es dunkel ist, sieht man es gar nicht so.«

»Doch«, widersprach Patrick, »normalerweise ist es hier nie ganz finster. Ich sehe den Schein der Straßenlaterne, die Schatten der Bäume. Oft höre ich auch die Leute, die vorbeigehen und sich unterhalten. Jetzt bin ich ganz isoliert. Draußen ist nur Schnee, nur Schnee, wer weiß, wie weit. Es ist schon ein anderes Lebensgefühl. – Magst du noch einen Tee oder sonst was?«

»Tee?«

»Ja, ich hab Roibusch gekauft, das ist doch dein Lieblingstee, hast du mal gesagt.«

Sie lächelte. »Gern einen Roibuschtee.«

Patrick setzte Wasser auf. »Habe ich extra wegen dir gekauft«, fügte er hinzu.

Aha, dachte sie, hat er das. Extra für mich. Ihr Herz klopfte ein wenig schneller. Bevor sie verlegen werden konnte, fragte er: »Einen Grappa dazu?« Sie nickte.

»Warum lässt sich deine Mutter ein Haus bauen?«, fragte sie.

Er zuckte die Schultern. »Tja, seit sie allein ist …«, er brach ab.

Seit sie allein ist. Patrick hatte noch nie seinen Vater erwähnt. Seraina wunderte sich. War er tot, waren die Eltern geschieden? Sie scheute sich zu fragen. Vielleicht würde er es ihr einmal von sich aus erzählen.

Sie begann von Vals zu erzählen. Patrick kannte die

Therme Vals, das Bad aus Granit, von Peter Zumthor entworfen und gebaut.

»Und du willst dort einmal eine Praxis führen?«, fragte er.

»Ja.« Sie nickte überzeugt. »Die Medizin ist mehr als ein spannendes Interessengebiet für mich. Ich will etwas Sinnvolles machen. Sicher könnte ich mehr verdienen, wenn ich mich spezialisieren und in der Stadt bleiben würde. Aber ich will zurück. Ich will mit den ganz normalen Menschen arbeiten, die sonst keinen Arzt in der Nähe hätten und bis nach Ilanz fahren müssten. Ich mag die Stadt, versteh mich nicht falsch. Ich gehe gern ab und zu in einen Club, oder tanzen, oder hänge in einer Bar ab. Aber ich brauche das nicht ständig.«

»Aber du willst nicht allein bleiben?«, hörte Patrick sich fragen.

Sie lachte. »Ich hoffe doch schon einen Mann zu finden, der sich ein Leben dort vorstellen kann.«

»Möchtest du mal Kinder haben?«

Wieder lachte sie. »Du willst es aber genau wissen. Ich denke schon. Wenn Kinder kommen werden, werde ich mich freuen. Aber wenn keine kommen, wird es auch in Ordnung sein. Ganz sicher lasse ich mich nicht in vitro befruchten. Eine Schwester meiner Mutter hat keine Kinder bekommen. Sie war lange sehr traurig deswegen, am Rand einer Depression. So wird es mir nicht gehen. Ich werde einen guten Beruf haben, den besten, den es für mich gibt. Wenn dann mit der Zeit noch zwei, drei Kinder in der Stube herumstolpern, soll es mir recht sein. Wenn nicht, dann halt nicht. – Und du?«

»Ich weiß nicht. Ich habe mir noch keine Gedanken darüber gemacht. Über Kinder, meine ich.« Dann, er wusste gar nicht, wie er dazu kam, begann er von Christine zu erzählen, seiner früheren Freundin. Seraina hörte ihm aufmerksam zu. Irgendwann stand sie auf.

»Du willst schon gehen?«, fragte er erschrocken.

Sie lächelte. »Ich werde wiederkommen, okay?« Sie hauchte ihm einen Abschiedskuss auf die Wange und war weg.

DIE ERSTE NACHT

Die Kinder immerhin schliefen. Timea schnarchte leise, ihr Bruder Géza atmete tief, einen zerfledderten Plüschhund an sich gedrückt. Auch Rubina schlief. Mama hatte sich einverstanden erklärt, dass sie ausschlafen durfte. Die Erwachsenen hingegen lagen wach oder in einem dünnen Schlaf, aus dem sie immer wieder erwachten. Nicht alle aus dem gleichen Grund. Seraina und Patrick dachten nicht an die tote alte Frau. Sie waren ruhelos, unsicher, ab und zu eine halbe Sekunde lang euphorisch, ein Zustand, der gleich wieder abgelöst wurde von der halb beglückenden, halb beängstigenden Frage, will sie mich doch?, ist er vielleicht verliebt in mich? Könnte ja sein, nein, bestimmt nicht. Er hat extra für mich den Tee gekauft. Sie hat sich wirklich interessiert, als ich ihr von Christine erzählt habe. Oder doch nicht? Ursula Meyer schlief nachts oft nicht durch. Sie brauchte nicht mehr viel Schlaf, ihr unbeleuchtetes Schlafzimmer war ihr vertraut, die Umrisse von Schrank, Kommode, Stehlampe. Manchmal machte sie dann das Licht an und las eine Weile, manchmal lag sie einfach im Dunkeln, ließ die Gedanken laufen in Vergangenheit und Gegenwart. Nur an die Zukunft mochte sie nicht denken. Natürlich kann ich noch zehn Jahre leben, manche Leute, die hundert wurden, und davon gabs ja immer mehr, hatten in ihrem Alter sogar noch zwanzig Jahre vor sich. Aber ich möchte das nicht. Ich bin froh, dass ich nicht dement bin bis jetzt, aber es kann jeden Tag anfangen. Ein wenig vergesslich bin ich schon. Man weiß nicht, was aus einem wird. Natürlich, ganz am Schluss ist man tot. Ob ich dann Gnade finde vor Gottes Blick? Auch Carsten war wach. Neben ihm lag Aline. Er hatte ihr ein leichtes, pflanzliches Schlafmittel gegeben, und nun war sie eingeschlafen. Aber sie schlief unruhig, drehte sich hin und her, ab und zu ließ sie leise gequälte Laute hören. Wir müssen etwas tun, dachte Carsten, sie muss eine Behandlung bekommen, man kann das nicht länger einfach laufen lassen. Er drehte sich von ihr weg, rückte näher zum Bettrand und ließ sich auch in den Schlaf sinken. Luca lag im Bett. Auf einem Stuhl vor sich hatte er den kleinen Fernseher platziert. Er schaute einen Thriller. Er mochte Filme, die spät nachts ausgestrahlt wurden, spannende Filme, auch auf Privatsendern, die nicht von Werbung unterbrochen wurden. Er fühlte sich überhaupt nicht müde, er war ein Nachtmensch, der immer erst nach dem Mittag richtig in die Gänge kam. Janine Bianchera machte sich Sorgen. Ihr ging der teure Lippenstift nicht aus dem Sinn, den sie in Rubinas Zimmer entdeckt hatte. Woher hatte sie den? Stahl sie etwa? Hatte die Ingold sie dabei beobachtet? Nein, die hätte sie gleich angezeigt. Lajos Varga schlief. Er hatte immer einen guten Schlaf. Egal, mit was für Schwierigkeiten er tagsüber zu kämpfen hatte, nachts war er immer gleich weg. Csilla, die nochmals leise einen Blick in die Kinderzimmer geworfen hatte, wurde nun auch ruhiger. Sie legte sich auf den Rücken, Arme und Beine gerade ausgestreckt. Ich bin ganz ruhig, dachte sie, mein rechter Arm wird schwer, mein linker Arm wird … sie glitt in einen leichten Schlaf. Auch Fridolin Heer schlief. Er hatte eine Schlaftablette genommen, ohne es Raffaela zu sagen. Sie wusste gar nicht, dass er welche hatte. Raffaela döste. Sie war sehr müde, aber auch unruhig, fürchtete sich, ohne genau zu wissen, wovor. Sie rutschte ein Stück näher an ihren Freund heran. Er spürte es im Schlaf, drehte sich zu ihr und legte den Arm um sie. Fridolin, flüsterte sie, aber das hörte er nicht. Sie überließ sich seiner Körperwärme, seinem leisen Atem, aber es gelang ihr nicht, richtig wegzutauchen. Beat Streiffs guter Schlaf war eine Art Voraussetzung für seine Arbeit. So intensiv er sich tagsüber mit einem Fall befasste, spätestens nach dem Abendessen schob er die ganze Geschichte beiseite. An diesem Abend hatten Valerie und er ein bisschen ferngesehen. Sie hatte sich an ihn gelehnt und war dabei eingeschlafen. Er hatte sich an der Komödie durchaus erfreut und war nach elf Uhr ins Bett gegangen. Sie war kurz erwacht, ins Bad gestolpert, hatte sich die Zähne geputzt und sich dann ins Bett fallen lassen.

DER ZWEITE TAG: DIE VERSCHWUNDENE FRAU

Beat erwachte früh. Er schlich ins Bad, stellte sich unter die Dusche, schaltete dann in der Küche die Kaffeemaschine ein und kroch nochmals zu Valerie unter die Decke. Sie wachte halb auf, schenkte ihm ein verschlafenes Lächeln, kuschelte sich an ihn, schloss die Augen und war nochmals weg. Er streichelte ihr Haar, die unordentlichen Locken und ihren Rücken.

Er wusste bereits, womit er diesen Tag beginnen würde. Was es brachte, wo es hinführen würde, das würde man dann sehen. Er küsste Valeries Schulter und Hals und streichelte sie intensiver, bis sie reagierte.

Später, nach dem Frühstück, rief er wieder im Büro an. Zita Elmer und Adrian Dürst, die in der ersten Schneenacht Nachtschicht gehabt hatten und seither Gefangene der Zeughausstraße waren, hatten einen Modus gefunden, der ihnen erlaubte, die Situation anständig durchzustehen. Sie wechselten in Zwölfstundenschichten ab mit Schlafen, Freizeit und Telefondienst. Etwas anderes war gar nicht möglich, denn ausrücken war auch für sie ein Ding der Unmöglichkeit. Sie ernährten sich von Mikrowellengerichten und Kaffee aus dem Automaten. Streiff erreichte Dürst. Zita war am Schlafen. Adrian hatte recherchiert in Sachen Bristenstraßebewohner. Und er hatte etwas Interessantes herausgefunden. Es war nicht ganz so, dass der Ethnologiestudent Luca Oertle einen Bachelor-Abschluss der HSG St. Gallen in der Tasche hatte. Er hatte nämlich betrogen, als er die Abschlussarbeit verfasst hatte, und der Titel war ihm aberkannt worden. Peinlich. Dass er aus einer vermögenden Familie stammte und nicht unbedingt Geld verdienen musste, stimmte hingegen. Allerdings reichte die monatliche Zahlung auf sein Konto nicht für ein cooles Loft und Champagnerbäder, sondern nur für ein WG-Zimmer in Altstetten. Es war wirklich interessant. Dieser junge Gernegroß war in Wahrheit nicht einmal ein kleiner zu Guttenberg, er hatte nicht mal den Bachelor selbst geschafft. Wie armselig und lächerlich. Das würde er unbedingt geheim halten wollen. Aber dieses Gespräch konnte warten.

Valerie fläzte sich auf dem Sofa und las ein Fachbuch über Fahrradreisen in Asien. Sie hielt sich auf ihrem Gebiet immer gern auf dem neuesten Stand, damit sie die Kunden ihres Fahrradgeschäfts gut beraten konnte. Sie schaute auf. »Es passiert mir immer wieder, dass ich mich nach Seppli umsehe.« Seppli, Valeries Hund, war seit einem halben Jahr nicht mehr bei ihr. Er war sehr krank gewesen und hatte eingeschläfert werden müssen. »Vielleicht ist es gut, dass er nicht mehr da ist«, sagte sie. »Die jetzige Situation würde ihn total verwirren. Er war doch schon recht alt.«

»Ja«, sagte Beat, »er müsste auf dem Balkon pissen, und weil er an sich genau wusste, dass das streng verboten war, wäre er ganz durcheinander und wüsste nicht, was tun.«

Valerie seufzte. Sieben Jahre lang hatte sie den Hund gehabt. Er war klein und graugelockt und blitzschnell gewesen. Er hatte es geliebt, über die Allmend zu sausen oder dem Fluss entlang zu rennen und alle anderen Hunde zu überholen. Von ihrer alten Wohnung aus war Valerie ab und zu mit ihrem Nachbarn Leon und seiner Boxerhündin Benja spazieren gegangen. Benja lebte noch, aber sie war sehr alt und ziemlich gemächlich unterwegs. Leon wohnte jetzt in Oerlikon und sie sahen sich nicht mehr so häufig.

»So, ich geh mal ins Parterre«, kündigte Beat an. »Ich will mich gründlich in Renate Ingolds Wohnung umschauen.«

»Wie ist sie denn … ich meine, riecht sie schon?«, fragte Valerie unsicher.

»Sie liegt in der Kälte. Ich habe die Heizung ausgeschaltet. Und ich glaube nicht, dass ich mich lang im Schlafzimmer aufhalten muss.«

»Okay. Kommst du am Mittag rauf? Ich könnte Omeletten machen. Ich habe noch eine Büchse Erbsen und eine Büchse Steinpilze.«

Streiff stieg bedächtig ins Erdgeschoss hinunter.

Die Wohnung war kühl, und im Schlafzimmer war es sehr kalt. Die tote Frau lag im Bett, ein kleines Gesicht auf dem weiß bezogenen Laken. Die Hände hatte die junge Medizinstudentin ihr gefaltet und auf die Brust gelegt. Sie wirkte, als ob sie gar nicht da wäre. Was ja auch irgendwie stimmt, dachte der Polizist. Keine Ausstrahlung ging von ihr aus, weder friedvoll, noch gequält, nicht heiter, nicht böse, nicht überlegen. Nur noch ein Körper, der kleiner und magerer aussah, als die Frau im Leben gewesen war. Streiff ging ins vierte Zimmer, das wohl einmal eine Art Gästezimmer und Büro gewesen war. Er drehte die Heizung auf. Dann ging er ins Ess- und ins Wohnzimmer und drehte ebenfalls am Radiator. Im Büro öffnete er den Schrank und Kommodenschubladen. Da standen und lagen Ordner aus festem, bezogenem Karton. *Steuern 2009* stand beispielsweise drauf oder *Banken 2010*. Die Finanzen interessierten ihn fürs Erste am meisten. Er trug einige Ordner in die Küche, wo es am wärmsten war und vertiefte sich in die Papiere. Eine Stunde später sah er auf. Es hätte mitten in der Nacht sein können. Über dem Küchentisch spendete eine altmodische, mit geblümtem Stoff bezogene Lampe Licht. Auch im Flur brannte Licht, sonst war alles dunkel. Ja, dachte Streiff, das könnte es sein. Ich könnte recht haben. Er wusste nun, dass Renate Ingold Geld besaß. Kein Riesenvermögen, aber doch eine sehr nette Summe. Etwas mehr als eine halbe Million Franken. Wer erbte? Er hatte den gleichen Gedanken wie Janine Bianchera am Vortag und machte sich auf, um ein Adressbuch zu suchen. Das Telefon stand im Wohnzimmer auf einem Tischchen neben der Tür. Er wühlte in der Schublade. Doch, da war ein kleines schwarzes Wachstuchheft. Er nahm es mit in die Küche und blätterte es durch. Viele Namen enthielt es nicht. Arzt, Zahnärztin, eine Physiotherapiepraxis, einige Namen wahrscheinlich von Bekannten. Niemand, der Ingold hieß, auch niemand mit Namen Wullschleger, dem ledigen Namen von Renate Ingold. Er steckte das Heft ein.

Dann machte er sich an eine sorgfältige Durchsuchung der Wohnung. Zunächst ohne Erfolg. Im Geschirrschrank im Esszimmer waren Geschirr und Besteck. Auf den Regalen der Wohnwand im Wohnzimmer fanden sich alte Fotoalben, einige Bildbände des Tirols und des Berner Oberlands, einige Biografien von Schauspielern und Operettenstars. Souvenirs von Ferienreisen, ein kleiner schiefer Turm von Pisa und Ähnliches. Frauen versorgen ihre Geheimnisse im Wäscheschrank, wusste Streiff. Aber auch dort nichts anderes als Wäsche, hübsche Wäsche, hübsche Nachthemden, nichts Frivoles, aber gute Materialien, mercerisierte Baumwolle, ein wenig Seide. Ihre Lieblingsfarbe war offenbar grün gewesen. Auch unter den Blusen und Pullovern förderte er nichts zutage. Er wandte sich der Küche zu. Für eine Frau, die täglich zweimal kochte, war vielleicht die Küche der wichtigste Raum der Wohnung, der persönlichste. Und seine Intuition trog ihn nicht. In der Schublade am Küchentisch, unter dem Besteckbehälter, lag es. Es war ein Heft von der Größe eines Schulhefts. Liniert. Eingebunden in farbiges Schrankpapier. Streiff schlug es auf. Es war eine Art Tagebuch. Er begann zu lesen. Nach einer Seite brach er ab. Nein, er wollte es oben lesen, nicht in dieser vollverschneiten Höhle. Er steckte es ein. Zügig brachte er seine Durchsuchung zu Ende, ohne noch etwas Ungewöhnliches zu finden. Den halb vollen Abfallsack band er zu und stellte ihn auf den Küchenbalkon. Er nahm den Schlüssel zum Kellerabteil an sich, schloss die Schlafzimmertür ab, verließ die Wohnung und schloss sie ebenfalls ab. Kam er jetzt den Geheimnissen des Opfers auf die Spur? Er erwog, sich noch im Kellerabteil umzusehen, verschob es aber auf später. Zuerst wollte er das Heft lesen. Es war in sorgfältiger, gut leserlicher Handschrift geschrieben, mit schwarzem und manchmal blauem Kugelschreiber. Der erste Eintrag war zehn Jahre alt. Die einzelnen Texte waren kurz, nur wenige Zeilen. Dazwischen manchmal größere Abstände von einigen Monaten. Er schaute auf die Uhr. Gut zwei Stunden war er in der Wohnung gewesen.

Die Wohnungstür gegenüber ging auf, der junge Architekt erschien. »Oh, Sie sind das«, sagte er ein wenig verwirrt.

»Guten Tag, haben Sie jemanden erwartet?«, fragte Streiff.

»Ach nein, gar nicht«, wehrte der junge Mann ab. »Es kann ja niemand herein.«

Das stimmte allerdings. Es hatte gestern und auch nachts weitergeschneit. Vermutlich hatten jetzt auch die Familien Bianchera und Varga nicht mehr viel Tageslicht. Immerhin hatte Streiff heute Morgen im Radio gehört, dass es im Laufe des Tages aufhören würde zu schneien, dass sich die Situation zwar noch nicht verbessern, aber auch nicht mehr verschlimmern würde.

»Was machen Sie denn so?«, fragte er Freuler.

»Arbeiten, das ist wohl das Gescheiteste«, gab er zur Antwort. »Und Sie?«

Streiff lachte kurz auf. »Auch arbeiten.«

»Und? Schon erste Ermittlungsergebnisse?«

»Vielleicht.« Streiff stieg hinauf.

Valerie war schon in der Küche, rührte Mehl, Milch und Eier zu einem glatten Teig zusammen. »Schon gesalzen?«, fragte Beat.

»Uff, fast vergessen.« Eilig griff sie nach dem Salzgefäss und streute ein gestrichenes Löffelchen in die Masse. »Hunger?« – »Bald.«

»Etwas gefunden?«

»Vielleicht.«

»Sei doch nicht so zugeknöpft.« Sie küsste ihn flüchtig auf die Wange.

Er packte sie scherzhaft bei den Schultern. »In laufende Ermittlungen wird nicht eingegriffen, meine Dame!« Selbstverständlich war Valerie klar, dass er, wenn er einen Fall bearbeitete, nichts ausplaudern durfte. Sie akzeptierte das, aber gleichzeitig war sie natürlich auch interessiert und manchmal neugierig. Sie waren ja vor etwa acht Jahren ein Paar geworden, als Beat einen Mordfall untersuchte und – mit Valeries Hilfe! – aufklärte, der sich in ihrem Fahrradgeschäft zugetragen hatte. In einen nächsten Fall war Valeries beste Freundin Lina verwickelt gewesen, und vor zwei Jahren hatte sie am Katzenbach in Seebach, in der Nähe von Beats Wohnung, ein totes Baby gefunden. Auch dieser Fall, eine besonders traurige Geschichte, war in Beats Händen gewesen. Und jetzt war er, dank der Kombination von Grippe und Tötungsdelikt, wieder in Valeries nächster Nähe am Ermitteln.

»Also, dann verzieh dich. Ich rufe dich, wenn das Essen fertig ist.« Beat ging ins Wohnzimmer. Er ließ sich in Valeries Lesesessel fallen und zog das Notizbuch hervor. Er verbot es sich, gleich zu den neuesten Eintragungen zu gehen, sondern begann am Anfang, las langsam und gründlich.

Als Valerie ihn zwanzig Minuten später zum Essen holte, war er noch nicht sehr weit gekommen. Sie sah ihm gleich an, dass es besser war, gar nicht erst nach seinen Erkenntnissen zu fragen. Aber vom Thema Verbrechen kam sie jetzt nicht los.

»Erinnerst du dich an Luzia Attinger?«, fragte sie. Das war der viermonatige Säugling gewesen, der im Katzenbach ertrunken war.

»Selbstverständlich.«

»Ich frage mich einfach, was mit dieser Familie jetzt ist«, fuhr sie fort. »Vor allem mit Lotte, dem vierjährigen Schwesterchen des Babys. Aber auch mit den Eltern. Paare lassen sich ja oft scheiden, wenn ein Kind ums Leben kommt.«

Beat runzelte einen Moment die Stirn. »Soviel ich weiß, lebt das ältere Mädchen bei seinem Paten, dem Bruder der Frau. Die Attingers sind nicht geschieden, aber ich kann mir nicht vorstellen, dass sie sich von dieser Katastrophe erholt haben. Die Frau ist, glaube ich, noch immer depressiv. Sie hat ja damals einen Selbstmordversuch gemacht und war eine Zeitlang in einer Klinik. Er ist wohl noch immer der verantwortungsbewusste Mann, der er war, aber er hat dennoch nichts verhindern können.«

Beat streute sich etwas Reibkäse über die Omelette, in die er Erbsen und Pilze eingerollt hatte. »Lecker«, sagte er, »das tut gut. Was hast du heute Vormittag gemacht?«

»Gelesen. Und ein bisschen Haushalt. Viel gibt's ja nicht zu tun. Ich fühle mich nicht so fit. Ein Mord im eigenen Haus ist schon anstrengend.«

»Werd mir bloß nicht krank, jetzt, wo ich es überstanden habe.«

»Nein, du weißt, ich habe eine unkaputtbare Gesundheit.« Dieser Ausdruck, den sie von einem deutschen Kunden aufgeschnappt hatte, gefiel ihr.

»Es ist einfach ein bisschen … traurig.« Trotzdem hatte sie Appetit und aß vergnügt ihre Omelette. »Die Zweite mache ich mir süß«, erklärte sie, »mit Zucker und Zimt.« Nach einem Espresso zog sich Streiff wieder ins Wohnzimmer zurück, um weiterzulesen.

Eine Stunde später legte er das Notizheft auf das Sofatischchen zurück. Einen Augenblick lang schien es ihm, er komme aus einer anderen Welt zurück. Er hatte alles um sich herum vergessen. Valerie, den Schnee, die Hausbewohner. Jetzt kam das alles wieder zu ihm und ergab zusammen mit den Eintragungen ein trauriges Ganzes. Was war diese Renate Ingold für ein Mensch gewesen. Auch wenn sie nie Besuch gehabt hatte und abends immer zu Hause gewesen war, hatte sie doch nicht den Eindruck einer vereinsamten deprimierten Frau gemacht. Einerseits hatte sie die Energie gehabt, täglich zweimal für sich zu kochen, und anderseits war sie nachmittags recht oft weggegangen. Im Tagebuch fanden sich Einträge für Treffen mit Bekannten. Sie hatte Kontakte gepflegt mit früheren Arbeitskollegen und Kolleginnen. Mehrheitlich waren es Männer, vermutlich ebenfalls Warenhausdetektive. »Kaffee mit Fredi 15 Uhr 30«, stand zum Beispiel unter dem 14. Oktober. Aber es fanden sich auch Notizen anderer Art: »Hr. Heer, Kokain in der Waschküche«. Das war zweifellos die Waschküche hier im Haus. Und »Hr. Heer« war natürlich Fridolin Heer. Versteckte er Drogen im Keller? Oder hatte er sich dort eine Linie hereingezogen, damit seine Freundin es nicht merkte? Wenn Renate Ingold zu einer solchen Szene gestoßen war, hatte sie das sicher höchst interessant gefunden. Was hatte sie mit diesem Wissen angefangen? Hatte sie versucht, Geld daraus zu schlagen? Oder hatte sie sich stillvergnügt an ihrem Wissen erfreut? Ganz still wohl nicht. Die Bemerkung über Fridolin Heer war nicht die einzige, die einem Hausbewohner die Zornes- oder Schamröte hätte ins Gesicht treiben können. Rubina Bianchera klaute in Warenhäusern. Raffaela Zweifel hatte vor Jahren Hehlerware auf einem Flohmarkt verkauft. Daran erinnerte sich Streiff noch. Lajos Varga besuchte ab und zu das Spielcasino. Zweifellos verlor er dabei Geld. »Cs. V. wütend«. Das hieß vermutlich, dass seine Frau davon wusste und das nicht lustig fand. Weiter gab es eine Bemerkung zu »J. B. Exmann«. Das wusste sie also auch. Und »P. F. Vater«. Diese Erkenntnis hatte sie offenbar noch bei sich behalten. Patrick Freuler hatte ja gesagt, sie sei ihm gegenüber freundlich und umgänglich gewesen. Zu »A. B. stand da kurzerhand: »Spinnerin« und zu Valerie: »Mord im Geschäft«. Nichts zu Luca Oertle. Sie hatte anscheinend nicht gewusst von seiner Betrügerei an der Uni.

Auch zu der alten Frau Meyer gab es eine Anmerkung: »Naives hässliches Huhn«. Das war bösartig. Hatte Ingold Frau Meyer für naiv gehalten, weil sie nicht von vornherein den Verdacht gehabt hatte, ihr Mann könnte fremdgehen? So ein Unsinn. Und hässlich war die Frau nicht. Nein, sie war eine Person, die für ihr Alter durchaus hübsch war. Ein gefälteltes Gesicht, liebenswürdige Augen, eine kleine zierliche Gestalt. Er hatte auf einem Regal ihr Hochzeitsfoto bemerkt; sie war eine hübsche junge Braut gewesen.

Streiff schüttelte den Kopf und seufzte tief. Das war ja ein Spinnennetz, dieses Haus. Mittendrin hatte die schwarze fette Spinne gehockt, die um fast jeden Nachbarn ein feines Netz gezogen hatte aus Informationen, aus peinlichen oder gefährlichen oder zu privaten Informationen. Ein tödliches Netz. Ja, aber für sie. Keines ihrer kleinen Insekten war umgekommen, sondern sie, die scheinbar die Fäden in der Hand gehabt hatte. Wer Macht ausüben will, und sei es nur ein armseliges lächerliches Fetzchen Macht, lebt gefährlich, dachte der Polizist. Irgendwo in diesem Notizbuch war das entscheidende Geheimnis verborgen, das die Frau das Leben gekostet hatte.

Er kritzelte auf ein Blatt Papier die Namen in der Reihenfolge, in der er nochmals mit ihnen reden wollte. Jetzt werden sie mir mehr erzählen, dachte er, aber vielleicht auch Lügen. Er zweifelte daran, dass er in dieser isolierten Situation den Fall würde aufklären können.

»Könntest du mir Raffaela Zweifel holen?«, bat er Valerie. Sie war ein bisschen missmutig. Sie langweilte sich und fühlte sich ausgeschlossen, auch wenn sie einsah, dass er arbeitete. Er versprach ihr, abends zu kochen. »Viel Auswahl haben wir nicht mehr«, brummte sie, zog dann aber los, Raffaela zu holen.

Der jungen Frau war es sichtlich unangenehm, auf ihre Jugendsünde angesprochen zu werden. Sie wusste natürlich, dass Streiff diese Geschichte kannte, war aber wenig erbaut, dass sie nun nochmals aufgewärmt werden sollte … Als Streiff sie darauf aufmerksam machte, dass er in Unterlagen von Renate Ingold einen Hinweis gefunden hatte, erschrak sie.

»Sie wollen mir doch nicht weismachen, dass das eine Überraschung ist für Sie«, sagte Streiff streng. »Frau Ingold war ja dafür bekannt, dass sie Anspielungen fallen ließ, wenn sie von jemandem etwas wusste.«

Raffaela schwieg. Dann murmelte sie: »Fridolin weiß nichts davon.« Ja, es stimmte, die Ingold hatte Bemerkungen fallen lassen. Mehr so indirekt, aber sie hatte sofort geschnallt, worum es ging.

»Ich habe halt dieses und jenes ausprobiert, als ich noch jung war«, wehrte sie sich.

»Drogen?«, fragte Streiff nach.

»Auch ein bisschen. An Partys halt.«

»Und das alles wollen Sie vor Ihrem Freund verheimlichen?«

»Ja, klar. Es ist, wir wollen, ja, wir wollen zusammenbleiben. Ein Kind machen. Ist doch ganz normal.«

»Jugendsünden auch«, stellte Streiff fest. »Ihr Freund ist ja wohl auch kein Unschuldslamm.«

»Was jetzt? Er ist ein seriöser Banker.«

»Auch seriöse Banker machen mal Party. Probieren mal was aus. Kokain zum Beispiel.«

Sie schüttelte entschieden den Kopf. »Fridolin sicher nicht. Erzählen Sie ihm bloß diese alte Geschichte nicht. Ist doch schon ewig her.« Sie war blass und wirkte gequält. »Ich will endlich mein Leben in Ordnung bringen. Ich bin ja schon über dreißig. Ich habs in Ordnung gebracht. Ich arbeite, verdiene mein Geld. Lebe mit meinem Freund zusammen, gehe nicht mehr die ganze Zeit in Clubs und Bars.«

Raffaela Zweifel war offenbar immer noch die Gleiche wie vor einigen Jahren. Ein bisschen naiv, etwas haltlos, nicht gerade sehr intelligent.

»Würde Ihr Freund es Ihnen denn übel nehmen, wenn er von Ihrer wilden Jugend wüsste?«

»Ich weiß es nicht. Ich will kein Risiko eingehen. Er sagt, wenn ich schwanger bin, suchen wir uns etwas Schönes zum Wohnen in einem Außenquartier oder in der Agglo.«

»Dürfte nicht ganz billig sein«, merkte Streiff an.

»Ach, ich glaube, er verdient sehr gut«, gab sich Raffaela überzeugt. Offenbar weiß sie es nicht, dachte Streiff. Typisch. Aber sie machte sich Hoffnungen. Wie weit würde sie gehen, um zu verhindern, dass ihre Hoffnungen ruiniert wurden?

Streiff entließ sie mit der Bitte, ihm Fridolin heraufzuschicken.

Er war nicht erstaunt, dass Heer rundweg abstritt, in der Waschküche Kokain konsumiert zu haben. »Das ist eine Verleumdung«, rief er. »Das muss ich mir nicht gefallen lassen. Ich zeige Sie an.« Streiff verwies auf das Ingoldsche Notizbuch.

»Das war wohl Waschpulver«, sagte Heer verächtlich.

»Waschpulver pflegt man sich eigentlich nicht in die Nase zu ziehen«, meinte Streiff milde.

»Das habe ich auch nicht getan!«, schrie der Mann. »Ich habe jetzt dann genug von diesem ganzen Affentheater.«

»Sobald wir hier nicht mehr eingeschneit sind, wird das Affentheater erst richtig losgehen«, korrigierte Streiff höflich. »Dann fahren Staatsanwalt, Spurensicherung, Rechtsmedizin hier ein. Und dann gibt es keine netten Gespräche am Küchentisch mehr, sondern Befragungen im Kommissariat, die aufgezeichnet werden.«

Heer nahm sich zusammen.

»Was passiert, falls ich angebe, mir ab und zu eine Linie Koks reinzuziehen?«, fragte er. »Dann habe ich ein Problem mit dem Betäubungsmittelgesetz?«

»Ihr allfälliger gelegentlicher Kokainkonsum interessiert mich eigentlich nicht«, sagte Streiff. »Mein Problem ist das Tötungsdelikt.«

Heer schien sich zu entspannen. »Na eben. Und was hat jenes Notizbuch damit zu tun?« Streiff erklärte es ihm. »Warum haben Sie dann meine Freundin nochmals vorgeladen? Haben Sie sie darüber ausgequetscht, ob ich Drogen nehme?«

»Wir haben nicht über Sie gesprochen«, stellte Streiff klar.

»Hat sich die Ingold auch über Raffaela Notizen gemacht?«, wollte Heer ungläubig wissen. »Steht da drin, wie oft sie mit einer Tüte vom *Globus* oder von *H&M* nach Hause kommt? Wie viele Farben Nagellack und Lippenstift sie hat?«

»Das fragen Sie sie am besten selber«, sagte Streiff müde. Plötzlich war er den ganzen Fall so leid. Ihm fehlte die Unterstützung der Kollegen, vor allem von Zita Elmer. Er hatte genug davon, dass ein junger Schnösel wie dieser kleinkarierte Banker ihn nicht ernst nahm und glaubte, ihm auf der Nase herumtanzen zu können. Am liebsten hätte er ihn gleich in U-Haft gesetzt. Ich könnte ein Kellerabteil dafür einrichten, dachte er grimmig. Das Feldbett aus dem Abteil von Familie Varga. Der schmuddlige Schlafsack der Wohngemeinschaft. Eine Bibel würde sich bestimmt in Ursula Meyers Wohnung finden. Zum Zähneputzen würde ich ihm Handschellen und Fußfesseln anlegen und ihn in die Wohnung des jungen Architekten führen. Zu essen würde ich ihm dreimal täglich Instantsuppe und Knäckebrot verabreichen. Er musste wider Willen kurz grinsen.

»Ich bin sehr geneigt, den Aufzeichnungen von Frau Ingold zu glauben, was Ihren – zumindest einmaligen – Kokainkonsum in der Waschküche anbelangt, auch wenn ich Sie nicht zwingen kann, es zuzugeben. Wenn es zutrifft, ist es Ihnen jedenfalls wichtig, das vor Ihrer Freundin geheim zu halten. Die Frage ist nur, wie wichtig.«

Heer sagte nichts. Streiff wollte ihn schon wegschicken – da klingelte es an der Wohnungstür. Beide Männer fuhren zusammen.

»Noch eine Leiche«, hauchte Fridolin Heer pathetisch.

»Halten Sie den Mund«, schnauzte Streiff.

Valerie hatte die Tür schon aufgemacht. Carsten Behrend stand draußen. »Ist vielleicht meine Schwester bei Ihnen?«, wollte er wissen.

»Nein, ich habe sie heute noch nicht gesehen«, sagte Valerie. Streiff und Heer, inzwischen im Flur, schüttelten ebenfalls die Köpfe.

»Gestern war sie doch bei Familie Varga und hat mit den Kindern gespielt«, half Valerie.

»Nein, dort habe ich schon gefragt, dort ist sie nicht. Na ja, ich schaue weiter.«

»Vielleicht bei den Biancheras?«, schlug Valerie vor. »Aline ist ja gar nicht so viel älter als Rubina.«

Behrend nickte. »Mag sein. Danke, auf Wiedersehen.«

»Sie kann ja nicht weg sein«, rief Valerie ihm nach.

Bevor Streiff das nächste Gespräch anpackte, setzte er sich ein paar Minuten zu Valerie ins Wohnzimmer. Sie hatte den Laptop aufgestartet und machte kleine Spiele. Spider Solitär und Mah Jong. Das gefiel ihr manchmal als Zeitvertreib. »Komisch«, bemerkte sie, »wenn wir hier nicht eingesperrt wären, würde ich so einen faulen Tag wahrscheinlich genießen. Aber weil ich nichts anderes tun kann, als herumzuhängen, werde ich ungeduldig, kribblig, ein bisschen gereizt.«

»Ruf doch mal Lina an«, schlug Beat vor.

»Hab ich doch. Über eine halbe Stunde haben wir gequasselt. Ihr geht's ähnlich. Sie ist zu Hause, allein, kann nicht malen, weil natürlich all ihre Malsachen im Atelier sind. Sie sagte, gleich würde sie mit einem größeren Wohnungsputz anfangen. Und das will bei ihr was heißen.«

»Ihr Freund?«

»Hannes ist in Bern. Dort haben sie zwar auch recht viel Schnee, aber das Leben läuft noch normal. Er ist bei der Arbeit, danach kann er einkaufen, ins Kino gehen, ins Fitnesscenter, tun, was er will. Bloß meine arme Lina hockt eingeschneit zu Hause.«

»Deine arme Lina plus über vierhunderttausend weitere Zürcher«, ergänzte Beat. »Es ist ja nur eine Sache von einigen Tagen. Kopf hoch, mein Mädchen.«

Sie lächelte ein etwas verrutschtes Lächeln. »Na ja. Aber einen Wohnungsputz mache ich nicht. Eher schaue ich mir das Fernsehnachmittagsprogramm an.« Das klang so trotzig, dass Beat sofort wusste, dass es ein Witz war. Er ging darauf ein: »Was möchtest du denn schauen? Enttäuschte Paare bei Psychologin Weißwürschtel? Oder Richter Wolfang Blitzenhuber gibt sich die Ehre?« Sie lachte, die Verstimmung war überwunden. Streiff beschloss, sich Lajos Varga nochmals vorzuknöpfen.

In diesem Moment klingelte es schon wieder. Beat hörte, dass Valerie öffnete. Dann ging die Küchentür auf, Janine Biančhera erschien im Türrahmen und trat ein. Valerie schloss die Tür hinter ihnen.

»Bitte entschuldigen Sie«, rief Janine. Sie wirkte verzweifelt und hilflos. Irgendetwas musste seit gestern geschehen sein.

»Kommen Sie, setzen Sie sich«, lud Streiff sie ein. Die Frau hatte geweint, das sah man. Sie putzte sich die Nase, dann ließ sie sich auf einer Stuhlkante nieder. »Ich weiß mir nicht mehr zu helfen«, presste sie hervor.

»Ja?«, sagte Streiff fragend.

»Es ist wegen Rubina.« Ihre Lippen zitterten.

»Ja?«

»Ich habe gestern, als sie bei den Vargas war, mich in ihrem Zimmer umgesehen. Ich weiß, das sollte eine Mutter niemals tun, aber –«, sie brach ab. Dann fuhr sie fort: »Das da habe ich gefunden. Er lag offen auf einem Regal.« Sie nestelte aus einer kleinen Jackentasche einen Lippenstift hervor. »Das ist ein teurer Lippenstift. Er kostet im Globus 95 Franken. Rubina konnte den niemals von ihrem Taschengeld bezahlen. Und sie will mir nicht sagen, woher sie ihn hat. Sie sagt, das gehe mich nichts an. Erzählt mir was von persönlicher Freiheit – eine Dreizehnjährige!«

»Befürchten Sie, dass Ihre Tochter diesen Lippenstift gestohlen hat?«

»Vielleicht«, murmelte Janine Bianchera. »Das wäre schrecklich. Ich habe doch keine Tochter, die stiehlt.« Sie schwieg. »Oder sie hat einen Freund, der älter ist als sie, der schon Geld verdient. Rubina ist doch erst dreizehn, fast noch ein Kind. Was soll ich bloß tun?«

»Viele Jugendliche machen eine Zeit durch, in der sie kleine Diebstähle begehen«, sagte Streiff. »Sie denken, sie hätten zu wenig Taschengeld für die angesagten Markenkleider, für Modeschmuck, für Handys und Make-up. Ich will es nicht verharmlosen, aber es ist in einem gewissen Sinn normal.«

»Ich frage mich«, sagte Frau Bianchera zögernd, »ob Frau Ingold etwas davon gewusst haben könnte. Sie hat ja manchmal Bemerkungen gemacht, dass sie es einer Person ansieht, ob sie ein Dieb ist.«

»Sie fragen sich, ob sie Rubina gegenüber eine Anspielung gemacht haben könnte?«

»Ich weiß es nicht. Möglich wäre es. Aber Rubina sagt mir ja nichts.« Ein tiefer Seufzer. »Wenn sie es hätte durchblicken lassen – Rubina wäre verzweifelt gewesen –« Janine Bianchera konnte nicht weitersprechen. Gleich bricht sie mir wieder in Tränen aus, dachte Streiff, der solche Gefühlsausbrüche zwar kannte, sich aber immer unangenehm davon berührt fühlte.

»Ich werde mit dem Mädchen reden«, beschloss er. »Schicken Sie sie zu mir hinauf.«

Beim ersten Gespräch war die Dreizehnjährige schweigsam und ablehnend gewesen, hatte knapp und hochmütig geantwortet. Streiff bereitete sich auf eine schwierige Unterhaltung vor. Er war gar nicht gefasst auf das schüchterne, gequält wirkende Mädchen, das sich zehn Minuten später in die Küche schob. Sie hielt den Blick gesenkt und trat nervös von einem Fuß auf den anderen.

Streiff klopfte auf die Tischplatte. »Komm, setz dich.«

»Ich habe diese Frau nicht umgebracht, wirklich nicht.« Sie hob den Kopf und schaute Streiff ins Gesicht.

»Das sagt ja auch niemand.«

»Mama denkt es. Wegen diesem blöden Lippenstift.«

»Tja, dieser blöde Lippenstift«, wiederholte der Polizist. »95 Franken sind viel Geld. Wie viel bekommst du denn im Monat von deiner Mutter?«

»Ja, es stimmt«, rief Rubina, »ich habe ihn geklaut. Im Manor. Dann bestrafen Sie mich halt dafür. Ich habe keine Ahnung, woher die Ingold das gewusst hat. Ob sie es wirklich herausbekommen oder nur so getan hat. Aber getötet habe ich sie nicht.«

»Hattest du ein schlechtes Gewissen nach dem Diebstahl?«

»Irgendwie schon«, gab Rubina zu. »Und dann hat die Ingold einmal zu mir gesagt, man komme ins Erziehungsheim, wenn man in meinem Alter einen Blödsinn mache, zum Beispiel klaue.«

»Aber du bist ja nicht erwischt worden«, merkte Streiff an.

»Nein, diesmal nicht. Aber einmal, im Coop-Warenhaus, ein paar Wochen vorher. Aber da konnte ich mich herausreden, sie machten keine Anzeige. Es ging dort nur um eine Haarspange für ein paar Franken. Aber vielleicht kannte jener Detektiv die Ingold von früher und hat es ihr erzählt.« Sie machte eine Pause. »Mama hält es, glaube ich, wirklich für möglich, dass ich so etwas tun könnte. Die Ingold umbringen. Sie vertraut mir nicht, hat es nie getan.«

»Und du, vertraust du ihr?«

Das Mädchen schüttelte entschieden den Kopf. »Nein.«

»Deine Mutter und du, ihr seid sehr verschieden. Aber ich glaube nicht, dass sie dir einen Mord zutraut.

Ich denke, sie ist einfach sehr verunsichert und hat Angst. Auch Angst, dass sie dir keine gute Mutter ist, obwohl sie das bestimmt gern wäre. Ihr solltet einfach versuchen, so gut es geht miteinander zurechtzukommen. Vielleicht wird es in ein paar Jahren besser, wenn du erwachsen bist und sie keine Verantwortung mehr hat für dich.«

»Danke, dass Sie mir nicht einreden wollen, meine Mutter und ich müssten uns lieben, einfach weil wir Mutter und Tochter sind«, murmelte Rubina.

»Übrigens: Ist oder war Aline Behrend bei euch?«, fiel es Streiff ein.

»Nein, ich habe sie heute noch nicht gesehen.«

Nachdem das Mädchen gegangen war, blieb Streiff am Tisch sitzen und kritzelte kleine Figuren auf einen Block. Natürlich war ihm bekannt, dass auch Jugendliche schon schwere Verbrechen begangen hatten. Aber er schloss aus, dass Rubina so etwas tun würde. Sicher, sie lebte mit ihrer Mutter zusammen, zu der sie keine liebe- und vertrauensvolle Beziehung hatte. Sie hatte mit etwa acht Jahren ihren Vater verloren, den sie sehr geliebt hatte. Vielleicht würde sie jetzt bei ihm wohnen, wenn er noch am Leben wäre. Dennoch, Rubina wuchs in geordneten Verhältnissen auf. Ihre Mutter arbeitete und kümmerte sich um sie, sie wurde nicht geschlagen, nicht vernachlässigt. Sicher war Geld nicht im Überfluss vorhanden, aber es reichte. Die Wohnung war nett eingerichtet und so ordentlich, wie es eine Wohnung eben war, wenn sie von einer berufstätigen Mutter und einer

Tochter im Teenager-Alter bewohnt wurde. Streiff hatte am Rande auch mitbekommen, dass Rubina eine beste Freundin hatte und Kolleginnen, mit denen sie wöchentlich Volleyball spielte. Gestern Nachmittag hatte sie mit den Kindern der Familie Varga und mit Aline volle zwei Stunden Eile mit Weile gespielt und dabei mindestens einen Streit zwischen Timea und Géza geschlichtet. Ja, sie war ein normales Mädchen, das es nicht ganz einfach hatte, aber sicher nicht gestört war.

Die Mutter hatte es vielleicht sogar schwieriger. Sie war Anfang vierzig, und die Aussicht, dass sich die Träume ihres Lebens noch verwirklichen würden, sank beständig – während die Tochter den größten Teil ihres Lebens noch vor sich hatte.

Streiff beschloss, Lajos Varga nicht schonend anzusprechen, sondern ihn gleich mit den Informationen in Ingolds Notizbuch zu konfrontieren. Der Mann trat in die Küche und setzte sich.

»Sind Sie spielsüchtig?«, fragte Streiff.

Der Mann erschrak. »Spielsüchtig? Ich? Nein, wie kommen Sie darauf?«

»Mir ist bekannt, dass Sie ab und zu ein Spielcasino besuchen.«

Varga schwieg eine Weile. »Woher denn?«, wollte er dann wissen.

»Das ist im Moment unwichtig.«

»Wie oft gehen Sie dahin? Wie viel Geld haben Sie verloren? Sind Sie verschuldet?« Streiff sah Schweißperlen auf Varga's Stirn. Er atmete schwer.

»Ich gehe ungefähr einmal im Monat hin. Am Dienstagabend, wenn meine Frau an der Volkshochschule ihren Ungarischkurs gibt. Als Babysitter kommt jeweils Rubina oder Seraina Loretz. Meine Frau denkt, dass ich mit Arbeitskollegen esse. Aber ich bin nicht spielsüchtig. Wenn ich hundert Franken verspielt habe, gehe ich. Manchmal gewinne ich auch«, fügte er trotzig hinzu.

Streiff blieb unbeeindruckt. »Haben Sie Schulden? Wie hoch?«

»Nein, ich habe keine Schulden. Die hundert Franken im Monat kann ich mir leisten. Na ja, selten sind es auch mal hundertfünfzig. Wenn ich eine Glückssträhne habe, etwas riskiere und sie sich dann ganz zuletzt doch in Pech verwandelt.«

»Warum verheimlichen Sie das vor Ihrer Frau?«

»Sie würde es nicht wollen, dass ich ins Casino gehe. Sie wäre wie Sie: Angst, dass ich spielsüchtig werde, Angst, dass ich alle Ersparnisse und meinen Lohn verspiele. Aber ich bin eben nicht nur ein braver Familienvater, ich bin ein Mann, ein eigener Mensch. Ich will auch ein kleines Stück Leben für mich allein.« Pause. Dann: »Den größten Teil unseres Einkommens bringe ich nach Hause. Die zwei Tage, die Csilla in dem Kosmetikinstitut arbeitet, werfen nicht viel ab, und der Kurs sowieso nicht. Ich bin es, der von Montag bis Freitag krüppelt, damit wir eine gute Wohnung haben, im Sommer in die Ferien fahren können, damit die Kinder Taschengeld und Geburtstagsgeschenke kriegen, ins Klassenlager fahren können und Marken-T-Shirts haben.«

»Haben Sie gewusst, dass Renate Ingold Kenntnis hatte von Ihren Casino-Besuchen?«

Lajos Varga war nicht mehr in der Stimmung zu kämpfen. »Sie hat Andeutungen fallen lassen. Einmal hat sie sogar gefragt, was meine Frau dazu sagen würde.«

»Haben Sie sie deswegen umgebracht?«

»Eben«, sagte Varga müde. »Ausländer. Der Ausländer ist es gewesen.«

»Ich frage das nicht nur Sie«, relativierte Streiff.

»Werden Sie es meiner Frau sagen?«

»Ich werde mit Ihrer Frau sprechen. Ich vermute, dass sie es erfahren hat. Frau Ingold hat ihr Wissen gern durchschimmern lassen.«

Carsten Behrend ließ sich auf einen Küchenstuhl fallen. Wo war Aline? Sie war nicht bei Familie Varga, nicht bei Biancheras, nicht bei Valerie Gut. Er konnte sich kaum vorstellen, dass sie zu Patrick gegangen war, zu Raffaela und Fridolin oder zu Frau Meyer. Aber es gab keine andere Möglichkeit, Sorgen brauchte er sich keine zu machen. Also stand er auf und ging hinunter. Als Patrick ihm aufmachte, erblickte er hinter ihm Seraina. Aha. Interessant. Ihm waren schon zwei-, dreimal Blicke zwischen den beiden aufgefallen. Ob sie etwas zu bedeuten hatten? Interessant war auch, dass Seraina hastig versicherte, dass sie hier mehr Ruhe zum Lesen habe, und Patrick merkte an, dass er auch am Arbeiten sei. Tja. Ihm war es eigentlich egal, ob die beiden hier arbeiteten, Tee tranken – oder ob sich hier vielleicht der Beginn einer Liebesgeschichte abspielte. Carsten, der schwul war, fand die junge Medizinstudentin durchaus hübsch und er mochte sie, aber was sie erotisch trieb, interessierte ihn nicht. Zudem waren seine Gedanken bei Aline. Aber seine Schwester war nicht bei den beiden und war auch nicht dort gewesen. Patrick meinte, es würde ihn nicht wundern, wenn sie bei der alten Frau Meyer wäre. Die war liebenswürdig und sanft und würde Aline nicht einschüchtern. Vielleicht. Carsten stieg wieder hinauf. Fridolin und Raffaela machten nicht auf. Was immer das heißen mochte, es bedeutete sicher, dass Aline nicht bei ihnen war. Also war sie bei Frau Meyer.

Aber die zerbrechliche Frau schüttelte den Kopf. Nein, die junge Frau von der Wohngemeinschaft war nicht bei ihr. Hinter ihr erschienen Timea und Géza. Die beiden waren wirklich erschienen, um mit ihr Monopoly zu spielen. »Es ist lustig und spannend«, erzählte Timea, während Géza etwas verunsichert aussah, weil er die Regeln noch nicht ganz begriffen hatte. »Aline könnte mitspielen«, fand Timea. »Ich schicke sie zu euch, sobald ich sie aufgetrieben habe«, versprach Carsten.

Nun begann er sich doch Sorgen zu machen. Er setzte sich auf die oberste Treppenstufe und dachte nach. Aline war in keiner der Wohnungen. Also kam nur noch der Keller infrage. Oder hatte sie sich in ihrer Wohnung versteckt? Seraina war bei Patrick, er selbst hatte in der Küche gelernt, mit Ohrstöpseln in den Ohren. Blieb noch Luca, in dessen Gegenwart sich Aline nie recht wohlfühlte. Vielleicht hatte sie sich unter der Bettdecke verkrochen. Gestern hatte sie so matt ausgesehen, vielleicht war bei ihr eine Erkältung ausgebrochen. Er eilte hinunter. Aber da war keine Aline. Weder in seinem Zimmer noch in demjenigen von Seraina, weder im Wohnzimmer noch in der Küche oder im Bad. Luca erklärte, sie seit Stunden nicht gesehen zu haben.

Carsten ging in den Keller hinunter. Auch da keine Aline. In keinem der Abteile, auch nicht in der Waschküche oder im Heizungsraum. Verdammt! Wo war das Mädchen? Angst ergriff ihn. Er fühlte sich für sie verantwortlich, nicht nur weil sie jünger und bei ihm in einer fremden Stadt war, auch weil es ihr so schlecht ging, weil sie die Scheidung der Eltern so schwer nahm, weil sie keine Ahnung hatte, was sie mit ihrem Leben anfangen sollte. Sie war einfach seine Schwester und er hatte sie sehr gern, auch wenn sie ihn gelegentlich nervte mit ihrer unbeholfenen, verschüchterten Art.

Timea spielte unkonzentriert. Sie war mit ihren Gedanken nicht mehr bei der Sache. Frau Meyer vermutete, sie wolle ihrem kleinen Bruder nicht so zusetzen und ihn gewinnen lassen. Das war eigentlich nicht in ihrem Sinn. Sie hatte früher sehr gern Gesellschaftsspiele gemacht mit Mann und Kindern und sie hatte auch alles daran gesetzt, zu gewinnen. Aber gut, die beiden spielten zum ersten Mal Monopoly und der kleine Junge tat sich ein bisschen schwer damit. Und die Ältere hatte offenbar keine Lust mehr. Ihre Augen wanderten über das Bücherregal. »Darf ich mir dieses Buch anschauen?«, fragte sie und deutete auf einen Bildband vom Berner Oberland. »Aber klar«. Ursula holte den Band und das Mädchen setzte sich damit aufs Sofa. »Wollen wir was anderes spielen?«, fragte sie den Jungen. »Ein Quartett?« Er nickte, denn dieses Spiel kannte er und er war gut darin, sich Bilder zu merken. Ursula brachte es.

Timea schaute auf die Bilder von Alpwiesen und Bergpanoramen. Aber sie war auch jetzt nicht bei der Sache. Dieser Carsten, der vorhin geläutet hatte. Er vermisste seine Schwester. Timea fand sie nett. Wenn sie sich cool anziehen und ein wenig schminken würde, wäre sie sogar hübsch, dachte sie. Nun ja, sie war wahrscheinlich zu Besuch bei jemandem von den Nachbarn. Das Haus verlassen konnte sie ja nicht. Aber wenn sie nun bei niemandem war, wenn sie wirklich verschwunden war? Ich könnte sie finden, sagte sich Timea. Ich bin vielleicht die bessere Detektivin als dieser alte Polizist. Der hatte ja bis jetzt noch gar nichts herausgefunden. Er hatte keine Ahnung, wer Frau Ingold getötet hatte. Sie zwar auch nicht, musste sie zugeben. Aber es müsste doch möglich sein, Aline zu finden. Sie würde dann bei ihnen bleiben und sie, Timea, hätte eine große Schwester, die ihr ihre Schminksachen auslieh, die nicht so streng war wie Mama und dachte, sie wäre noch ein kleines Kind. Mama hatte ja Géza, der war wirklich noch klein.

Ob Aline in einem Anfall von Verzweiflung aus dem Fenster gesprungen war? Patrick rannte in den obersten Stock und schaute aus dem Treppenhausfenster. Es lag kein Mensch unten im Schnee, es waren auch keine Fuß- oder irgendwelche anderen Spuren zu sehen. Vielleicht auf der anderen Seite des Hauses? Er stürmte in die Wohnung, in sein Zimmer, dessen Fenster auf der Rückseite des Hauses lag. Auch hier keine Spuren, keine zusammengekrümmte Gestalt. Panik überschwemmte ihn, ein paar Minuten war er unfähig, einen klaren Gedanken zu fassen. War sie tot? Hatte sich der Mörder ein zweites Opfer geholt? Sein Herz klopfte heftig. Dann wusste er, was zu tun war. Ich muss die Nachbarn informieren, wir müssen alle zusammen Aline suchen. Er hörte Luca in seinem Zimmer herumgehen, aber Luca war sicher nicht der Erste, den er um Hilfe bitten wollte. Er erwog, zu Valerie Gut und Beat Streiff hinaufzugehen, fand es dann aber besser, sich zuerst an Seraina und Patrick zu wenden.

Ein bisschen beruhigte ihn die ruhige Stimmung in Patricks Wohnung. Seraina saß im einzigen Sessel und las, Patrick war offensichtlich gerade vom Computer aufgestanden.

»Ich finde Aline nirgends«, erklärte er. »Ich habe bei allen Nachbarn nachgefragt, sie im Keller gesucht, sogar aus den Fenstern geschaut, ob sie rausgesprungen ist – aber sie ist einfach nirgends.«

»Das kann doch nicht …«, begann Patrick.

»Ich weiß, dass es eigentlich nicht sein kann, aber es ist so.«

»Hat sie sich in einer der Wohnungen versteckt?«, fragte Seraina.

»Es muss wohl so sein. Vielleicht wurde sie von Panik ergriffen.«

»Aber warum ist sie dann nicht zu dir gekommen?«

Carsten zuckte ratlos die Schultern.

»Wir teilen uns jetzt auf, informieren alle Nachbarn und bitten sie, die hintersten Winkel ihrer Wohnungen abzusuchen«, schlug Seraina vor.

»Wenn sie tot ist –«, presste Carsten hervor.

»Stopp«, sagte Patrick. »Das bringt jetzt nichts. Ich glaube nicht, dass sie tot ist.« Aber so sicher war er sich nicht. Das Ganze wurde zu einem Albtraum. Der Mord an Renate Ingold war schon schlimm genug. Aber sie war eine Hausbewohnerin gewesen, der niemand nahe gestanden hatte. Falls jetzt aber auch Carstens Schwester, eine junge hilflose Frau, umgebracht worden war, dann wäre die Situation nicht mehr zu ertragen.

»Carsten, du gehst zu Valerie und Streiff und zu Frau Meyer. Ich übernehme Varga und Bianchera, Seraina informiert Raffaela und Fridolin und dann Luca. Oder hast du es ihm schon gesagt?«

Patrick schüttelte den Kopf. »Eine sarkastische Bemerkung über meine instabile Schwester ist das Letzte, was ich jetzt aushalten würde.«

Streiff gegenüber am Küchentisch saß Csilla Varga. Sie hatte gerötete Augen.

Ja, sie hatte es gewusst. Renate Ingold hatte sie scheinheilig gefragt, ob sie die Miete noch bezahlen könnten, wo doch ihr Mann den Lohn im Casino verspiele. Und wie sie Timeas neue modische Turnschuhe bezahlt hätten. Sie hatte ehrlich empört reagiert und die bösartige Nachbarin in ihre Schranken gewiesen. Aber die Bemerkung hatte dennoch an ihr genagt, auch wenn sie überzeugt gewesen war, dass Lajos kein Spieler war, sondern einmal im Monat seine Arbeitskollegen traf. Sie wusste, in welchem Lokal sie essen gingen, Lajos erzählte ihr manchmal auch, was er bestellt hatte. Also kein Grund zur Aufregung. Und doch. Ein paar Wochen später hatte sie sich an der Volkshochschule krankgemeldet. Sie hatte sich geschämt. Vor der netten Sekretärin, die ihr herzlich gute Besserung gewünscht hatte. Vor ihrem Mann und auch vor Timea und Géza. Sogar vor ihren Schülern, einer Gruppe von sieben netten, motivierten Leuten. Ein Paar, das sich liebt, muss sich doch vertrauen, hatte sie gedacht, nur dann können sich auch die Kinder geborgen fühlen. Aber sie war an dem Abend aus dem Haus gegangen, als ob sie zum Kurs ginge. Zuerst war sie zu dem Restaurant gegangen, in dem sich Lajos jeweils mit den Kollegen traf. Aber dort war die Gruppe nicht gewesen. Na ja, vielleicht hatten sie für einmal das Lokal gewechselt, warum auch nicht. Ich könnte wieder nach Hause gehen, hatte sie gedacht. Den Kindern sagen, ich habe Kopfschmerzen. Rubina nach Hause schicken und mich hinlegen. Aber ihre Füße trugen sie wie von selbst in Richtung Spielcasino. Es war in dem Haus zwischen Bahnhof Selnau und Stauffacher, wo lange Jahre das Modehaus Ober gewesen war. Es war lange her, sie hatten es nicht mehr erlebt. Und jetzt, seit zwei Jahren, war es ein Casino. Es war ihr schrecklich peinlich, es zu betreten, und sie sah sich die ganze Zeit ängstlich um. Und dann erblickte sie Lajos an einem Roulettetisch. Er war allein. Er sah zu, dann setzte er Chips. Csilla, entsetzt, drückte sich in eine Nische und schaute gebannt zu. Natürlich verlor er. Der Croupier holte mit seinem Rechen Lajos' Chips zu sich.

Csilla hatte genug gesehen. So rasch sie konnte, ohne aufzufallen, verließ sie den Ort. Vielleicht war sie doch aufgefallen, denn als sie draußen in der kühlen Abendluft stand, merkte sie, dass sie weinte vor Sorge und Zorn. Mit schnellen Schritten ging sie in Richtung Altstetten, die Bewegung tat ihr gut. Eine knappe Stunde, schätzte sie, würde der Heimweg zu Fuß dauern. Ihre Gedanken drehten sich wild in ihrem Kopf. Was soll ich tun?, fragte sie sich. Wie soll ich reagieren? Ich muss alle Bankunterlagen anschauen. Haben wir überhaupt noch Geld, oder sind wir total verschuldet? Warum tut er das? Ist er spielsüchtig? Wird er uns ins Elend bringen? Er ist doch gar nicht der Typ dafür. Er war doch immer ein ganz normaler verantwortungsbewusster Mann und Familienvater. Wie kann er nur? Es liegt ihm doch am Herzen, dass es den Kindern gut geht, dass sie später einen Beruf lernen können, der ihnen gefällt. Wie passt das zusammen? Und woher weiß Renate Ingold davon? Immerhin war er allein dort gewesen. Er hatte keine Freundin, mit der er das Geld verprasste. Was heißt verprasste? – verspielte, verlor. Tatsächlich beruhigte sie das ein wenig. Liebte er sie noch? Hatte er vor, sie zu verlassen, die Kinder im Stich zu lassen?

Für die letzte Station nahm sie den Bus. Zwang sich, ruhig zu atmen. Sie kam zur gewohnten Zeit nach Hause, gab Rubina ihr Geld und erklärte, sie habe Kopfschmerzen. Lajos würde etwa in einer Stunde kommen. Sie ging zu Bett und stellte sich schlafend, als er kam. Er küsste sie in den Nacken und streichelte ihren Arm, aber sie tat, als merke sie nichts.

Am anderen Tag, als er bei der Arbeit war, nahm sie sich die Bankunterlagen vor. Sie sah, dass sie sich vom Finanziellen her keine Sorgen machen musste. Die Ersparnisse waren noch da, er spielte offensichtlich nur um kleine Beträge. Sie dachte nach, und dann beschloss sie, das Geheimnis für sich zu behalten. Es hatte nie aufgehört zu schmerzen, dass er heimlich im Casino spielte. Er hatte ihr Vertrauen verletzt, aber, sagte sie sich, was würde es bringen, wenn sie ihn damit konfrontierte, wenn sie ihm verbot, spielen zu gehen? Natürlich kam ihr die Anfangszeit ihrer Beziehung in den Sinn, ihr Bekenntnis zu Offenheit und Ehrlichkeit einander gegenüber. Nun war es anders herausgekommen. Trotzdem funktionierte die Familie. Lajos war ein guter Vater, auch ein guter Ehemann, sie war sicher, dass er sie nicht mit anderen Frauen betrog. Es hatte keinen Sinn, das alles kaputtzumachen.

Renate Ingold grüßte sie seither nur noch, wenn es sich nicht umgehen ließ, wenn noch jemand anders im Treppenhaus war, wenn sie sich kreuzten.

»Sie hassten Frau Ingold?«, fasste Streiff zusammen.

»Ja. Sie hat etwas von mir gewusst, was sie unter keinen Umständen hätte wissen dürfen. Nicht einfach, dass Lajos spielt, sondern die Kränkung, die Verletzung, dass mein Mann mich hintergeht, dass er vor mir ein Geheimnis hat.«

»Haben Sie sie deshalb getötet?«

»Nein. Wie hätte ich denn in ihre Wohnung kommen können? Sie schloss die Wohnungstür ja immer ab.«

»Neben der Wohnungstür hängt ein Schlüsselbrett«, sagte Streiff.

»Mag sein. Aber ich war nie in ihrer Wohnung, nicht einmal in der Nähe der Wohnungstür.« Sie schüttelte den Kopf. »Wenn ich so etwas tun würde, würde unsere Familie wirklich auseinanderbrechen, und das will ich am allerwenigsten.«

»Und Ihr Mann?«

»Auf keinen Fall. Gut, er geht spielen, er belügt mich, aber er würde nie die Familie aufs Spiel setzen. Glauben Sie es, oder glauben Sie es nicht. Wenn die Spurensicherung kommt, wird sie keine Spuren von meinem Mann oder von mir feststellen.«

Es klingelte. Im Flur waren Valeries Schritte zu hören, das Öffnen der Tür. Eine Männerstimme. Dann klopfte es an die Küchentür. Streiff stand auf. Schon öffnete Valerie die Tür.

»Aline ist offenbar verschwunden«, rief sie. Hinter ihr erschien Carsten Behrend. »Ich finde sie einfach nirgends«, rief er, »auch nicht im Keller.« Er fasste kurz zusammen, was er mit Seraina und Patrick besprochen hatte.

»Ja, das können wir machen«, willigte Valerie ein. »Obwohl ich mir gar nicht denken kann, wie sie sich hätte hereinschleichen, und wo sie hätte Unterschlupf finden können. Ich war ja die ganze Zeit da.«

Csilla Varga erhob sich. »Ich gehe dann mal hinunter in unsere Wohnung. Wir müssen ja wohl Frau Behrend ebenfalls suchen.«

»Ich will noch Frau Meyer informieren und um ihre Hilfe bitten«, sagte Carsten und wandte sich zum Gehen. Er war blass und wirkte erschöpft. »Ich mache mir schreckliche Sorgen um sie. Sie kann sich nicht selbst helfen.« Er klingelte an der Tür daneben.

Frau Meyer spielte inzwischen Memory mit Géza und musste sich von dem Siebenjährigen dauernd schlagen lassen, während Timea in einem Buch mit Fotos aus Thailand blätterte. Sie blieb auf dem Sofa sitzen, als die alte Frau mit Carsten sprach, aber sie lauschte gebannt. Aline ist also doch verschwunden, dachte sie, ganz und gar verschwunden. Und es braucht einen Detektiv, um sie aufzuspüren. Vielleicht ist sie aufs Dach geklettert, um um Hilfe zu rufen. Aber irgendwie wusste sie schon, dass Aline nicht der unerschrockene Typ Frau war, die im Winter auf Hausdächer klettert. Also musste sie noch irgendwo im Haus sein. Alle Wohnungen sollten durchsucht werden, bekam sie aus dem aufgeregten Gespräch zwischen Carsten und Frau Meyer mit. »Magst du mir helfen?«, wandte sich die Frau an Géza. Er nickte eifrig. »Darf ich?«, und schon hatte er den Geschirrschrank geöffnet. Natürlich enthielt er nichts außer Geschirr, Gläsern, Teekannen, Schüsseln und Ähnlichem. »Komm.« Frau Meyer nahm den Kleinen an der Hand und ging mit ihm in Richtung Küche. Timea legte ihr Buch beiseite und schlich leise aus der Wohnung.

Seraina und Patrick trafen im Treppenhaus wieder aufeinander. Raffaela und Fridolin, Janine Bianchera und das Ehepaar Varga waren bereit, ihre Wohnungen gründlich abzusuchen. Aber sie alle betonten, dass es kaum möglich sei, dass sich Aline bei ihnen versteckt hielt.

Alle hielten die Wohnungstür abgeschlossen, alle waren praktisch die ganze Zeit in der eigenen Wohnung gewesen. »Wo sonst?«, hatten Fridolin sarkastisch und Janine eher verzweifelt gefragt. Sie sah sich ratlos im Flur um. Sie schaute im Bad hinter den Duschvorhang, in der Küche warf sie einen Blick auf den winzigen Küchenbalkon. Als sie sich dabei ertappte, wie sie niederknien und unters Bett schauen wollte, hielt sie inne. Das ist doch Unsinn, sagte sie sich. Dieses Mädchen kann nicht hier sein. Sie klopfte an Rubinas Tür. Das Mädchen saß am Computer, hatte ihren Facebookaccount offen und schrieb. »Was machst du da?«, fragte Janine, ohne zu überlegen. Rubina gab ihr einen geringschätzigen Blick. »Sorry«, fügte sie rasch hinzu, »ich bin nur so aufgeregt und beunruhigt.« Rasch erklärte sie Rubina die neueste Situation.

»Ich verstecke Aline nicht in meinem Zimmer, das kannst du mir glauben«, gab das Mädchen freundlicher als erwartet zurück. »Ich kann mir wirklich nicht denken, wo sie sein könnte. Denkst du, dass sie auch tot ist?«

Janine schrak zusammen. »Nein, bestimmt nicht«, rief sie. »Vielleicht ist sie irgendwo eingeschlafen.«

»Seit wann werden schlafende Menschen unsichtbar?«, erkundigte sich Rubina.

Janine fühlte sich wieder einmal als völlig unfähige Mutter. Wut stieg für einen Augenblick in ihr auf, verrauchte aber gleich wieder. »Im Heizungskeller?«, schlug sie unsicher vor.

»Dort hat ihr Bruder sie bestimmt schon gesucht«, sagte Rubina.

Janine ging ohne ein weiteres Wort hinaus und zog die Tür leise hinter sich zu. Was geht uns das eigentlich an?, fragte sie sich. Wir kennen diese junge Frau kaum.

Auch die anderen Hausbewohner hatten Schwierigkeiten mit diesem Auftrag. Fridolin und Raffaela taten gar nichts. Sie saßen seit dem frühen Nachmittag vor dem Fernseher und ließen sich von deutschen Nachmittagsprogrammen berieseln. Lajos und Csilla Varga hatten pflichtschuldig eine Runde durch die Wohnung gedreht, Vorhänge zur Seite geschoben, in Nischen zwischen Wand und Schrank geguckt, aber sie waren von vornherein überzeugt, dass die junge Frau nicht bei ihnen war. Ursula Meyer war mit Géza ins Wohnzimmer zurückgekehrt. Timea war hinuntergegangen. Géza wollte weiter Memory spielen, weil er darin so gut war. Ursula, die auch gern gewonnen hätte, aber deren Gedächtnis nicht mehr so mitmachte, willigte ein. Sie holte ihm ein Glas Milch und ein Stück Kuchen, was er beides mit Vergnügen vertilgte. Beat Streiff hockte mit düsterem Gesicht in Valeries Küche. Aline Behrend musste auf irgendeinem Weg das Haus verlassen haben, wahrscheinlich über den Balkon der Wohnung Bianchera oder Varga. Dummes Mädchen. Wo wollte sie hin? Sie würde erfrieren. Es sei denn, sie fand über einen anderen zurzeit ebenerdigen Balkon Zuflucht in einer Wohnung. Aber dort wäre sie wohl genauso verschüchtert und verzweifelt wie zu Hause. Und sie würde doch anrufen. Dürst sagte, er habe den ganzen Tag bis jetzt draußen keinen Menschen gesehen. »Wir haben auch keine Suchtrupps. Wir sind ja nicht mit Skis ausgerüstet, und wo sollten Zita und ich die Leute herbeizaubern?« Ja, Zita schlafe noch. Sie übernehme dann wieder die Nachtschicht, sodass er, Adrian, endlich anständig schlafen könne.

Seraina, Carsten und Patrick saßen am Küchentisch der WG und hofften wider alle Wahrscheinlichkeit auf eine erlösende Nachricht. Es kam keine. Endlich haute Carsten auf den Tisch. Nicht sehr kräftig, aber seine Geduld war am Ende. »Ich gehe sie jetzt draußen suchen«, erklärte er bestimmt.

»Das geht doch nicht«, widersprach Patrick.

»Doch. Luca hat Langlaufskis, die werde ich mir ausleihen. Dann steige ich bei Biancheras oder Vargas über den Balkon hinaus und laufe durchs Quartier. Weit ist sie bestimmt nicht gekommen. Vielleicht finde ich Fußspuren.« Oder eine unterkühlte oder halberfrorene Gestalt, dachte Patrick. Er sah, dass er Carsten nicht davon abhalten konnte, seine Schwester suchen zu gehen. »Nimm aber unbedingt dein Handy mit«, riet er ihm. Carsten nickte. »Und zieh alles an, was du hast. Du kannst meine Daunenjacke haben, wenn du willst.« »Gern.« Carsten ging zu Luca hinüber, und die anderen beiden hörten, wie sie zusammen die Wohnung verließen. »Ist es nicht gefährlich, wenn Carsten allein geht?«, fragte Seraina nervös.

»Es gibt keine anderen Langlaufskis im Haus«, sagte Patrick, »und ich glaube nicht, dass sich Carsten davon abhalten lässt.«

»Ich verstehe es ja«, gab Seraina zu. »Aber stell dir vor – wenn dann plötzlich zwei Leute verschwunden sind.«

»Nein, Carsten kann auf sich aufpassen. Er ist gesund und sportlich und kennt sich bestens aus im Quartier.« Das stimmte natürlich. Trotzdem war Seraina unruhig. Der Tod der alten Frau Ingold war ein bisschen in den Hintergrund getreten angesichts des Verschwindens von Aline. Es war irgendwie unheimlich. In Seraina krochen leise Schuldgefühle hoch. Sie war zwar nie unfreundlich gewesen zu ihr, aber sie hatte auch keine Lust gehabt, sich groß um sie zu kümmern. Sie hatte sie nicht wirklich in Schutz genommen vor Lucas manchmal unverschämter Art. Zu ihr hätte sich Aline bestimmt nicht geflüchtet, wenn sie in Bedrängnis war. Ich bin eine Egoistin, gestand Seraina sich ein. Mir geht's hier gut, und ich habe jeweils einfach gedacht, Aline sollte sich nicht so anstellen, die Sache mit etwas Humor nehmen, dann wäre Luca auch netter zu ihr. Aber sie konnte es nicht – und jetzt ist sie weg. Offenbar hatte sie eine ganze Weile vor sich hingestarrt, denn sie kam plötzlich zu sich, als Patrick einen Finger auf ihr Handgelenk legte. »Was ist los?«

»Ich mache mir halt Sorgen.«

»Aber du kannst doch nichts dafür.« Patricks Finger streichelte nun ihr Handgelenk.

»Vielleicht hätte ich etwas dagegen tun können. Netter sein zu ihr.« Sie entzog ihm ihre Hand nicht.

»Damit hättest du ihre Probleme auch nicht lösen können.«

Seraina stand auf und holte sich ein Glas Wasser. Die Männer kamen in die Küche. Carsten trug bereits ein Paar dicke Skihosen, einen Faserpelzpullover und Sportsocken. Luca stellte ihm seine Langlaufskischuhe hin. »Musst halt schauen, ob sie dir passen.« Sie waren etwas zu groß, aber mit einem weiteren Paar Socken ging es. Patrick ging hinunter, um seine Daunenjacke zu holen. Sie war knallorange. Carsten erschrak ein bisschen, aber Seraina nickte beifällig. »So gehst du wenigstens nicht verloren.« Patrick legte noch ein Paar gefütterte Handschuhe dazu. »Okay«, sagte Carsten. »Auf geht's.« »Sei unbedingt in einer Stunde wieder zurück«, bat Seraina. »Noch weitere Abgänge halten wir nicht aus.« Carsten nickte, packte die Skis und ging einen Stock tiefer. Ihm war ziemlich mulmig zumute, aber darüber mochte er nicht reden. Es war auch nicht nötig, die anderen würden bestimmt nicht annehmen, dass er besonders fröhlich war. Er entschied sich dafür, bei der Familie Varga zu klingeln. Frau Bianchera, befürchtete er, könnte hysterisch reagieren, sich furchtbar aufregen, und das wollte er sich nicht antun. Natürlich waren auch Frau und Herr Varga besorgt, aber sie versuchten nicht, ihm sein Vorhaben auszureden. Die beiden Kinder erschienen. Der kleine Junge holte sofort seine Wintermütze, wollte mitkommen und war enttäuscht, als er sich nicht durchsetzen konnte. Das Mädchen war schweigsam und ernst. »Aline ist sehr ängstlich«, sagte sie nur.

»Keine Bange«, fühlte sich Carsten bemüßigt zu sagen. »Ich gehe keine Risiken ein, und in einer Stunde bin ich zurück. Ist weniger gefährlich als eine gut schweizerische Skitour.«

»Wir machen keine Skitouren«, erwiderte Csilla, ohne zu lächeln.

Lajos Varga fragte ihn nach seiner Handynummer und notierte sie sorgfältig auf einem Notizzettel. Dann stieg Carsten übers Balkongeländer in den Schnee, Lajos reichte ihm die Skis, Carsten schloss die Bindung und glitt dann davon, in Richtung Bahnhof Altstetten.

»Ist das gefährlich?«, fragte Géza eifrig. »Ist Carsten ein Held?«

»Ja, ein bisschen ist Carsten ein Held«, antwortete seine Mutter. »Aber du brauchst keine Angst zu haben, er wird sich nicht in Gefahr bringen.« Sie gingen zurück an die Wärme. Géza wollte wieder Memory spielen, diesmal mit Timea, gegen die er zwar nicht immer, aber doch oft gewann. Aber Timea wollte nicht. »Ich habe zu tun«, wehrte sie ab und verschwand in ihrem Zimmer. »Also komm, ich spiele mit dir«, erklärte sich der Vater bereit.

Carsten lief langsam. Er war kein sehr geübter Langläufer, und hier ging es ja auch nicht um einen sportlichen Rekord. Es war sehr still, so still, wie er die Gegend noch nie erlebt hatte. Normalerweise war Altstetten ein lebendiges Quartier mit einer gemischten Bevölkerung, Ausländer, Schweizer, Familien, ältere Leute. Es gab ein Hallenbad, ein kleineres Einkaufszentrum, eine Sportanlage, am Samstag einen Lebensmittelmarkt, zwei verkehrsreiche Straßen neben vielen Quartierstraßen, einen Spazierweg. Jetzt schien alles tot und erfroren zu sein. Unheimlich. Als ob ich der einzige Mensch auf der Welt wäre, ging es Carsten durch den Kopf. Unsinn, die Menschen sind alle da, in ihren Häusern, in ihren Wohnungen, und ich muss meine Schwester finden. Er stoppte. Welche Richtung sollte er wählen? Richtung Innenstadt oder nach Westen, Richtung Schlieren? Was könnte sich Aline überlegt haben? Wahrscheinlich gar nichts. Irgendwie konnte Carsten nicht recht glauben, dass seine Schwester in dieser Situation wirklich das Haus verlassen hatte. Wohin sollte sie denn? Sie kannte hier niemanden. Er war ihre einzige Vertrauensperson. Was war bloß geschehen, das sie dazu gebracht hatte, zu verschwinden? Oder war sie nicht freiwillig verschwunden? Er wandte sich Richtung Innenstadt und beschloss, in einem großen Kreis Altstetten zu umrunden. In einem Mehrfamilienhaus in der Nähe erblickte er einen Mann auf einem Balkon, der, in eine warme Jacke verpackt, eine Zigarette rauchte.

»Hallo«, rief Carsten und näherte sich dem Mann. Dieser merkte auf. »Haben Sie hier eine junge Frau durchkommen sehen?«, fragte er. »Ich suche meine Schwester.«

Aber der Mann hatte niemanden gesehen. »Schon seit zwei Tagen nicht«, versicherte er. »Dieses Sauwetter, dieser Höllenwinter!«

»Falls Sie sie sehen, könnten Sie mich anrufen?«, bat Carsten und rief seine Handynummer. Der Mann nickte, aber sehr hilfsbereit wirkte er nicht. »Meine Frau und die Kinder sind auf der Bettmeralp beim Skifahren. Denen geht's prima. Auch viel Schnee, aber dort sind sie darauf eingerichtet. Und sie haben Sonne. Aber wir hier –«, er brach verärgert ab.

Carsten lief weiter. Um die Sorgen dieses Mannes mochte er sich nicht kümmern. Er wäre glücklich gewesen, wenn er Aline in einem Schneesportdorf in den Bergen gewusst hätte. Einen Moment erschien ihr Bild vor ihm, eine fröhliche Aline in einem Liegestuhl auf einer Sonnenterrasse, eine Tasse Kaffee in der Hand, eine große Sonnenbrille im Gesicht. Sein Herz wurde noch schwerer. Das hätte die sechzehnjährige Aline von vor drei Jahren sein können. Damals war es ihr gut gegangen. Natürlich war sie auch damals eher ruhig gewesen und ein bisschen schüchtern, das gehörte einfach zu ihr, zu ihrer Art. Aber sie war heiter gewesen und zufrieden mit dem Leben. Sie war sogar glücklich gewesen, das erste Mal verliebt. Die Wende war ein Jahr später eingetreten. Die Beziehung war in die Brüche gegangen, und Aline hatte das sehr schwer genommen. Das war verständlich, aber es war ja auch ganz normal, dass eine erste Liebe nicht ewig hielt. Sie hatte sich einfach nicht davon erholt, ihre Frische und Fröhlichkeit waren nicht wiedergekommen. Dann, ein Dreivierteljahr später, war eine Krise zwischen den Eltern offen ausgebrochen, die vielleicht schon länger unter der Oberfläche geschwelt hatte. Die Mutter hatte sich in einen anderen Mann verliebt und war ziemlich rasch ausgezogen. Leider hatten es die Eltern nicht fertiggebracht, in Frieden und Vernunft auseinanderzugehen, sondern hatten sich in böse, erbarmungslose Streitereien verwickelt, Anwälte beschäftigt, und beide hatten versucht, die Kinder auf eine Seite zu ziehen. Er, Carsten, war damals zweiundzwanzig gewesen und hatte sich abgrenzen können. Aber Aline, siebzehn, kurz vor dem Abitur stehend und von Liebeskummer niedergedrückt, hatte die Sache den Boden unter den Füßen weggezogen. Sie wurde zu dem verunsicherten, verzweifelten, deprimierten Mädchen, das sie seither geblieben war. Das Abitur hatte sie im letzten Jahr knapp geschafft, sie war dann beim Vater geblieben, ohne sich dazu aufraffen zu können, irgendetwas zu tun. Sie hatte keine Ahnung, was sie beruflich wollte, sie mochte nicht jobben, sie hatte keine Lust zu reisen, was ja viele Abiturienten vor dem Studium taten. Es war auch kein neuer Mann aufgetaucht. Der Scheidungskrieg der Eltern hatte sich hingezogen, die Mutter hatte Aline vorgeworfen, sich gegen sie zu stellen, weil sie beim Vater wohnte, aber bei sich und ihrem neuen Freund hätte sie ihre Tochter doch nicht aufnehmen wollen. Schließlich hatte das Mädchen einen Zusammenbruch erlitten. Während einer hässlichen Szene zwischen Mutter und Vater war sie in Schluchzen und Schreien ausgebrochen und hatte mehrere Stunden geweint, geheult, hatte gezittert, nicht mehr sprechen können. Der Hausarzt hatte sie in eine Klinik einweisen wollen, aber Aline hatte sich geweigert und die Eltern hatten sie nicht zwingen wollen. Die Situation war unhaltbar und unerträglich geworden. Die Mutter hatte dann Carsten um Hilfe gebeten, und er war nach München gereist, hatte für die völlig willenlose Aline zwei Koffer gepackt und hatte sie nach Zürich mitgenommen. Natürlich war das keine dauerhafte Lösung, aber in den ersten zehn Tagen, in denen sie hier war, hatte er noch nicht ernsthaft mit ihr geredet. Er wollte, dass sie sich erst ein bisschen beruhigte und stabilisierte. Das war nicht so einfach, und dann war dieser Extremschnee und dann noch der Mord dazwischengekommen. Aber weshalb sie so die Nerven verloren hatte, war Carsten nicht klar. Zunehmend erfasste ihn Angst. Er schaute auf die Uhr. Schon eine Dreiviertelstunde war er unterwegs. Trotz der warmen Handschuhe fror er an den Fingern. Außer dem rauchenden Mann auf dem Balkon hatte er keinen Menschen gesehen, keine Spuren im Schnee, nichts. Es wurde Zeit zurückzugehen. Er hatte versprochen, nicht länger als eine Stunde wegzubleiben. In der Jackentasche spürte er undeutlich sein Handy vibrieren. Er fischte es heraus. Wie erwartet, war es Seraina. »Ja, ich mache mich auf den Heimweg«, sagte er. Er schaute sich um und stellte fest, dass er gar nicht sicher war, wo er sich genau befand. Er drehte sich einmal um die eigene Achse und orientierte sich an höheren Gebäuden, die er sah. Langsam lief er in Richtung Bahnhof Altstetten, ohne sich zu verirren erreichte er in einer Viertelstunde die Bristenstraße. Er kletterte auf den Balkon der Vargas und schnallte sich die Skis ab. Bevor er an die Scheibe klopfen musste, hatte Lajos Varga ihn erblickt und kam heraus. »Kommen Sie an die Wärme.« Carsten klopfte sich den Schnee von den Kleidern, schlüpfte aus den Schuhen und folgte ihm. Am liebsten wäre er gleich nach Hause gegangen, aber Csilla ließ ihn nicht aus der Wohnung, bevor er eine Tasse heißen Tee getrunken hatte. Die Kinder zeigten sich nicht. Er fragte nicht, ob Aline inzwischen aufgetaucht war, das hätten sie ihm von sich aus gesagt. Mütze und Handschuhe in der einen, Schuhe in der anderen Hand ging er die Treppe hinauf zur Wohnung. Nun holte ihn wie ein schwerer Stein die Enttäuschung ein. Er hatte nicht wirklich damit rechnen können, Aline draußen im Schneegestöber zu finden, er hatte auch nicht darauf zählen können, dass sie inzwischen im Haus wieder aufgetaucht war – aber am allerwenigsten konnte er darauf gefasst sein, dass sie einfach immer noch weg war, verschwunden, wie in Luft aufgelöst. Er setzte sich eine Minute lang auf eine Stufe im leeren Treppenhaus und konnte sich nicht vorstellen, jemals wieder aufzustehen. Als er weiter oben eine Tür sich öffnen hörte, erhob er sich rasch und ging in die Wohnung.

Timea hatte keine Zeit gehabt, mit Géza Memory zu spielen. Sie war in ihr Zimmer gegangen und hatte nachgedacht. Sie wusste, dass es keine Hexen oder Feen gab, die einen wegzaubern konnten. Es war auch kein Einbrecher im Haus. Und dass eine feindgliedrige Frau wie Aline in diese Schneewelt hinausging, war ebenfalls ausgeschlossen. Also musste sie noch im Haus sein. Auch wenn es durchsucht worden war. Die Großen hatten eben nicht genau genug gesucht. Ich werde sie finden, sagte sich Timea. Sie ging leise aus der Wohnung und stieg in den Keller hinunter. Sie spähte in jedes der verschlossenen Kellerabteile und schaute in Waschküche und Heizungsraum. Leise rief sie Alines Namen. Keine Reaktion. Sie hörte auch kein Atmen. Da war sie also nicht. Dann musste sie eben noch härter nachdenken. Sie lehnte sich an die Kellerwand. Dann stieg sie langsam wieder nach oben und drückte die Falle von

Renate Ingolds Wohnungstür. Natürlich abgeschlossen. Die Schlüssel hatte sicher Herr Streiff. Nachdenken, beschwor sie sich, ich muss härter nachdenken. Plötzlich hatte sie eine Idee. Sie eilte hinauf in ihre Wohnung, schlich geräuschlos hinein, griff sich am Schlüsselbrett den Kellerschlüssel, flitzte wieder hinunter, ging ins Kellerabteil ihrer Familie, öffnete ein kleines Schränkchen, nahm etwas heraus und ging wieder nach oben.

Streiff saß untätig in der Küche. Sein Pflichtgefühl mahnte ihn, seine Gespräche mit den Hausbewohnern weiterzuführen. Ich sollte mit Janine Bianchera reden, dachte er, mit Luca Oertle, mit Raffaela Zweifel. Vielleicht werden sie lügen, vielleicht aber auch nicht. Eine Ausnahmesituation machte irgendwann jeden mürbe. Ich muss zumindest den Boden bereiten für die Ermittlungen, die in zwei, drei Tagen in Gang kommen werden, die Wettervorhersagen sprachen von einem kommenden Wärmeeinbruch. Aber er hatte einfach keine Lust dazu. Plötzlich wurde ihm bewusst, dass er noch vorgestern über achtunddreißig Grad Fieber gehabt hatte, dazu Schnupfen und Husten. Er fühlte sich viel besser, aber sehr müde. Am liebsten hätte er sich auf das Sofa gelegt und ein Nickerchen gemacht. Streiff, du wirst alt, schalt er sich. Ich bestelle jetzt Raffaela Zweifel zu mir, entschied er. Er kannte sie schon lange, und irgendwie mochte er sie, auch wenn ihr ziel- und gedankenloses Leben seiner Natur völlig zuwiderlief. Er war auch gar nicht sicher, ob Fridolin Heer wirklich der richtige Mann für sie war. Sie mit ihrem Talent, immer an die

Falschen zu geraten … Na ja, irgendwie würde sie sich immer durchschlagen und manchmal sogar glücklich sein. Ein gewisser naiver Optimismus gehörte auch zu ihr und würde ihr sicher immer helfen, durchs Leben zu kommen.

Carsten tigerte durch die Küche. Das war nicht auszuhalten. Aus Lucas Zimmer hörte er leise Musik, Seraina war nicht da. Sie musste bei Patrick unten sein. Sie warteten sicher auf ihn. Als er aus der Wohnung kam, blieb er stockstill stehen. Aus dem oberen Stock war ein leises hohes Wimmern zu vernehmen. Ein Wimmern, das bestimmt weder von der alten Frau Meyer noch von Valerie Gut kam. Sein Herz raste. Dann rannte er nach oben, halb fliegend, halb stolpernd und starrte auf das Bild, das sich ihm darbot. Auf dem obersten Treppenabsatz standen Timea Varga und Aline. Das heißt, es war eigentlich die Zehnjährige, die dastand und die Ältere stützte, die sich kaum auf den Beinen halten konnte und voll Spinnweben und Schmutz war. »Aline!«, er riss sie in seine Arme. Sie ließ sich einfach fallen und brach in trostloses, heftiges Schluchzen aus. »Carsten!«, das Wort war kaum zu verstehen. Er drückte sie an sich und wandte sich an Timea. »Wo war sie? Wie hast du sie gefunden?« Timea deutete schweigend hinter sich. Die schmale Tür zwischen den beiden Wohnungstüren stand noch halb offen. Man konnte sehen, dass eine leiterähnliche Treppe nach oben führte. Carsten kam sich vor wie ein Idiot, als er stammelte: »Aber da ist doch gar nichts, und die Tür ist immer abgeschlossen.«

»Nein«, sagte das Mädchen ruhig. »Sie klemmt nur stark. Das da« – sie deutete auf die erste Stufe der Leiter – »habe ich nicht mal gebraucht.« Dort lagen in einer alten Kartonschachtel einige Werkzeuge, Schraubenzieher, Beißzange und einige alte Schlüssel.

»Wie bist du auf die Idee gekommen?«, flüsterte Carsten fassungslos.

Timea klingelte bei Valerie und Beat Streiff. Es wurde gleich geöffnet, Streiff wollte sich gerade auf den Weg zu Raffaela Zweifel machen. Auch er starrte auf Aline, als würde ihn gleich der Schlag treffen. Hinter ihm wurde Valerie sichtbar, die schnell reagierte. »Kommt rein.« Sie betteten Aline auf das Sofa im Wohnzimmer und legten eine Decke über sie. »Du bist ja halb erfroren«, sagte Valerie, »du muss etwas Heißes trinken.« Sie verschwand in die Küche, ohne weitere Fragen zu stellen. Nun war auch Timea mit ihren Nerven am Ende. Sie ließ sich in einen Sessel fallen und man sah, dass sie mit den Tränen kämpfte. Carsten strich ihr übers Haar.

Als jeder eine Tasse Tee vor sich hatte, war das Mädchen imstande zu erzählen. »Ich dachte, sie muss einfach irgendwo im Haus sein. Sie ist nicht der Typ, der ins Schneegestöber hinausgeht. Sie ist zu zart dafür. Ich habe nochmals im Keller nachgeschaut, aber da war sie wirklich nicht. Dann ist mir diese Estrichtür in den Sinn gekommen. Ich habe im Keller ein paar Werkzeuge geholt, um sie aufzumachen. Aber zuerst habe ich daran herumgedrückt und mich fest gegen die Tür geworfen. Und tatsächlich ging sie auf.«

Dann war Timea vorsichtig die Leiter hinaufgeklettert und war in ein winziges, eiskaltes Räumchen gelangt. Sie hatte den Eindruck, ein Atmen zu hören und hatte leise Alines Namen gerufen. Zuerst war es still geblieben. »Ich bin Timea«, hatte sie ins Dunkel gesagt, »wir haben gestern zusammen gespielt. Kann ich dir helfen?« Und da hatte sich Aline zu erkennen gegeben. Sie war unterkühlt und völlig entkräftet, denn sie war etwa drei Stunden in diesem kalten, schmutzigen und finsteren Räumchen gewesen, hatte sich in eine Ecke gekauert und nicht aus noch ein gewusst.

»Ich habe ihr befohlen hinunterzuklettern«, erzählte Timea. »Sie sagte, sie kann nicht, aber ich habe gesagt, sie muss. Ich kann sie ja nicht tragen. Da hat sie es gemacht. Und dann ist gleich Carsten gekommen.«

Alines Schluchzen war verebbt. »Wie bist du raufgekommen?«, fragte ihr Bruder sie eindringlich. Sie schüttelte schwach den Kopf und begann wieder zu beben. Ihr Blick ging zu Timea, Valerie und Streiff. »Möchtest du es mir allein erzählen?«, fragte Carsten. Sie nickte andeutungsweise. Die anderen verzogen sich in die Küche. Nun weinte Timea ein wenig, und Valerie nahm sie in die Arme und versicherte ihr, wie gescheit und tapfer sie gewesen war. Sie fand im Schrank eine Tafel Schokolade, die sie der Kleinen anbot. Die bediente sich und lächelte schon wieder ein bisschen. »Eigentlich war es logisch«, sagte sie, »es gab keinen anderen Ort, der noch nicht abgesucht worden war.«

»Du würdest eine ausgezeichnete Polizistin, falls du das einmal werden willst«, sagte Streiff.

»Vielleicht«, murmelte sie. »Kann man dann immer so interessante Dinge tun?«

»Nicht ganz, es gibt auch Büroarbeit und langweilige Routinesachen. Aber gute Ideen helfen oft weiter.«

»Ich will einen interessanten Beruf«, versicherte Timea, »und genug verdienen.«

»Der Lohn ist okay«, meinte Streiff.

»Ich gehe jetzt nach Hause«, sagte sie. »Mama fragt sich vielleicht, wo ich bin.«

»Ich bringe dich runter«, schlug Valerie vor und ging mit der Kleinen hinaus.

Carsten hatte einen Sessel nahe zum Sofa gerückt. So saß er seiner Schwester gegenüber, die dünn und bleich unter der kuschligen Sofadecke lag, die Valerie über sie gebreitet hatte. Stockend, mit Unterbrechungen, unter einzelnen Schluchzern erzählte sie, was an diesem Vormittag geschehen war. Sie war allein in der Küche gewesen und hatte Musik vom iPad gehört, kleine Kopfhörer in den Ohren. So hatte sie nicht bemerkt, dass jemand in die Küche gekommen war. Als sich von hinten zwei Hände um ihren Hals gelegt hatten, war sie dermaßen entsetzt gewesen, dass sie nicht einmal schreien konnte. Wie gelähmt hatte sie dagesessen und gewusst, dass sie jetzt sterben würde, dass sie das zweite Opfer des Mörders war. Die Hände hatten zugedrückt, sie dann aber auf einmal losgelassen und Luca hatte sich zu erkennen gegeben. Aber er hatte nicht gelacht, auch nicht spöttisch oder boshaft wie sonst, wenn er sich einen rauen Scherz mit ihr erlaubte. Nein, er hatte sie böse, hasserfüllt angeschaut. Und er hatte so schreckliche Dinge zu ihr gesagt. Wieso sie sich nicht selbst umbringe, um einem anderen die Arbeit zu ersparen, sie sei ein totaler Loser, niemand würde sie vermissen, wenn es sie gar nicht gäbe. Dann war er türenknallend aus der Küche gegangen. Aline war zuerst völlig unfähig gewesen, sich zu rühren. Dann hatte sie nur noch denken können: Weg von hier, weg von hier.

»Warum bist du nicht zu mir gekommen?«, fragte Carsten.

Luca hatte auch über Carsten böse Dinge gesagt. Dass er sich von ihr nur genervt fühle. Dass auch er wünschte, sie wäre weg.

»Seraina? Valerie?« Nein, alle hassten sie, alle lachten über sie. Alle wären froh, sie wäre tot. Aline hatte nicht überlegen können. Sie konnte nicht sagen, warum sie die Treppe hinaufgerannt war, warum sie an der Estrichtür gerüttelt hatte. Nur weg, sich verstecken, für immer. Die Tür war aufgegangen, sie hatte sie fest hinter sich zugedrückt, war die Leiter hochgestiegen und hatte sich im Finstern an die kalte Wand gekauert. Sterben, hatte sie gedacht, sterben. Sie erinnerte sich nicht mehr, ob sie geweint hatte, ob sie zeitweise das Bewusstsein verloren hatte, und sie hatte keine Ahnung, wie lange sie da oben gehockt war.

Carsten gab sich Mühe, seinen Gefühlsaufruhr vor Aline zu verstecken. Zuneigung und Mitleid zu seiner Schwester überschwemmten ihn, aber gleichzeitig schraubte sich auch Zorn in ihm hoch, eine unbändige Wut auf Luca.

»Und jetzt?«, wisperte Aline.

»Ich lasse dich unten nicht mehr aus den Augen«, versprach er.

Aber sie schüttelte den Kopf. »Ich kann nicht mehr hinunterkommen«, sagte sie, »versteht doch, Luca, er ist der Mörder, er hat die alte Frau getötet. Und er will mich töten. Aber ich will nicht sterben.«

Ich will nicht sterben. Einen Augenblick lang gab es für Carsten nur diesen Satz. Aline wollte nicht sterben. Trotz ihrer Depression, ihren Ängsten, ihrer Verlorenheit – sie wollte leben.

»Du wirst weiterleben, selbstverständlich«, murmelte er. »Und du bleibst jetzt erst mal hier.«

Sie nickte und zog die Decke enger um sich.

Carsten ging in die Küche zu Valerie und Beat und fasste kurz zusammen, was Aline ihm erzählt hatte.

»Klar kann sie hier bleiben«, willigte Valerie ein. »Und sie muss jetzt was essen.« Sie hatte eben eine Bouillon gekocht und gab eine Kelle in eine Tasse. Dann schnitt sie ein Stück Brot ab, legte alles auf ein kleines Tablett. »Ich gehe jetzt mal damit zu ihr.«

Auch Carsten stand auf.

»Schlagen Sie ihn aber nicht gleich tot«, mahnte Streiff, der sich gut vorstellen konnte, wie dem jungen Mann zumute war.

Carsten gab keine Antwort, sondern stampfte davon.

Seraina und Patrick saßen wieder in Patricks Wohnung. Er arbeitete am Computer, sie fläzte sich im einzigen Sessel und las. Ab und zu wechselten sie einen Satz, meist aber schwiegen sie. Es war ein angenehmes Schweigen, weder angespannt noch gelangweilt. Nichts war zwischen ihnen geschehen, außer dass er am Vormittag ihr Handgelenk mit einem Finger gestreichelt hatte. Eine Kleinigkeit, die man ignorieren konnte – oder ein erstes Zeichen, aus dem mehr werden könnte?

Ohne zu klopfen, riss Carsten Lucas Zimmertür auf und ging ins Zimmer. Luca saß am Schreibtisch, Kopfhörer in den Ohren, und schaute sich eine DVD an. Er fuhr zusammen, als Carsten ihm die Kopfhörer aus den Ohren riss. »He?«

»Was bist du eigentlich für ein Schwein?«, brüllte Carsten ihn an.

»Was ist denn los?«, tat Luca ahnungslos.

»Du hast Aline fertiggemacht, die ganze Zeit schon, aber jetzt bist du zu weit gegangen!«

»Bitte? Ist sie wieder aufgetaucht?«

»Wenn sie dort oben erfroren wäre, wäre es deine Schuld gewesen. Hattest du es darauf abgesehen?«

»Wo oben? Von was redest du?«

»Sie hat sich auf dem eiskalten Estrich versteckt, weil du ihr solche Angst eingejagt hattest.«

»Angst eingejagt? Angst ist ja ihr Normalzustand.«

»Du hast ihr praktisch gedroht, sie zu töten!«, schrie Carsten.

»Du musst doch diesem verrückten Huhn kein Wort glauben«, konterte Luca ebenso laut. »Die ist komplett durchgeknallt. Für solche Fälle gibt es die Irrenhäuser.«

»Sie ist nicht durchgeknallt. Sie hat Probleme. Aber wenn man sie nicht mit bösartiger Absicht in die Verzweiflung treibt, ist sie ganz normal.«

»Die??«

»Sie hat sich drei Stunden im eiskalten Estrich verkrochen, aus Todesangst vor dir.«

Luca schnitt eine verächtliche Grimasse. »Aber jetzt ist sie wieder gemütlich an der Wärme?«

Nun reichte es Carsten endgültig. »Sie denkt, dass du der Mörder bist!« Zwei Schritte, ein Faustschlag, und Luca blutete aus der Nase. Dennoch schlug er zurück und Carsten hielt sich die Hand ans Auge.

»Bist du der Mörder?«

Luca hielt sich ein Papiertaschentuch an die Nase. Blut lief ihm übers Kinn in den Hemdkragen.

»Bist du der Mörder?«, schrie Carsten nochmals.

»Blödsinn.« Aber der junge Mann wirkte nicht mehr überheblich, sondern verunsichert. »Ich habe die Ingold nicht umgebracht. Warum sollte ich? – Okay, ich bin bei deiner Schwester vermutlich ein wenig an die Schmerzgrenze gegangen. War daneben, zugegeben. Es stimmt, dass sie mir auf den Geist gegangen ist mit ihrer wehleidigen Art. Aber ich wollte nicht, dass sie da oben erfriert. Ich bin doch gar nicht auf die Idee gekommen, dass sie in diesen eiskalten Estrich flüchten könnte.«

»Du hast sie gewürgt«, sagte Carsten, »sie hat mir alles erzählt.«

Luca blieb still.

Wieder ging die Tür auf, ohne dass geklopft wurde. Es war Seraina. »Was ist denn hier los? Ihr prügelt euch?«

»Luca ist schuld, dass Aline sich auf dem Estrich versteckt hatte«, rief Carsten.

»Auf welchem Estrich? Und heißt das, sie ist wieder aufgetaucht?«

Carsten fasste kurz zusammen, was geschehen war. »Und jetzt haben wir ein Problem«, schloss er.

»Ich glaube, wir haben mehrere Probleme«, meinte Seraina, »aber welches meinst du jetzt?«

»Luca muss raus aus der WG«, sagte Carsten, »sonst traut sich Aline nicht mehr in die Wohnung. Und ich will nicht mehr mit diesem Scheißkerl zusammenwohnen, er ist jetzt einfach zu weit gegangen.«

»Wart einen Moment«, Seraina ging rasch aus dem Zimmer und kam gleich darauf wieder mit Gaze, einem Desinfektionsmittel und einigen Eiswürfeln. Die Verbandssachen legte sie Luca hin, packte dann die Eiswürfel in einen dünnen Schal ein und legte sie Carsten ans Auge.

»Du erfährst jetzt, was es heißt, mit einem blauen Auge davonzukommen«, sagte sie. »Im ersten Moment tuts unglaublich weh, aber der Schmerz klingt rasch ab, und das Schlimmste ist dann wirklich der blaue Fleck, mit dem du jetzt halt ein paar Tage herumlaufen musst.« Dann kam sie aufs Thema zurück.

»Wo ist denn Aline jetzt?«

»Bei Valerie.«

»Da kann sie doch vielleicht noch ein, zwei Tage bleiben.«

»Darum geht es nicht. Meine Schwester ist bei mir zu Besuch. Es geht nicht an, dass sie jetzt woanders hin muss. Der da«, er deutete auf Luca, »muss gehen. Und zwar definitiv.«

»Ich verstehe dich, Carsten. Aber ob wir Luca kündigen, müssen wir an einer WG-Sitzung besprechen«, erklärte sie, »und von einem auf den anderen Tag geht das eh nicht. Willst du ihn jetzt mit Rucksack und Skis aus dem Balkon schmeißen?«

Carsten sah so aus, als ob er genau das liebend gern tun würde.

»Wir müssen natürlich eine Lösung finden für die nächsten zwei, drei Tage, bis wir wieder einigermaßen zivilisierte Wetterverhältnisse haben«, fuhr die junge Frau fort. »Ich schlage vor, wir berufen eine Haussitzung ein, ein Treffen, an dem alle teilnehmen.«

Carsten nickte, und Luca protestierte nicht. Irgendwie schien ihm langsam zu dämmern, dass sein Verhalten bei niemandem als Scherz durchgehen würde.

»Komm«, Seraina zog Carsten aus dem Zimmer. »Am besten, du legst dich ein bisschen hin. Ich gehe mal von Wohnung zu Wohnung und lade die Leute auf heute Abend ein. Sagen wir, acht Uhr, nach dem Abendessen?«

Carsten nickte wieder. Ihm war alles recht, was seine WG-Kollegin vorschlug. Ihre praktische, aber auch fürsorgliche Art tat ihm gut. Sein Zorn fiel in sich zusammen, er fühlte sich tatsächlich kaputt und hatte leichte Kopfschmerzen. Ein bisschen Schlaf würde ihm helfen. »Danke«, murmelte er und ging in sein Zimmer.

Seraina setzte sich erst mal in die Küche. Sie hatte den Nachmittag unten bei Patrick verbracht und deshalb nicht mitbekommen, was sich im vierten Stock abgespielt hatte. Es läuft völlig aus dem Ruder, dachte sie, plötzlich mutlos. Sind wir denn in einer schwierigen Situation nicht imstande, uns wie normale Menschen zu benehmen? Dass Luca, seit einem halben Jahr ihr Wohnkollege, fähig gewesen war, eine ängstliche junge Frau zum Spaß zu würgen, erschütterte sie. Auch für sie war klar, dass sie nicht länger mit Luca die Wohnung teilen wollte. Aber für sie war unabdingbar, dass sich die Kündigung in einem zivilisierten Rahmen abspielen musste. Ab jetzt würde sich Luca sicher nichts mehr herausnehmen, ihm war klar geworden, dass er es sich hier mit allen gründlich verspielt hatte. Irgendwie verstand sie Carstens Zornesausbruch, aber mit Schlägereien kommen wir doch nicht weiter, dachte sie ratlos. Sie beschloss, nach oben zu gehen und sich Aline anzusehen. Irgendwo in ihren Gedanken schwebte Patrick herum, aber sie schob ihn energisch beiseite. Es war nichts zwischen ihnen geschehen außer dass sie sich miteinander wohlfühlten und ein kleines bisschen Aufregung in der Luft lag; Seraina war sich sicher, dass sie sich näherkommen würden. Aber jetzt war nicht der Moment dafür.

Aline lag noch immer auf Valeries Sofa, unter der weichen Wolldecke. Sie fror nicht mehr, die Bouillon und einige Tassen Orangenblütentee hatten sie aufgewärmt. Sie weinte auch nicht, sondern lächelte schwach, als Seraina eintrat. Die Medizinstudentin maß ihr die Temperatur und stellte zufrieden fest, dass Aline kein Fieber hatte. »Magst du was lesen?«, schlug sie vor. Aber Aline erklärte, sie sei sehr müde und wollte versuchen, ein bisschen zu schlafen. »Wo ist Carsten?«, wollte sie wissen. »Der hat sich auch ein bisschen hingelegt«, gab Seraina Auskunft. Sie erzählte Aline, dass ihr Bruder sie auf den Langlaufskis suchen gegangen war. Das hatte Aline noch gar nicht mitbekommen. »Ihr seid lieb zu mir«, murmelte sie. Es schien ihr, es sei ihr schon eine ganze Weile nicht mehr so gut gegangen wie jetzt, wo sie umsorgt und gehegt wurde. Seraina strich ihr rasch übers Haar. »Schon gut, schlaf jetzt ein bisschen.« Aline schloss die Augen.

Dann machte Seraina ihre Tour durchs Haus, um alle Nachbarn auf acht Uhr zu sich einzuladen. Alle sagten zu, es hatte ja eh niemand etwas vor. »Für Géza ist das aber zu spät«, wehrte Csilla Varga zuerst ab. »Warum denn?«, fragte Seraina, »er kann ja morgen ausschlafen.«

Bis zum Abendessen blieb noch etwas Zeit, und Streiff fuhr endlich mit dem fort, was er schon den ganzen Nachmittag eigentlich hatte tun wollen: mit einigen Hausbewohnern nochmals reden. Er bat Raffaela Zweifel zu sich.

»Ich rede jetzt mit Ihnen, weil Sie mich nicht anlügen werden«, eröffnete er das Gespräch. »Erste Gespräche habe ich mit allen geführt. Und praktisch alle haben mich angelogen, nicht nur der Mörder. Denn es gibt ja wohl in diesem Haus nur einen Mörder. Aber Sie werden jetzt nicht lügen, weil es gar nicht darum geht, etwas geheim zu halten.«

Die junge Frau schaute ihn verwirrt an.

Er fuhr ruhig fort: »Renate Ingold hatte Spaß daran, Dinge von den Menschen zu wissen. Unangenehme, peinliche, private Dinge. Auch von Ihnen hat sie etwas gewusst. Es geht mir jetzt nicht darum, weitere finstere Geheimnisse aus Ihnen herauszulocken. Meine Frage ist nun, was sie mit diesem Wissen gemacht hat oder zu machen versucht hat. Hat sie versucht, Sie zu erpressen?«

»Nein, das nicht.« Raffaela schwieg einen Moment, und Streiff hatte den Eindruck, dass sie ernsthaft überlegte und nicht an einer Ausrede herumstudierte. »Sie hat nie Geld von mir verlangt oder so. Aber sie schien es zu genießen, dass sie es wusste. Sie fühlte sich mir überlegen. Sie machte auch mal eine Bemerkung, dass ich mit der Hehlerei nicht so erfolgreich gewesen war, das war eine ganz verächtliche Bemerkung. Ich erschrak natürlich, und das gefiel ihr. Sie fragte auch, was Fridolin dazu meine und merkte meiner Reaktion sofort an, dass ich es ihm nicht gesagt hatte. Sie drohte nicht offen, es ihm zu erzählen, lächelte nur boshaft und meinte, dass Männer ja oft sehr moralisch seien, wenn es um ihre Frauen gehe. Sie wollte mir Angst machen, und sie hat es geschafft.«

»Und hat sie es Ihrem Freund erzählt?«

»Ich glaube nicht. Das hätte ich gemerkt. Er hätte mich darauf angesprochen. Oder ich hätte gemerkt, dass er plötzlich anders ist zu mir.«

»Hatte sie vielleicht vor, es noch zu tun?«

Raffaela zuckte hilflos die Schultern. »Keine Ahnung. Ich glaube, eher nicht. Jetzt ist es ja eh egal.«

»Jetzt ist sie tot«, bestätigte Streiff.

»Ich habe sie bestimmt nicht umgebracht«, versicherte die junge Frau müde. »Ich bin nicht der Typ dafür. Und es wäre es auch gar nicht wert gewesen. Ich meine, wenn die Ingold Fridolin was gesteckt hätte und wir deswegen Streit gehabt hätten, wenn er mich dafür verlassen hätte – das wäre sehr übel gewesen, aber ich hätte es überlebt. Ich bin zweiunddreißig, ich sehe noch gut aus, ich hätte wieder einen Mann gefunden. Deshalb einen Mord zu begehen – nein, ich habe keine Lust, die nächsten zehn Jahre in Hindelbank zu verbringen, das können Sie mir glauben.«

Streiff entließ sie.

Er war geneigt zu glauben, dass Renate Ingold keine Erpresserin gewesen war. Sie hatte aus ihren Informationen kein Geld gemacht. Sie hatte lediglich dafür gesorgt, dass es ihren Opfern nicht mehr wohl war, dass sie fürchteten, sie könnten verraten werden bei ihrem Mann, ihrer Frau, der Mutter. Sie hatte sie in einen Zustand der Unsicherheit versetzt und sie dort zappeln lassen. Hatte sie doch vereinzelt etwas verraten? Csilla Varga und Janine Bianchera waren zwar nicht eigentlich Freundinnen, aber sie verstanden sich ganz gut, gossen sich wechselseitig die Pflanzen, wenn die eine weg war.

Streiff stieg in den ersten Stock hinunter. Csilla Varga öffnete. »Nur eine Frage«, sagte Streiff. Er war in den Flur getreten, wollte aber nicht ins Wohnzimmer. »Hat Frau Ingold zu Ihnen jemals eine Bemerkung gemacht über Frau Bianchera's früheren Mann, den Vater von Rubina?«

»Nein, nie«, sagte Csilla. »Ich weiß gar nichts über ihn. Soviel ich weiß, ist sie geschieden.«

Streiff ging wieder hinaus. Ein Puzzleteilchen. Nicht mehr, aber auch nicht weniger.

Er klingelte bei Patrick Freuler. Seraina Loretz öffnete. »Ja, klar, er ist da.« Patrick kam aus dem Bad.

»Ich würde gern kurz mit Ihnen allein reden«, sagte Streiff.

»Okay«, sagte Seraina, »ich gehe rauf. Kommst du um sieben rauf? Dann können wir essen.« Die Tür fiel hinter ihr ins Schloss.

»Ist Ihnen bekannt, dass Frau Ingold gewusst hat, dass Ihr Vater im Gefängnis ist?«

Patrick fuhr zusammen.

»Sie hat eine Art Tagebuch oder Notizheft geführt«, gab Streiff Auskunft. »Darin notierte sie private Informationen, die sie über die Hausbewohner hatte. Das ließ sie dann bei Gelegenheit durchblicken und versetzte ihre Opfer in Verunsicherung.«

Patrick biss sich auf die Unterlippe. »Nein, das habe ich nicht gewusst. Sie hat mir gegenüber keine Anspielungen gemacht, sie war eigentlich nett. Nur einmal hat sie so was gesagt wie, dass ich es wohl auch nicht ganz einfach hätte. Ich wusste nicht, was sie damit meinte und habe auch nicht nachgefragt. Ich dachte, sie meine es so allgemein, weil ich mein Architekturbüro erst grad eröffnet hatte.«

»Wäre es Ihnen unangenehm, wenn sie Seraina Loretz gegenüber eine Andeutung gemacht hätte?«

Patrick spürte, dass er rot wurde. Wie dumm von mir, dachte er ärgerlich. »Ich weiß es nicht«, gab er zurück. »Wenn sie jetzt eine solche Anspielung noch machen könnte und machen würde, dann würde ich es Seraina einfach erzählen.« Er fühlte sich erleichtert. »Ich werde es ihr erzählen«, fügte er hinzu.

»Und wenn Ihr Wohnkollege Luca Oertle davon wüsste?«

»Luca? Ach, auf Luca kommt es jetzt nicht mehr an«, sagte Patrick wegwerfend. »Er wird ausziehen. Sonst geht Carsten. Und Seraina möchte sicher lieber mit Carsten zusammenbleiben als mit Luca.« Seraina hatte ihm ausführlich alles erzählt.

»Hat Frau Ingold Ihnen irgendetwas über einen anderen Nachbarn erzählt?«, fragte Streiff weiter, »etwas Persönliches, etwas Kompromittierendes?«

Der junge Mann überlegte. »Ich glaube, sie hat mal erwähnt, dass jemand im Haus kokst. Das müsste wohl Fridolin oder Luca sein. Aber ich habe mir keine Gedanken darüber gemacht, es war mir egal. Und dass es Ehefrauen gibt, die sich über ihre Männer Illusionen machen. Csilla Varga vermutlich. Vielleicht betrügt ihr Mann sie. Aber das geht mich nichts an, ich muss es gar nicht wissen. Ich dachte damals, dass Ingold vielleicht nur blufft, sich interessant machen will.«

»Ja, das wollte sie wohl. Aber was sie erzählt hat, war kein Bluff.«

»Aber woher wusste sie denn Bescheid über die Leute?«

»Das«, erklärte Streiff, »will ich als Nächstes herausfinden. Vielen Dank für Ihre Hilfe.«

Oben nahm er sich Renate Ingolds Adressbuch, das kleine schwarze Wachstuchheft, vor. Zuerst rief er auf dem Kommissariat an, um Zita Elmer, die jetzt wieder den Telefondienst hatte, zu informieren, was er vorhatte.

Er musste damit rechnen, dass ihm am Telefon nicht geglaubt wurde, dass er wirklich Polizist war. Dann könnten sich die Leute bei Elmer vergewissern. Zita war etwas besserer Laune, sie hatte sich mit der Situation abgefunden, im Moment ein Auskunftsbüro für verunsicherte Bürger zu sein. Gerade eben hatte sie mit Leo, ihrem vierjährigen Sohn telefoniert, der es eigentlich genoss, mit dem Papa allein zu Hause zu sein und zu spielen.

Aufs Geratewohl wählte er eine Nummer, er nahm an, das könnte ein früherer Arbeitskollege der Frau sein. Fredi Roth. Wohnhaft in Albisrieden. Es wäre gar nicht nötig gewesen, sich bei Zita abzusichern. Der Mann war wie alle anderen Stadtbewohner seit zwei Tagen zu Hause eingesperrt und langweilte sich. Er freute sich, dass jemand anrief, und nahm Streiff sofort den Polizisten ab. Streiff erklärte ihm, dass Renate Ingold verstorben war, erwähnte aber nicht, dass sie umgebracht worden war.

»Tot?«, rief Fredi Roth. »Das robuste alte Schlachtross? Die war doch noch gut beieinander.« Er hatte sie vor zwei, drei Monaten das letzte Mal getroffen. Auch er war ein pensionierter Ladendetektiv. Mit zwei anderen ehemaligen Kollegen trafen sich Renate und er jeden Monat einen Nachmittag zum Jassen. Natürlich redete man auch über die alten Zeiten, und die anderen beiden Kollegen, die noch arbeiteten, gaben Müsterchen aus dem Alltag zum Besten. Aha, dachte Streiff, daher die Information über Rubina, die im Warenhaus mal oder ab und zu was mitlaufen ließ.

»Ja, die Renate war doch noch fit«, wiederholte sich Roth, »die interessierte sich für alles. Las Zeitungen, nicht nur den *Blick*, ging spazieren, damit ihre alten Knochen nicht einrosteten, sagte sie jeweils. Jetzt hat die den Löffel abgegeben? – Na ja, sie war schon ein paar Jahre älter als ich. Ich bin ja erst seit zwei Jahren in Rente.« Dann dämmerte ihm, dass es vielleicht etwas speziell war, dass ihn ein Polizist deswegen anrief. »Wie ist sie denn gestorben?«, fragte er.

»Sie war allein«, hielt sich Streiff allgemein, »deshalb müssen wir gewisse Abklärungen treffen.«

»Aha.« Fredi Roth genügte das. Er versicherte Streiff, er könne ihn jederzeit wieder anrufen, wenn er noch mehr wissen musste. »Wobei, so privat wusste ich nicht viel von ihr. Sie war verwitwet. Der einzige Sohn früh gestorben. Davon redete sie kaum je. Kann man ja verstehen.«

»Hatte sie Verwandte?«, schob Streiff nach.

»Nicht dass ich wüsste. Sie war alleinstehend. Eben, Sie sagen ja, dass sie allein gestorben ist. Schon traurig. Passiert mir hoffentlich nicht. Meine Frau ist zwar jetzt grad in der Reha. Neues Hüftgelenk, Sie verstehen. Aber in einer Woche kann sie wieder nach Hause, und bald ist sie wieder wie neu.«

Streiff verabschiedete sich von Fredi Roth.

Aha. Spazieren gegangen war Renate Ingold. Man könnte auch sagen, sie hatte den Leuten hinterher geschnüffelt. War vermutlich Lajos Varga zum Casino gefolgt. Kannte möglicherweise Heers Kokaindealer vom Sehen.

Streiff wählte die nächste Nummer. Eine Frau. Margrit Halter. Sie war misstrauischer als Fredi Roth. Streiff schlug ihr vor, auf dem Kommissariat anzurufen, was sie tat. Ein paar Minuten später war sie bereit, mit ihm zu reden. Renate Ingold und sie waren nicht gerade Freundinnen, aber doch gute Bekannte gewesen. Kennengelernt hatten sie sich an einem Kochkurs. Traditionelle, vergessene Schweizer Rezepte. »Sie kochte gut, die Renate«, sagte Margrit Halter, und es war ein Anflug von Trauer in ihrer Stimme. Sie hatten sich alle paar Wochen nachmittags im Migros-Restaurant zum Kaffee getroffen. Törtchen hatten natürlich auch dazugehört. Renate hatte ihr schon ein bisschen erzählt, was sie so machte. Ein heiteres Naturell hatte sie nicht gehabt. Sie hatte geschimpft über die Leute in dem Haus, in dem sie wohnte. Schmutzige Waschküche. Lärmige Kinder. Unverschämte junge Leute. Sie hatte auch erwähnt, dass sie dieses und jenes von ihnen wusste. Margrit Halter nahm an, dass sie diese Dinge zufällig erfahren hatte oder dass die Nachbarn es ihr erzählt hatten.

Ob sie sich vorstellen könne, dass Frau Ingold sich gezielt Informationen beschafft hatte?

Streiff konnte förmlich spüren, wie die Frau am anderen Ende ratlos die Schultern zuckte. Keine Ahnung. Na ja, gekonnt hätte sie es wohl schon. Sie war ja Detektivin gewesen. In einem Warenhaus. Da hat man Methoden. Und einen genauen Blick. Aber genauer wusste Margrit Halter nicht Bescheid. Sie selber war Floristin gewesen, hatte aber aufgehört, Geld zu verdienen, als sie

Kinder bekommen hatte. Jedenfalls tat es ihr leid, dass Renate tot war. Wann denn die Beerdigung sei. Streiff versprach, dass sie es erfahren würde. Von Verwandten wusste Frau Halter nichts.

Noch eine Nummer, beschloss Streiff, dann ist Feierabend. Marthaler. Marthaler war eine Überraschung. »Detektivbüro Marthaler«, meldete sich eine Stimme. Wozu brauchte Renate Ingold ein Detektivbüro, wo sie doch selbst Detektivin gewesen war?

Walter Marthaler verzichtete darauf, bei Zita Elmer rückzufragen. Streiff war ihm ein Begriff. Zuerst lehnte er es strikt ab, sich zu äußern, denn über seine Aufträge und Auftraggeber rede er nicht am Telefon.

»Dann war Frau Ingold also eine Auftraggeberin von Ihnen?«, fuhr Streiff rasch dazwischen. Marthaler gab es zu und meinte dann, man sei ja gewissermaßen unter sich. Details plauderte er keine aus, gab aber zu, dass Renate Ingold ihm ab und zu kleinere Aufträge erteilt hatte, jemandem zu folgen und so.

»Ich weiß gar nicht, warum sie das interessierte. Es war eigentlich harmloses Zeug. Ich brauchte keinen Mord zu beobachten oder so etwas.«

»Wie teuer kam sie denn das?«

Marthaler wand sich. Besonders teuer sei er nicht, beteuerte er. Aber ein bisschen Geld müsse sie schon gehabt haben. »Wie ist sie eigentlich gestorben?«

Streiff überhörte die Frage. Er sagte dem Detektiv, dass er in einigen Tagen noch aufs Kommissariat kommen müsse, um noch zwei, drei weitere Fragen zu beantworten und das Protokoll zu unterschreiben.

»Sie ist aber nicht – ich meine nur, weil sich die Polizei darum kümmert – es ist kein Delikt?«

Streiff legte auf.

Er ging in die Küche zu Valerie, die am Kochen war. Drei Lachsfilets, die sie aufgetaut hatte, brieten in der Pfanne, der ebenfalls ursprünglich tiefgefrorene Spinat war schon fast weich, und der Reis brauchte noch einige Minuten. »Nimmst du etwas Wein?«, Valerie holte eine Flasche Weißen aus dem Kühlschrank.

»Eigentlich gern. Aber wir haben doch noch so ein Treffen heute Abend. Worum geht's da eigentlich?« Valerie erklärte es kurz. Ach ja, Aline, Beat hatte das Mädchen in der letzten Stunde ganz vergessen.

»Sie liegt noch auf dem Sofa. Aber ich nehme an, sie wird mitessen.«

Valerie ging ins Wohnzimmer und kam einige Minuten später mit der jungen Frau zurück. Sie sah besser aus. Hatte am Nachmittag ein Bad genommen und trug anstelle der schmutzigen Sachen Kleider von Valerie. Ein langes Kleid und eine dicke olivgrüne Wolljacke. Sie sah ganz hübsch aus darin.

An die Haussitzung wollte sie erst nicht mitkommen. Sie fürchte sich. »Und alle lachen über mich.«

Valerie gelang es, sie davon zu überzeugen, dass niemand sich über sie lustig machte. »Lucas Benehmen dir gegenüber war unverzeihlich. Alle verstehen, dass du nicht mehr mit ihm in der gleichen Wohnung sein magst. Wir müssen eine Lösung finden, bis wir hier nicht mehr gefangen sind. Du musst unbedingt dabei sein, damit du auch sagen kannst, was du möchtest, und was nicht.«

»Carsten –«

»Nein, Carsten kann nicht für dich reden. Du bist erwachsen, achtzehn, neunzehn? Du wirst selber für dich reden.« Aline nickte. Sie aß ein wenig Fisch und Reis, Spinat mochte sie nicht. Wein wollte sie auch keinen.

Fridolin und Raffaela aßen bei Familie Varga. Dort war natürlich Timeas Heldentat das große Thema. Csilla und Lajos waren stolz auf ihre Tochter und ließen sie wieder und wieder erzählen, wie sie nachgedacht hatte, wie sie plötzlich auf die Idee mit dem Dachboden gekommen war, wie sie Aline tatsächlich dort gefunden und heruntergebracht hatte. »Dann hat sie so schrecklich geweint, dass ich auch fast weinen musste«, schloss sie.

»Du bist ein total cooles Mädchen«, versicherte Raffaela ihr.

»Ja, das hast du wirklich toll gemacht«, bestätigte Fridolin.

Die Kleine platzte fast vor Stolz. Was wohl Rubina über sie dachte? »Wenn du mich mitgenommen hättest, hätten wir sie noch schneller gefunden!« Das war Géza.

»Du? Du hast mit Frau Meyer Memory gespielt«, wies ihn die ältere Schwester in seine Schranken.

»Ja, und ich habe immer gewonnen«, triumphierte der Kleine.

»Eben, also sei zufrieden.«

»Von mir aus kann die Aline zu uns wohnen kommen«, schlug er großzügig vor. »Ich finde sie nett.«

Csilla und Lajos sahen sich an. »Mal schauen«, sagte die Mutter.

»Wenn du groß bist«, meinte Fridolin zu Timea, »kannst du vielleicht Detektivin werden und rätselhafte Fälle lösen. Talent hast du.«

»Vielleicht werde ich Polizistin«, sagte sie, »die verdienen ganz gut, hat Herr Streiff gesagt.«

Ziemlich ungemütlich verlief das Abendessen in der WG. Seraina, Carsten und Luca waren alle drei froh um Patricks Anwesenheit. Sonst wäre wohl wieder ein offener Streit zwischen den beiden Männern ausgebrochen. Nun schwiegen Carsten und Luca, und auch Seraina und Patrick sagten nicht viel. Seraina fühlte sich zerrissen zwischen ihren Gefühlen für Patrick, Mitleid mit Carsten und Aline und Zorn auf Luca. Auch die tote Frau, die in der Parterrewohnung lag, ging ihr durch den Kopf, aber sie schien seltsam entfernt zu sein. Sie war eben tot. Da war nichts mehr zu machen. Wer sie getötet hatte, würde irgendwann aufgeklärt werden. Man würde Spuren finden. Aber Aline lebte, und sie alle hatten eine gewisse Verantwortung für sie. Und Luca – Seraina wünschte, sie hätten ihn gar nie in die Wohngemeinschaft aufgenommen. Ob dann Frau Ingold noch leben würde? Sie erschrak über diesen Gedanken. Es war ein Albtraum. Sie schaufelte hastig eine Gabel Spaghetti in sich hinein. Wenn sie Sorgen hatte, aß sie viel und zu schnell. Trotzdem wurde sie in solchen Zeiten nicht dick, sondern nahm eher ab. Patrick hatte gekocht, und sie war ihm dankbar. Keiner von ihnen hätte Lust dazu gehabt. Sie schaute aus dem Fenster. Es war schon dunkel. Noch ein Monat, bis die Uhren wieder auf Sommerzeit umgestellt wurden. Obwohl die Bauern die Sommerzeit nicht mochten, weil sie angeblich das Vieh durcheinanderbrachte, liebte es Seraina, wenn es abends wieder länger hell war. Sie vertrug die dunklen Winter schlecht. An Schnee und Kälte war sie sich gewöhnt, aber mit den finsteren Abenden, die im Dezember schon vor fünf Uhr begannen, hatte sie sich nie anfreunden können. Es schneite nicht mehr. Im Radio hatte sie gehört, dass die Temperaturen ab morgen steigen würden und der Schnee zu schmelzen beginnen würde. Dann konnte man endlich wieder die Straßen räumen und zum normalen Leben zurückkehren.

Patrick war nervös. Viel lieber wäre er mit Seraina allein gewesen. Carsten mochte er ganz gern, aber er hätte ihm jetzt nicht helfen können. Er hatte keine übersensible Schwester, sondern einen robusten jüngeren Bruder, der sich aufgemacht hatte, die Welt zu entdecken, der vor nichts Angst hatte und auf seiner Reise meist sympathische Leute traf, mit denen er sich über Gott und die Welt unterhielt, mit denen er Party machte oder eine Weile gemeinsam reiste. Nein, um Fabian musste er sich keine Sorgen machen, das war immer so gewesen. Mit Luca hatte er nie viel anfangen können. Er war einer dieser gutaussehenden Jungen, denen die Welt zu gehören schien. Die Mädchen flogen auf ihn, und offenbar stammte er aus einer vermögenden Familie. Dass er Aline gequält hatte, hatte Patrick im ersten Augenblick fast nicht glauben können. Aber es war eine Tatsache, und Patrick verachtete ihn dafür. Heute Abend würde es darum gehen, wo Aline und Luca die nächsten zwei Tage verbringen würden. Für Carsten war klar, dass er seine Schwester bei sich haben wollte. Obwohl sie vermutlich einfacher woanders im Haus unterzubringen wäre als Luca. Da musste sich halt jemand opfern. Er, Patrick, hatte jedenfalls keine Lust darauf. Er aß die letzte Gabel Spaghetti. Er wusste, dass er nicht besonders gut kochte, aber das war heute Abend ziemlich egal. Man musste sich halt verpflegen. Wenn diese ganze scheußliche Geschichte vorüber war, würde er Seraina zum Essen einladen. Es gab ein Gericht, das er gut und gern kochte: Saltimbocca mit rotem Chicoréegemüse und breiten Nudeln. Das würde er für sie machen.

Luca vermied es, Carsten anzusehen. Es war ihm klar, dass er Mist gebaut hatte. Es war nicht so, dass er Schuldgefühle hatte. Für Frauen, die nichts dafür taten, gut auszusehen, die keinen Charme hatten, nicht zu flirten verstanden, hatte er gar nichts übrig. Probleme, Depressionen – das war einfach öd. Ja, es hatte ihm gefallen, sie ein bisschen zu plagen, zu verunsichern, zu ängstigen. Er hatte doch nicht ahnen können, dass sie dermaßen die Nerven verlor. Natürlich tanzten jetzt die anderen um sie herum, um sie zu trösten und zu hätscheln. Und seine Tage hier waren wohl gezählt. Nun ja, er würde etwas anderes finden, das würde ihm nicht schwerfallen. Aber bis dahin – Carsten wollte ihn keinesfalls auch nur eine Nacht länger in der Wohnung dulden. Was das wohl hieß? Musste er seine Zelte im Heizungskeller aufschlagen? Nein, es würde sich schon was Besseres ergeben, vielleicht bei Raffaela oder bei Janine Bianchera und ihrer hübschen Tochter. Valerie würde ihn nicht wollen, aber die war ihm eh zu alt. Und Csilla Varga, die für seinen Charme bestimmt nicht unempfänglich war, würde wegen der Kinder ihr Veto einlegen. Muttertier! Was war eigentlich mit Seraina und Patrick? Lief da etwas zwischen den beiden? Nicht auszuschließen. Ihm konnte es egal sein. Auch wenn sie ganz gut aussah, sein Typ war sie nicht.

Carsten bekam sein Essen fast nicht herunter. Sein Zorn auf Luca hatte sich kaum gelegt. Innerlich beschimpfte er ihn. Ab und zu warf er einen verstohlenen Blick auf seine Nase. Das Blut war abgewaschen, aber die Nase war angeschwollen. Ob das Nasenbein gebrochen war? Es würde ihm recht geschehen. Carsten glaubte nicht, dass er ihn wegen Körperverletzung anzeigen würde, denn dann müsste auch er mit einer Anzeige rechnen. Bald war das Semester zu Ende. Vielleicht wäre es das Beste, wieder nach Deutschland zurückzukehren, mit Aline eine Wohnung zu teilen und dafür zu sorgen, dass sie eine Ausbildung begann. Noch vor zwei Jahren war sie sicher gewesen, dass sie entweder Chemie oder Biologie studieren wollte. Sobald es ihr etwas besser ging, würde er mit ihr darüber reden. Hoffentlich ließ sie sich dazu bewegen, heute Abend an die Haussitzung zu kommen. Er würde mal nachsehen. Er schob seinen Teller zurück, nickte Patrick einen Dank zu und ging nach oben. Luca stand auf und begann, den Tisch abzuräumen. Das machte er normalerweise nicht freiwillig.

Janine und ihre Tochter saßen erstaunlich friedlich beieinander. Es hatte einen Streit gegeben wegen des geklauten Lippenstifts, aber das kam ihnen nach allem, was heute mit Aline geschehen war, ganz unwichtig vor. »Wir können über dein Taschengeld reden«, hatte Janine gesagt. »Ich verstehe, dass du dich cool anziehen und dich auch ein bisschen zurechtmachen möchtest. Aber ein so teurer Lippenstift liegt nicht drin. Das kann auch ich mir nicht leisten.«

Rubina hatte genickt. Natürlich sah sie das ein. »Jetzt, wo wir den schon haben, kannst du ihn ja auch mal benutzen«, hatte sie gemeint, und beide hatten ein wenig lachen müssen. Zurückgeben konnte man ihn ja nicht, da er angebraucht war, und Janine wäre auch nicht so weit gegangen, von Rubina zu verlangen, ihn nachträglich zu bezahlen. Sie hätte dann wohl trotzdem eine Anzeige wegen Diebstahls am Hals, und das wollte sie ihr nicht zumuten.

»Worum geht's denn eigentlich bei dem Treffen nachher?«, fragte Rubina.

»Es ist irgendwie wegen Aline. Sie hatte sich ja versteckt, weil Luca sie belästigt hatte oder so ähnlich, und jetzt ist die Frage, wer die nächsten Tage wo bleibt.«

»Wir haben keinen Platz«, stellte das Mädchen klar. »Auf unserem Sofa kann man nicht schlafen. Es würde mich wahnsinnig machen, wenn da noch jemand Drittes den ganzen Tag herumhängen würde. Da könnte ich ja nicht mal fernsehen, wie ich will.«

Auch die Mutter war ganz und gar nicht begeistert von der Aussicht, die verhuschte Aline oder den überheblichen Luca aufnehmen zu müssen. »Nein, da soll sich jemand mit einer Vierzimmerwohnung opfern«, meinte sie. »Die da drüben«, schlug Rubina vor, ohne sich zu überlegen, dass Vargas zwar eine Vierzimmerwohnung hatten, aber auch vier Personen waren, während sie zu zweit in drei Zimmern lebten. Die Mutter zuckte die Schultern. Diese Geschichte betrifft uns eigentlich gar nicht, dachte sie. Es reicht schon, dass jemand ermordet worden ist und die Polizei keinen Zugang zum Haus hat. Aline ist natürlich ein armes Ding, aber wie kann man mit neunzehn so lebensuntüchtig sein? Ich hätte mir das gar nicht leisten können.

Gegen acht fanden sich alle Hausbewohner in der Wohnung der WG ein. Géza schien schon etwas müde. Er setzte sich auf den Boden und malte mit Farbstiften die Zeichnungen eines Malbüchleins aus. Timea sah man immer noch an, dass sie heute eine Heldentat vollbracht hatte. Das schien auch Rubina anzuerkennen, die ihr mit einem Lächeln zunickte. Ursula Meyer grüßte alle höflich und nahm den bequemsten Stuhl, den ihr Carsten anbot, gern. Die Damen Bianchera taten ein bisschen distanziert, Raffaela und Fridolin wirkten neutral. Zuletzt kamen Valerie und Beat mit Aline. Aline war blass, aber ruhig und gefasst. Seraina hatte Patrick gebeten, allen zu erklären, worum es ging. Der hatte die Aufgabe an Streiff abschieben wollen, aber dieser hatte sich geweigert. »Bitte mach es«, hatte Seraina gedrängt, »Carsten und ich sind weiß Gott befangen und parteiisch.« Dann hatte sie tatsächlich einen Augenblick lang ihre Hand auf seine gelegt, und er hatte sofort nachgegeben.

Er erklärte mit bestimmten Worten, aber in ruhigem Tonfall, was sich heute abgespielt hatte. »Kurz gesagt«, schloss er, »wir brauchen, solange wir noch hier eingesperrt sind, einen Ort, an dem sich Luca aufhalten kann. Es ist Aline nicht zuzumuten, mit ihm in der gleichen Wohnung zu sein, und es geht auch nicht, dass sie woanders hin muss.«

Es blieb eine Weile still. Dann räusperte sich Lajos Varga, Streiff hustete, und Raffaela schob ihr Wasserglas hin und her. Aber zu Wort meldete sich schließlich Aline. Ihre Stimme war nicht laut, aber erstaunlich fest. »Ich danke Timea, die mich gesucht und gefunden hat«, sagte sie, »und ich danke Valerie, die mich quasi aufgetaut hat«, hier entschlüpfte ihr sogar ein kleines Lachen, »und mich mit Tee und Bouillon wieder aufgewärmt hat. Ihr seid alle sehr nett zu mir.«

Dann war es wieder still. Klar, jetzt hätte sich jemand melden müssen, um Luca ein Angebot zu machen. Offensichtlich hatte niemand Lust darauf.

»Was war denn eigentlich genau?«, wollte dann Csilla Varga wissen.

Patrick hatte zwar gesagt, dass Aline vor Luca geflohen war, dass er sie zu Tode erschreckt hatte, aber er war nicht ins Detail gegangen, hatte ausgelassen, dass Luca die junge Frau gewürgt hatte. Natürlich hatten alle Lucas geschwollene Nase und Carstens blaues Auge gesehen und geschlossen, dass sich die beiden geprügelt hatten.

»Ja, Sie haben eigentlich alle ein Recht, Bescheid zu wissen«, sagte nun Carsten. »Wenn ich darum bitte, dass jemand von Ihnen Luca Unterschlupf gewährt, dann soll es klar sein, worauf Sie sich einlassen.« Luca warf ihm einen wütenden Blick zu, sagte aber nichts. Carsten begann nun zu erklären, wie Luca Aline in der Küche überrascht, ihr die Hände um den Hals gelegt und zugedrückt hatte; wie entsetzt Aline gewesen war, wie sie geflohen war, unfähig zu schreien, zu denken oder Hilfe zu holen. »Sie hätte da oben erfrieren können«, betonte Carsten.

»Luca ist der Mörder von Frau Ingold«, sagte nun Aline. »Ich bin sicher, er ist es.« Sie zitterte nicht, brach nicht in Tränen aus, sie schaute, während sie das sagte, nur Valerie an. »Wer tut so etwas zum Scherz? Niemand.«

Nun hustete Streiff nochmals. »Wir wissen nicht, wer der Mörder ist«, berichtigte er. »Um das herauszufinden, müssen wir abwarten, bis die Spurensicherung ins Haus kann. Aber es ist zweifellos so, dass das, was Herr Oertle Frau Behrend angetan hat, eine seelische Grausamkeit war und an Körperverletzung grenzt.«

»Und diesem Mann sollen wir ein Bett anbieten?«, rief Csilla Varga. »Das kommt nicht infrage. Wir haben Kinder. Was wird er ihnen antun?«

»Ich will ihn auch nicht in der Nähe meiner Tochter«, schloss sich Janine Bianchera laut und leicht hysterisch an. »Wir wollen in Frieden leben, Rubina und ich. Und vielleicht ist er ja doch der Mörder! Wer sonst? Sonst leben alles anständige Leute in diesem Haus.«

»Man könnte ihn fesseln und in der Wohnung von Frau Ingold einsperren«, schlug Raffaela Zweifel vor.

»Oder im Keller«, sagte Rubina.

Gleichzeitig nickte Raffaelas Freund bestätigend und Streiff schüttelte den Kopf.

Luca saß auf dem Fensterbrett. Er hatte bis jetzt kein Wort gesagt und niemanden angeschaut. Waren es Schuldgefühle, war es Trotz, war es die Vorsicht eines Mörders?

»Ich gebe zu, meine, äh, Auseinandersetzung mit Aline war nicht lustig«, sagte er nun. »Ich entschuldige mich dafür. Aber ein Mörder bin ich nicht. Man kann mir auch nicht vorschreiben, wen ich mögen soll und wen nicht. Ich kann euch allen versichern: Wenn ich könnte, wäre ich schon weg. Definitiv.« Er verzog geringschätzig das Gesicht.

»Werd nicht noch frech«, schrie Carsten, dem die Wut wieder hochkam. Einen Moment sah es aus, als würde er sich wieder auf ihn stürzen.

»Mörder«, rief Janine und deutete einen Faustschlag an.

»So was wie Sie brauchen wir hier nicht«, sagte Lajos Varga drohend und stand auf.

Einen Moment schien es, als würden sich gleich mehrere Hausbewohner auf Luca stürzen.

»Stopp!«, fuhr Streiff schneidend dazwischen. Sofort wurde es ruhiger. »Es gibt hier keine Selbstjustiz. Es wird niemand gefesselt und in den Keller gesperrt. Und es verlässt niemand das Haus, bevor die Polizei die Spuren gesichert und alle Bewohner befragt hat. Ist das klar?«

Ja, es war allen klar. Streiffs Autorität wurde nicht angezweifelt. Aber das Problem, wohin mit Luca Oertle, war damit nicht gelöst. Wenn sich alle weigern, dachte

Valerie missmutig, müssen womöglich wir ihn in unserer Wohnung unterbringen.

Nun räusperte sich Ursula Meyer, die bis dahin still dagesessen hatte; es hatte auch niemand erwartet, dass sie sich zu Wort melden würde. Sie tat den meisten leid. Sie beklagte sich zwar nicht, aber zweifellos war die Situation für eine alte, gebrechliche Frau noch unerträglicher als für die Jüngeren. Bestimmt fürchtete sie, der Mörder könnte in ihre Wohnung eindringen und sie ebenfalls umbringen. Und war es denn ausgeschlossen? Vielleicht war jemand von ihnen verrückt und hatte es auf alte Leute abgesehen. Es war Csilla Varga, der das jetzt durch den Kopf ging. Schon wollte sie Frau Meyer fragen, ob sie lieber hinaufgehen und sich hinlegen wollte.

Nicht nur sie war höchst erstaunt, als die alte Frau nun sagte: »Ich hätte ein Gästezimmer, das ich schon lange nicht mehr benutzt habe. Das Bett ist frisch bezogen. Herr Oertle könnte dort übernachten.«

Alle hielten einen Moment den Atem an. »Bei Ihnen?«, rief dann Csilla Varga. »Aber das ist doch gefährlich, Sie könnten sich nicht wehren.«

»Wehren?«, fragte Ursula Meyer ruhig. »Dieser junge Mann wird in der nächsten Zeit nichts Ungesetzliches anstellen, davon bin ich überzeugt. Das kann er sich nicht leisten – was auch immer er getan hat oder nicht getan hat.«

»Dann muss jemand bei Ihnen wachen«, erklärte Fridolin Heer.

»Möchten Sie die Nacht in meinem Sessel verbringen?«, fragte die alte Frau höflich.

Aber so hatte Fridolin es natürlich nicht gemeint. Sein Blick wanderte zu Streiff, ein Blick, der sagte: Wozu haben wir denn die Polizei im Haus?

Streiff, der an leichten Kopfschmerzen spürte, dass er seine Erkältung noch nicht völlig überwunden hatte, hatte nicht die geringste Lust auf eine Nachtwache.

»Einschließen«, schlug Géza vor, der die Diskussion schon seit einiger Zeit spannender fand als sein Malbüchlein, »im Schlafzimmer.«

Ursula Meyer lächelte ihn an. »Das geht nicht, weißt du, vielleicht muss er ja nachts mal auf die Toilette.«

»Hafen?«, wandte er sich unerschrocken an seine Mutter.

»Ach, Géza, den Nachttopf brauchst du doch schon seit Jahren nicht mehr, den haben wir längst weggeworfen«, meinte Csilla.

Aber Géza, der mit einer Mischung aus Bewunderung und Neid die Heldentat seiner großen Schwester zur Kenntnis genommen hatte, wollte unbedingt auch etwas zur Lösung der Probleme beitragen.

»Dann bleibe ich wach auf dem Sofa«, versicherte er, »ich bin gar nicht müde.«

Damit brachte er es immerhin fertig, in der angespannten Situation für etwas Heiterkeit zu sorgen. Seine Mutter strich ihm übers Haar. »Lieb von dir, Schatz, aber wenn jemand wach bleibt, dann muss es ein erwachsener Mann sein, nicht du.« Géza kratzte sich hinter dem Ohr und ging zu seinem Malbuch zurück. Wenn ich groß bin, ha felnőtt leszek, dachte er, dann bleibe ich immer wach, und kein Einbrecher kann etwas stehlen. Mama und Papa werden staunen. Az anyám és az apyám örülni fognak.

Plötzlich schien es eine ausgemachte Sache zu sein, dass Luca bei der alten Frau Meyer unterkommen würde. Die anderen atmeten heimlich erleichtert auf, und keinem kam es in den Sinn zu protestieren. Valerie war es nicht ganz recht. Die alte Frau war doch zart und fragil. Auch wenn man nicht befürchtete, dass Luca sie im Schlaf ermorden würde, war es eigentlich unverschämt, ihr diesen Job aufzubürden. Valerie hätte es am besten gefunden, wenn Luca bei Patrick übernachtet hätte oder bei Raffaela und Fridolin.

»Ist Ihnen das denn nicht zu viel?«, wandte sie sich an Ursula Meyer.

»Machen Sie sich keine Sorgen. In meinem Alter hat man keine Angst mehr«, antwortete die Frau.

Valerie war verblüfft, aber es war nicht der Moment, um nachzufragen.

»Sind Sie einverstanden?«, fragte Frau Meyer nun Luca.

Er schluckte und nickte dann. »Ja, ist okay für mich«, murmelte er. »Sonst wäre ich wohl in der Waschküche gelandet.«

»Dann holen Sie in Ihrer Wohnung ein paar Sachen, die Sie brauchen werden«, sagte die Frau. »Ich gehe schon mal hinauf und stelle die Heizung im Gästezimmer höher.« Sie erhob sich.

»Ich komme mit Ihnen«, rief Valerie schnell.

»Ich auch«, ergänzte Géza eifrig, aber seine Mutter zog ihn an sich. »Nein, du gehst jetzt schlafen.«

Das Treffen löste sich auf, alle gingen in ihre Wohnungen.

Das Gästebett ins Meyers Wohnung war auf altmodische Weise bezogen: Unterleintuch, Oberleintuch, Wolldecke, Duvet, Tagesdecke. Valerie hatte das in ihrer Kindheit noch erlebt, aber irgendwann hatte die Familie umgestellt auf das, was damals neu war und »Nordisches Schlafen« genannt wurde. Fixleintuch und großes Duvet.

»Wie haben Sie das gemeint wegen der Angst?«, fragte Valerie.

»Glauben Sie bloß nicht, ich sei eine furchtlose Heldin«, lächelte Frau Meyer. »Aber sicher keine Angst habe ich vor vorlauten jungen Männern, die Grenzen nicht akzeptieren wollen. Dieser Herr Oertle hat keinen Anstand, er nimmt keine Rücksicht. Aber ein Mörder ist er nicht, glauben Sie mir.«

Valerie war baff. »Wissen Sie denn, wer der Mörder ist?«, erkundigte sie sich.

Wieder lächelte Frau Meyer: »Ich weiß, wem ich die Tat zutrauen würde«, sagte sie. »Aber gehen Sie jetzt hinüber zu Ihrem Mann, wissen tu ich gar nichts.«

DIE ZWEITE NACHT

Patrick ließ die Stille und die Finsternis auf sich wirken. Ich könnte in einem Iglu sein, irgendwo in den Bergen, sagte er sich. Es gibt Winterferienorte, die das als sportliche Attraktion anbieten: ein Wochenende in einem Schneehaus. Mit Fondue und Glühwein. In Moonboots und Daunenjacke. Ein kleines Abenteuer für verliebte Paare oder unerschrockene Familien. Nur liegt im Normalfall im Iglu nebenan keine Leiche. Kein Mordopfer. Vor dem Zubettgehen hatte er noch eine Weile im Internet auf diversen Wetterseiten gesurft. In ein, zwei Tagen sollte der Wetterumschwung kommen. Temperaturen bis sieben Grad, dazu sogar etwas Sonne. Eine Rarität im Winter in einem solchen Hochnebelgebiet wie Zürich. Es wurde Zeit. Die Situation war wirklich kaum noch auszuhalten. Die Geschichte heute mit Aline, ihr Verschwinden und Wiederauftauchen war schrecklich gewesen. Er war sicher nicht der Einzige gewesen, der es insgeheim für möglich gehalten hatte, dass auch sie tot war. Wie sollte man den gesunden Menschenverstand noch behalten, wenn man gefangen war im eigenen Haus, unheimlichen Begebenheiten einfach preisgegeben. Patrick hielt sich für einen rationalen Menschen, der nicht leicht zu verängstigen war. Er war heute – oder besser gestern, es war ja schon nach Mitternacht – nicht verängstigt gewesen, aber er hatte ein mulmiges Gefühl gehabt. Die junge Frau hatte ihm leidgetan, und es hatte ihn beeindruckt, dass sie abends an der Sitzung so gefasst und ruhig gewesen war. Vielleicht haben wir sie unterschätzt, dachte er.

Dann schweiften seine Gedanken ab. Er vergaß Aline, er vergaß die tote alte Frau in der Nebenwohnung. Er sah Seraina vor sich. Nach der Haussitzung und dem Abwasch war sie mit zu ihm gekommen auf einen Tee. Sie hatten sich über alles Mögliche unterhalten, Arbeit, Filme, Musik. Die ganze Zeit hatte sein Herz ein kleines Bisschen schneller geklopft als normal. Dann hatte er sich plötzlich sagen gehört: »Ich möchte dich jetzt küssen.« Und es war ganz einfach gewesen. Sie hatte gelächelt und ihr Gesicht dem seinen genähert. Sie hatten sich geküsst. Er war verliebt, und es sah ganz nach Gegenseitigkeit aus. Er hätte gern mit ihr die Nacht verbracht, aber Seraina hatte sich entzogen. »Versteh mich, nicht in dieser Situation«, hatte sie gebeten, »ich kann jetzt nicht unbeschwert glücklich sein. Das alles nimmt mich zu sehr mit.« Natürlich hatte er verstanden. Sie hatten noch eine Weile gekuschelt, bevor sie hinaufgegangen war. Und er lag nun im Bett und stellte sich vor, in einigen Jahren mit Seraina im Bündnerland zu leben, sie als Hausärztin in Vals, er als Architekt. Wenn es sein muss, baue ich eben Ferienhäuschen, dachte er, sie würden ein, zwei Kinder haben, oder auch zwei, drei, die mit drei Jahren schon auf den Ski stünden und die den weichen melodischen Bündnerdialekt sprechen würden. War das verrückt, diese Zukunftspläne nach dem ersten Kuss? Na und? Patrick fühlte sich entspannt und glücklich. Er schlief ein.

Janine Bianchera war aus alter Gewohnheit früh zu Bett gegangen. Sie musste häufig früh im Café sein. Dann stand sie um halb sechs auf und ging am Vorabend bald nach zehn schlafen. Aber heute hatte der Schlaf nicht kommen wollen. Sie hatte an ihr Leben und an Rubina gedacht. An die alte Frau zu denken hatte sie keine Lust. Sie war froh, dass sie sich heute mit Rubina versöhnt hatte – oder Rubina sich mit ihr. Gut, das Mädchen war in einem schwierigen Alter, aber besonders schwierig war sie eigentlich nicht. Die Geschichte mit dem teuren geklauten Lippenstift war natürlich Mist, sowas durfte sie sich nicht mehr leisten. Aber sonst, vielleicht war sie wirklich etwas zu streng dem Kind gegenüber. Es war doch verständlich, dass sie mit Freundinnen herumhängen wollte, dass sie Kaufhäuser durchstöbern und sich auch mal etwas kaufen wollten. Vielleicht sollte sie mal was mit ihrer Tochter unternehmen, ins Kino gehen oder in ein Konzert. Sie könnte sich Mühe geben, eine etwas coolere, etwas fröhlichere Mutter zu werden. Schließlich lief ja ihr Leben nicht schlecht. Sie hatte einen festen Job, um den sie sich keine Sorgen machen musste. Sie arbeitete gut, war geschätzt, neben dem Fixlohn kam auch Trinkgeld herein. Sie verdiente nicht üppig, aber genug für Rubina und sich. Vielleicht könnte auch sie wieder einen Mann finden. Sie war noch nicht alt. Keinen, den sie im Café kennenlernte, das hatte sich nicht bewährt. Aber sie könnte sich in einer Online-Datingplattform einschreiben. Sobald ihr Leben wieder geordnet verlief, das Wetter wieder normal war und die Leiche aus dem Haus entfernt worden war, würde sie es tun.

Rubina Bianchera seufzte leise. Dass sie um halb eins noch wach war, störte sie nicht. Schließlich würde sie auch morgen noch zwangsfrei haben, vielleicht sogar übermorgen. Sie hatte gelesen und zwischendurch mit ihrer besten Freundin Inga SMS ausgetauscht. Inga wohnte mit ihren Eltern und den beiden Geschwistern ein paar Straßen weiter in einem etwas engen Einfamilienhaus. Aber sie hatten einen kleinen Garten mit einer gemauerten Feuerstelle und einem Kirschbaum. Im Sommer war Rubina manchmal zum Grillieren eingeladen. Inga und ihre Familie sahen bloß noch knapp aus den Fenstern im ersten Stock. Zu essen hatten sie mehr als genug. Ingas Mama sorgte immer für genügend Vorräte. Inga hatte geschrieben, sie habe sich mit ihren beiden Brüdern gestritten, die beide jünger waren als sie, der eine zehn, der andere acht Jahre alt. Sie stritten sich dauernd. Rubina war ganz zufrieden damit, ein Einzelkind zu sein. Wenn bloß der Papa noch da wäre … Sie konnte sich noch sehr gut an ihn erinnern, auch wenn er schon seit fünf Jahren tot war, an sein Aussehen, nicht nur wegen der Fotos, an seine Stimme, sein fröhliches Lachen, an sein lebhaftes Italienisch. Und ihren Namen hatte er ihr gegeben. Die Mama hätte sie wahrscheinlich Andrea, Christine oder sonst irgendwie schweizerisch getauft. Aber sie wollte jetzt nicht böse über Mama denken. Sie hatten sich heute, nachdem der heftige Streit wegen des Lippenstifts über die Bühne gegangen war, wieder gut vertragen. Mama, was war sie eigentlich für ein Mensch? Darüber dachte Rubina nicht oft nach. Sie war einfach Mama, die häufig nervte, oft gereizt war, Rubina gern anders haben wollte, als sie war. Ob vielleicht Mama Frau Ingold getötet hatte? Ein bisschen erschrak Rubina über ihren Gedanken. Aber dann beschloss sie, ganz kühl und erwachsen zu denken. Unmöglich war es nicht. Sie, Rubina, hatte geschlafen, Mama war in der Wohnung gewesen. Sie mochte schon einen Grund gehabt haben, die alte Frau zu erstechen. Jemand hatte es getan. Warum nicht Mama? Vielleicht war die böse Ingold besonders gemein zu Mama gewesen. Ob sie angetönt hatte, dass sie, Rubina, gestohlen hatte? Falls es Mama gewesen ist, werde ich sie nicht verraten, nahm sich das Mädchen vor. Sie drehte sich um, legte sich das Kissen über den Kopf und schlief ein.

Carsten Behrend las. Er war jetzt im letzten Viertel des Romans »Kanada« von Richard Ford. Er arbeitete häufig nachts, las oder schrieb an einer Seminararbeit. Die Nacht war seine beste Zeit. Er lag im Bett, das Buch wurde von einer kleinen Leselampe beleuchtet. Hinter ihm im Bett, an der Wand, lag Aline. Sie atmete tief und regelmässig, und Carsten nahm an, dass seine Schwester schlief. Er war erleichtert, dass sie so weit wohlbehalten wieder aufgetaucht war und dass sie sich am Nachmittag bei Valerie und ihrem Polizisten über Erwarten gut erholt hatte. Im ersten Augenblick hatte er befürchtet, sie habe einen akuten psychischen Zusammenbruch und bräuchte eigentlich dringend Spitalpflege. Aber abends hatte er fast etwas von ihrer alten Persönlichkeit durchschimmern sehen. Dennoch benötigte sie eine Behandlung. Sobald sie sich wieder frei bewegen konnten, würde er sich darum kümmern. Es war wohl wirklich das Beste, Zürich zu verlassen und wieder nach Deutschland zurückzukehren. Er persönlich hatte zwar nicht unter der Deutschenfeindlichkeit der Schweizer zu leiden. Er verstand mittlerweile die Dialekte ausser dem Walliserdeutsch und unter Studienkollegen spielte die Herkunft keine Rolle. Dennoch war es ihm bewusst, dass es genügend Schweizer gab, die sich an den vielen Deutschen in der Schweiz – gerade auch an der Universität – störten. Dass sie, er und Aline, in einem Haus wohnten, in dem ein Mord geschehen war, dass sie gerade jetzt wegen dieses noch nie dagewesenen Wintereinbruchs im Haus eingesperrt waren, das war verdammtes Pech, das war einfach unfair vom Schicksal – falls es so etwas überhaupt gab.

Aline hatte längere Zeit wach neben ihrem Bruder gelegen. Bei ihm fühlte sie sich geborgen, nicht erst heute, aber jetzt besonders. Er war immer ein fürsorglicher älterer Bruder gewesen, ein bisschen ernst, manchmal auch etwas streng, aber loyal, wenn es darauf ankam und im Alltag unkompliziert. Es war hart gewesen für sie, als er von zu Hause weggezogen war, um zu studieren, und als er vor einem Jahr in die Schweiz gegangen war, hatte sie das in tiefe Verzweiflung gestürzt. Sie war sehr dankbar gewesen, als er nach ihrem Zusammenbruch in München aufgetaucht war und sie kurzerhand nach Zürich mitgenommen hatte. Aber ihre Unsicherheit hatte er damit natürlich nicht vertreiben können. Mit Seraina hätte sie sicher mit der Zeit warm werden können, aber Luca hatte ihr von Anfang Angst eingejagt. Er hatte ihre Empfindung, wertlos, dumm und hässlich zu sein, noch verstärkt. Am liebsten hätte sie sich in irgendeinem Winkel verkrochen. Und das hatte sie ja dann getan. Der Mord und der Schneefall, der sie ans Haus band, hatten ihr den Rest gegeben. Es stimmte, dass es ihr jetzt besser ging. Valeries unkomplizierte Freundlichkeit, verbunden mit einem Quäntchen Fürsorge, hatte etwas verändert. Aline erinnerte sich daran, wie sie bis vor drei Jahren gewesen war, ein stilles, etwas schüchternes, aber ganz normales Mädchen. Etwas jener früheren Aline war heute Nachmittag in sie zurückgekehrt. Der Mord war ihr gleichgültig. Sie war hundertprozentig überzeugt, dass nicht ihr Bruder ihn begangen hatte, und mehr brauchte sie zurzeit nicht zu wissen. Und wenn doch? Ich würde schwören, dass ich die ganze Nacht nicht schlafen konnte und es gehört hätte, wenn er die Wohnung verlassen hätte.

Seraina blickte aus dem Fenster. Die Straßenlampen sahen aus, als ob sie dicht über dem Boden befestigt wären. Wie wenig es braucht, um eine neue Welt erstehen zu lassen, um die alte Welt zum Verschwinden zu bringen, ging es ihr durch den Kopf. Der Mord war schon schockierend genug. Aber ein Mord zu diesem

Zeitpunkt, in dieser Situation … sie fröstelte. Wer? Jeder und jede von ihnen hätte es tun können, ausser den Kindern natürlich, Géza, Timea, Rubina. Und Aline. Alle, nicht nur die Männer. Ob die Tat je aufgeklärt würde? Natürlich, wenn der kriminaltechnische Dienst kam, würden sie höchstwahrscheinlich Spuren finden. Kein Mörder war so geschickt, dass er gar nichts hinterließ. Allerdings konnte ein Spurenbild auch widersprüchlich und mehrdeutig sein. Seraina erinnerte sich an die Berichterstattung über einen Fall, wo eine Frau in ihrem Auto umgebracht worden war. Verdächtig war ihr Mann, und er wurde auch angeklagt. Aber das Spurenbild im Auto war ein solches Durcheinander gewesen, dass der Mann schließlich freigesprochen worden war, weil ihm das Delikt einfach nicht nachgewiesen werden konnte. Fingerabdrücke würde man zweifellos nicht finden. Der Täter hatte bestimmt Handschuhe getragen. Aber wo waren diese Handschuhe jetzt? Der Mörder hatte sich ihrer ja nicht entledigen können. Wo denn? Winzige Textilfasern waren möglicherweise in der Wohnung des Opfers. Hautschüppchen. Und wo war das Messer? Würde man es nach der Schneeschmelze finden?

Seraina schob diese fruchtlose Grübelei energisch beiseite und überließ sich den Gedanken an Patrick. Hätte sie heute Nacht doch bei ihm bleiben sollen? Ja, nein, ja nein. Sie war verliebt, genauso wie er. Aber unsere erste Nacht, dachte sie, sollte nicht vergiftet sein von dieser Ungewissheit, von Angst und Stress. Wir werden genügend Zeit miteinander haben.

Csilla Vargas starrte an die Zimmerdecke. Sie lag unbeweglich, denn sie wollte Lajos, der vor einer Viertelstunde eingeschlafen war, nicht stören. Ihr Kopf lag an seiner Schulter, seinen linken Arm hatte er um sie gelegt. Sie hatten miteinander geschlafen. Es war wie immer. Auch nach fünfzehn Jahren Beziehung und zwölf Jahren Ehe schliefen sie zwei- bis dreimal pro Woche miteinander. Aber es war natürlich nicht wie immer. Nichts war mehr, wie es lange gewesen war. Schon eine Weile. Seit sie von Lajos' Casinobesuchen wusste. Konnte sie ihm noch vertrauen? Hatte er noch weitere Geheimnisse vor ihr? Vielleicht doch andere Frauen? Er hatte ihr versichert, dass es nicht so war, und sie hatte ihm geglaubt. Er liebe sie, hatte er beteuert, und sie hätten doch zusammen Kinder. Er begehrte sie auch immer noch und sie ihn auch. Aber nachts zweifelte sie manchmal an ihm, an ihrer Zusammengehörigkeit, an seiner Vertrauenswürdigkeit. Wer war er? Was war er für ein Mensch? Vielleicht ein ganz anderer, als sie immer geglaubt hatte? Wäre er imstande, einen Mord zu begehen? Sie hielt den Atem an. Hatte er einen Mord begangen? Ihr Herz zog sich zusammen. In ihrem Inneren schmerzte ein schwerer Klumpen. Wie sollten sie weiterleben, wenn das alles vorbei war? Wegziehen, in eine andere Stadt? Nach Winterthur oder Schaffhausen? Neben ihr bewegte Lajos sich sachte. Csilla stellte sich schlafend. Er machte sich behutsam von ihr los, setzte sich auf, stand auf und ging hinaus. Csilla hörte, dass er ins Bad ging.

Lajos machte im Bad kein Licht. Er war nur für wenige Minuten in einen oberflächlichen Schlaf geglitten. Nun war er wieder wach und konnte sich nicht vorstellen, jemals wieder einzuschlafen. Er setzte sich auf den Badewannenrand. Wasser lösen musste er nicht, er wollte bloß ein paar Minuten allein sein. Er hatte genau gemerkt, dass Csilla anders war beim Sex. Sie hatte eigentlich keine Lust gehabt. Hatte ihm zuliebe mitgemacht. Sie hätte es doch sagen können, dass sie nicht mit ihm schlafen mochte, wenn im Stock unter ihnen ein Mordopfer lag, das hätte er verstanden. Ihm machte es nichts aus, jedenfalls in diesem Fall nicht. Er gestand sich ein, dass er froh war, dass die Frau tot war. Was sollte er sich vormachen? Er war überzeugt, dass die Nachbarin sie auch deshalb nicht gemocht hatte, weil sie Ausländer waren. Aus Osteuropa. Auf der gleichen Stufe wie die aus Ex-Jugoslawien, die vom Balkan. Unverständliche Sprache, wahrscheinlich kriminell, mit ihren Deutschkenntnissen zwar scheinintegriert, im Grunde genommen aber einfach barbarische Fremde, die vom Schweizer Wohlstand profitieren wollen. Renate Ingold war eine Rassistin gewesen, was sollte er ihren Tod betrauern? Aber wie würde es mit ihnen weitergehen? Würde Csilla ihn verlassen? Sollte er von der Familie weggehen? War er überhaupt ein Familienmensch, der dazu taugte, mit einer Frau zusammen die Verantwortung für Kinder zu übernehmen? Sollte er zurückgehen nach Ungarn, allein leben, nur ab und zu eine Affäre mit einer Frau haben? Nein, er liebte Csilla und die Kinder, auch wenn er sich ab und zu nach einem Quäntchen Unabhängigkeit und Freiheit sehnte. Und sich das ja auch genommen hatte.

Ob Csilla schlief? Er war sich nicht sicher. Wenn sie Sorgen hatte, lag sie oft wach, auch wenn sie müde war. Er füllte ein Zahnglas mit Wasser und trank es hastig aus.

Csilla erhob sich leise und ging zu den Kinderzimmern hinüber. Zuerst zu Géza. Als sie sein Bett leer fand, schoss ihr ein solcher Schreck in den Körper, dass ihre Knie zitterten und sie einen Augenblick lang das Gefühl hatte, sie würde einknicken. Aber sie nahm sich zusammen, schlich zu Timeas Zimmer und öffnete es geräuschlos. Da lagen sie beide, schlafend nebeneinander. Csillas Erleichterung war so groß, dass sie sich eine halbe Minute an den Türrahmen lehnte und die beiden Kinder betrachtete, bevor sie die Tür wieder zuzog und zum Schlafzimmer ging. In dem Moment kam Lajos aus dem Bad. Er sagte nichts, er legte ihr einfach den Arm um die Schulter und führte sie ins Bett.

Timea hatte schon im Bett gelegen, als sie ein leises Klopfen hörte. Géza erschien im Türrahmen. »Timea?« »Ja, was ist denn?« Der Siebenjährige schob sich ins Zimmer und machte die Tür hinter sich zu. »Timi, darf ich bei dir schlafen? – Ich habe sonst Angst«, schob er nach. Er war in ein flauschiges Plüschpyjama gehüllt. »Also gut, so komm halt«, gab die große Schwester nach. Er war ja noch klein. Oft nervte er, tat frech, ärgerte Mama im einen Moment und schmiegte sich im nächsten an sie. Aber manchmal schimmerte es durch, dass er Timea bewunderte, dieses große Mädchen, das so vieles besser konnte als er und auch vieles durfte, was ihm noch verboten war. Jetzt war er ganz der kleine Junge, der sich verloren fühlte und Schutz suchte. Heute hatte ja Timi eine Heldentat vollbracht. Sie hatte das arme deutsche Mädchen gefunden, das verschwunden gewesen war. Keiner der Erwachsenen hatte das geschafft, nicht einmal sein Papa, der doch der Klügste von allen war. Aber Timi hatte es fertiggebracht. Géza hatte eigentlich schon geschlafen, aber plötzlich war er aufgewacht und hatte gewusst, dass er zu Timi wollte, sonst würde er Angst bekommen, ganz sicher. Er legte sich neben Timea. »Was meinst du, Timi, wer hat die alte Frau getötet?«, fragte er. »Das weiß ich doch nicht«, hatte das Mädchen abgewehrt. »Ich glaube, es war der böse Mann von der WG«, sinnierte der Kleine, »oder der Fridolin, den kann ich auch nicht so gut leiden.« Timea seufzte. »Vielleicht war es auch jemand, den du gern magst«, gab sie zu bedenken. Géza war nicht nach einer ernsthaften Diskussion zumute. Er war sehr schläfrig, kuschelte sich an die Schwester, die ihn ein bisschen wegschob, und sank wieder in den Schlaf. Timea blieb noch wach. Mit Ausnahme der Zeit, als sie nach Aline gesucht hatte, ging ihr diese Frage fast pausenlos durch den Kopf. Wer hatte Frau Ingold getötet? Ob sie imstande war, auch das herauszufinden? Sie musste sich morgen mal mit dem Polizisten, dem Mann von Valerie unterhalten. Wir sind ja fast Kollegen, dachte sie zufrieden. Aber dann stockte sie. Was wäre, wenn Papa oder Mama die böse alte Frau erstochen hatte? Dann würde sie es dem Polizisten selbstverständlich nicht verraten. Man durfte niemanden töten, nicht einmal schlagen, aber falls Mama oder Papa es getan hatte, dann hatten sie sicher einen ganz wichtigen Grund dafür gehabt.

Ursula Meyer lag oft nachts wach. Das störte sie nicht. Dafür machte sie manchmal untertags ein Nickerchen im Lesesessel im Wohnzimmer. Aber heute Nacht war sie beunruhigt. Es war, wie sie es Beat Streiff gegenüber ausgedrückt hatte: Sie wusste, wem sie die Tat zutrauen würde. Hör auf, schalt sie sich. Du bist eine dumme alte Frau, du weißt gar nichts. Dennoch ließen sich ihre Gedanken nicht vertreiben. Es war ihr unangenehm, dass sie es Streiff gesagt hatte. Ich habe keinen einzigen Beweis, nicht einmal Indizien, einzig meinen Eindruck. Dieser Person würde ich es zutrauen, und ich glaube, dass sie es gewesen ist.

Und wenn es doch dieser Herr Oertle war, den alle im Verdacht hatten? Dann wäre ich in Sicherheit, sagte sie sich. Er würde es nicht wagen, gleich nochmals einen Mord zu begehen. Sie fürchtete nicht, umgebracht zu werden. Aber sie fühlte sich nicht sicher. Die Atmosphäre im Haus hatte sich verändert, war schwer und düster geworden. So viele Jahre war es ein ganz normales Haus gewesen mit normalen Bewohnern. Ja, zum Teil mit unsympathischen Bewohnern. Aber normal. Jetzt war es ein unheimliches, ein böses Haus, obwohl auch viele nette Leute hier wohnten. Ob ich mich bei der Stadt für eine Alterswohnung anmelden soll?, sinnierte die alte Frau. Wie lange werde ich noch leben, wie lange werde ich noch selber einkaufen gehen, selbstständig haushalten können? Was, wenn ich heute Nacht sterben würde? Einschlafen und nicht mehr erwachen würde? Wäre das nicht das Beste? Aber unversehens meldete sich heftig ihr Lebenswille. Nein, ich will nicht sterben, ich werde nicht sterben heute Nacht. Ich werde morgen aufwachen und aufstehen, ich werde es erleben, wie der Mörder abgeführt wird. Ich werde mit Herrn Streiff reden.

Raffaela Zweifel biss sich in die Fingerknöchel, um das Weinen zu unterdrücken. Sie presste ihr Gesicht ins Kissen. Habe ich jetzt einen Nervenzusammenbruch?, fragte sie sich verzweifelt. Es schien ihr, sie könne die Situation einfach nicht mehr aushalten. Sie nahm sich zusammen und wisperte Fridolins Namen. Der reagierte nicht. »Fridolin«, flüsterte sie lauter. Er musste wirklich tief schlafen. Wie konnte er sie nur so im Stich lassen. Raffaela glitt aus dem Bett, warf sich ihren Morgenmantel um und ging ins Bad. Sie machte kein Licht an, verschloss nur die Tür mit dem Schlüssel. Sie ließ sich zu Boden sinken, schlug die Hände vors Gesicht und brach in Schluchzen aus. Was soll ich nur tun?, dachte sie, ich kann nicht mehr so weiterleben. Ich muss mit Fridolin reden, er muss mir sagen, was los war. Am liebsten hätte sie eine kleine Tasche gepackt und wäre geflohen. Aber auch wenn sie das Haus hätte verlassen können, sie hätte nicht gewusst, wohin. Fridolin Heer schlief. Er hatte, wie in der letzten Nacht, eine Tablette genommen. Er drehte sich weg, als seine Freundin neben dem Bett vor ihm kniete und drängte. »Fridolin, wach bitte auf.

Du musst aufwachen, ich muss mit dir reden.« Sie ließ ihm keine Ruhe, sondern versuchte es von der anderen Seite. »Fridolin, bitte.«

Valerie döste. Manchmal tauchte sie in den Schlaf ab, aber bald darauf wachte sie wieder auf, jedes Mal mit einer kleinen Empfindung von Schrecken. Es ist egal, sagte sie sich endlich, wenn ich nicht schlafe, ich muss oder kann morgen ohnehin nicht arbeiten. Wenn ich genügend müde bin, werde ich schon schlafen. Damit hatte sie sich vor vielen Jahren beholfen, als sie mit ihrem damaligen Freund Lorenz in einer tiefen Krise gesteckt hatte, die dann auch zum Ende der Beziehung geführt hatte. Damals war sie auch nachts endlos lange wachgelegen. Aber nachdem sie sich eingehämmert hatte, wenn du genügend kaputt bist, wird es schon gehen, hatte es sich gebessert. Ob Beat neben ihr schlief, wusste sie nicht. Sie wollte ihn keinesfalls stören, egal ob er nachdachte, was er ab und zu nachts tat, oder ob er schlief.

Beat Streiff hatte tatsächlich noch eine Weile wach gelegen und war einem Verdacht nachgegangen. Nachdem er sich einen kleinen Plan für den morgigen Tag zurechtgelegt hatte, überließ er sich dem Schlaf.

Luca Oertle fühlte sich in Ursula Meyers Gästebett nicht besonders wohl, was natürlich nicht nur an dem schweren altmodischen Bettzeug lag. Er fragte sich, was mit ihm geschehen würde, wenn in ungefähr zwei Tagen die Stadt wieder passierbar war. Würde er in Untersuchungshaft kommen? Würde er angeklagt? Verurteilt? Scheiße. Wäre ich bloß nie hier eingezogen, wetterte er innerlich. Überall wäre es besser als hier. Wie war es gelaufen? Er hatte die Anzeige gesehen am Anschlagbrett in der Uni. Altstetten, gar nicht so schlecht. Mit dem 31-er-Bus bis zum Central, dann mit dem Polybähnli hinauf, rechts, und dann war man in nicht einmal fünf Minuten an der Uni. Er hatte angerufen und einen Besuchstermin ausgemacht. Es war ganz angenehm gewesen, die Frau, Seraina, gut aussehend und nett, der Deutsche ruhig und freundlich. Die Wohnung war etwas ältlich, hellhörig, aber so weit recht hübsch, das frei werdende Zimmer war geräumig und hell. Und die Miete war günstig. Was wollte man mehr? Tja. Er lachte sarkastisch auf. Jetzt wusste er es. Eine Bleibe, wo er nicht des Mordes verdächtigt wurde. Eine Loge, wo er tun und lassen konnte, was er wollte. Leben konnte, wie es ihm passte. Er musste mit seinem Vater reden, nahm er sich vor. Wenn er ihm ein paar Hunderter mehr im Monat gab, konnte er sich eine eigene Wohnung nehmen. Oder dann musste er sich eben einen Teilzeitjob suchen.

DER DRITTE TAG, MORGEN: MISSSTIMMUNGEN

Das wird kein guter Tag, war Janine Biancheras erster Gedanke, als sie erwachte. Im ersten Moment wusste sie nicht, wie viele Tage sie schon Gefangene ihres Hauses waren – es kam ihr endlos vor. Die Uhr zeigte neun. So lange schlief sie normalerweise nicht einmal am Wochenende. Sie war sehr spät eingeschlafen, erst nach zwei, und jetzt fühlte sie sich nicht ausgeruht, sondern immer noch schlapp und müde. Seit Jahren war sie sich an einen anderen Rhythmus gewöhnt. Aus der Wohnung hörte sie keinen Laut. Gut möglich, dass auch Rubina noch schlief. In ihrem Alter war das normal. Janine erwog, sich nochmals in einen schweren Morgenschlaf sinken zu lassen, entschied sich aber anders und setzte sich auf. In einer Stunde würde sie sich bestimmt nicht besser fühlen, also konnte sie ebenso gut aufstehen. Sie nahm Wäsche, eine Bluse und eine Strickjacke aus dem Schrank und ging ins Bad. Bevor sie unter die Dusche stieg, stellte sie sich auf die Waage. Was? Sie hatte in fünf Tagen ein Kilo zugenommen. Wie konnte das sein? Sie hatte doch ganz normal gegessen, war nie aus gewesen, hatte keinen Alkohol getrunken. Gut, sie hatte gestern Abend eine halbe Tafel Schokolade entdeckt, ganz hinten im Küchenschrank, und die hatte sie gefuttert. Jetzt waren gar nicht mehr so viele Vorräte da. Das halbe Brot war nicht mehr frisch, Butter gab es noch einen kleinen Rest,

Joghurt keines mehr und an Gemüse nur noch ein paar Büchsen mit Pelati, grünen Bohnen und Karotten. Ab heute würden Rubina und sie Teigwaren mit Dosenzutaten essen. Janine duschte sich die Seife vom Körper, stellte das Wasser ab, griff nach dem großen Badetuch und wickelte sich hinein. Dieses Kilo musste schnellstens wieder weg, sie konnte es sich nicht leisten, dauernd zuzunehmen. Ohnehin konnte sie sich nicht mehr schlank nennen. Janine zog sich an, bürstete ihr Haar, cremte das Gesicht ein und tuschte die Wimpern. Das reichte. Wenn sie arbeiten ging, legte sie etwas Make-up und Lippenrot auf, aber in dieser Situation, fand sie, konnte sie sich das schenken. Nach einem Kaffee und einem halben Stück Brot ging sie aufs Internet, um sich über die Wetteraussichten zu informieren. Endlich mal eine gute Nachricht. Ab heute schneite es nicht mehr und am späten Nachmittag war ein Wärmeeinbruch zu erwarten. Schneeschmelze! Morgen wären sie erlöst! Frei! Sie konnten wieder hinausgehen, die Leiche würde abtransportiert und hoffentlich ein Mörder gleich mit. Luca. Janine war überzeugt, dass er es war. Ihre Gedanken von letzter Nacht gingen ihr durch den Kopf. Recht optimistisch war sie gewesen, so fühlte sie sich nicht heute Morgen. Im Gegenteil, schlecht gelaunt, dünnhäutig. Ob die Wetterprognose überhaupt stimmte? Vielleicht logen sie, um die Bevölkerung ruhig zu halten. Aber übermorgen können sie mir von einem Helikopter aus Päckchen mit Lebensmitteln auf den Balkon werfen, dachte sie missmutig. Es kam ihr in den Sinn, dass sie in der Waschküche unten noch etwas Wäsche hängen hatte. Sie ging hinaus, um die Sachen heraufzuholen. Als sie ins Treppenhaus trat, fiel ihr auf, dass es schmutzig war. Staubig und klebrig. Gestern war der Tag gewesen, an dem normalerweise die Putzfrauen kamen, um es zu reinigen. Aber die saßen jetzt natürlich auch zu Hause.

Csilla Varga kam die Treppe herauf. Sie sah auch nicht gerade blühend aus, womöglich noch missgestimmter als Janine. »Vielleicht könnten Sie hier auch mal wischen«, fuhr sie Janine an.

»Ich?«, schnappte Janine.

»Ja«, gab Csilla zurück. »Wenn die Putzfrauen nicht kommen können.«

»Da kann ich doch nichts dafür, Rubina und ich machen hier keinen Dreck. Wohl eher Ihre beiden. Die wissen eh nicht, was sich gehört.« Janine hätte gar nicht sagen können, warum sie so aufbrauste. Wut hatte sie ergriffen. »Da, wo Sie herkommen, sind schmutzige Treppenhäuser vielleicht normal, aber bei uns nicht.«

Die andere lachte höhnisch. »Würde mich ja interessieren, wessen Wohnung sauberer ist, Ihre oder unsere.« Auch Csilla war erschrocken, über Janines Unverschämtheit, aber auch über ihre eigene Unbeherrschtheit. Es gelang ihr nicht, über ihren Schatten zu springen. »Jedenfalls muss ich meine Kinder nicht allein großziehen wie Sie. Ich habe einen Mann, der für uns sorgt.« Schon wollte sie in ihre Wohnung verschwinden und die Tür hinter sich zuknallen. Aber da ging sie von innen auf. Lajos Varga, der mitbekommen hatte, dass sich draußen zwei Frauen anschrien, erschien.

»Was ist denn los?«

Er sah, dass seine Frau Tränen des Zorns in den Augen hatte. »Diese Kuh meint, sie sei was Besseres als wir«, rief Csilla. »Beleidigt hat sie mich.«

Lajos warf Janine Bianchera einen wütenden Blick zu und legte seiner Frau den Arm um die Schultern. »Lassen Sie uns in Ruhe«, sagte er, ebenfalls mit erhobener Stimme. Er zog Csilla in die Wohnung.

Viel friedlicher ging es dort nicht zu. »Du bist blöd«, schallte es aus Timeas Zimmer, das war Géza. »Nein, du! Du bist noch viel blöder. Du bist klein und dumm!« Offenbar gab Timea zurück. Csilla riss die Tür auf. »Was soll das? Hört sofort auf, euch zu streiten, das ist ja nicht auszuhalten.«

Géza brach in Tränen aus. »Sie ist gemein zu mir. Sie will nicht mit mir spielen.«

»Ich will auch mal meine Ruhe haben und lesen.« Timea zeigte ein ungarisches Kinderbuch vor. »Du hast doch gesagt, ich soll ab und zu ein bisschen Ungarisch lesen.«

»Macht, was ihr wollt, aber schreit nicht herum«, rief Csilla und knallte die Tür zu.

Sie ging ins Schlafzimmer, wo auch ihr kleines Pult stand, und setzte sich. Dort bereitete sie jeweils die Ungarischlektionen vor. Heute brauchte sie etwas Zeit, bis sie sich konzentrieren konnte. Ich trenne mich, dachte sie trotzig, ich wandere nach Kanada aus und lebe allein. Sollen Lajos und die Kinder doch schauen, wie sie zurechtkommen. Sie griff nach dem Mäppchen, wo die Hausaufgaben ihrer sieben Schülerinnen lagen. Sie waren im zweiten Semester und wahrscheinlich würden die meisten nach drei Semestern wieder aufhören, sodass die Gruppe auseinanderfallen würde. Eigentlich war es erstaunlich, dass sie doch immer wieder eine neue Klasse bildete. Die meisten ihrer Schüler hatten entweder einen ungarischen Elternteil, der ihnen die Sprache aber nicht beigebracht hatte, oder einen ungarischen Partner. Sie begannen den Kurs voller Begeisterung und Zuversicht, bis sie merkten, wie schwierig die Sprache war. Meist gaben sie auf, wenn sie zur Vergangenheitsform des Verbs kamen, zu den Spezialitäten und Ausnahmen. Csilla begann zu korrigieren. Die jetzige Klasse war erst bei der bestimmten Konjugation der transitiven Verben angekommen. Sie hatten Sätze gebildet, hübsche Sätze voller Fehler, die Csilla nicht rot, sondern in freundlichem Grün verbesserte, in ihrer kleinen, klaren Schrift.

Lajos hatte ein schlechtes Gewissen, weil er die Kinder sich selbst überlassen hatte. Es war doch klar, dass sie von der Situation überfordert waren und Streit bekamen. Timea wollte lesen, also schlug er Géza vor, Memory zu spielen. »Später können wir ein bisschen Schach üben«, bot er Timea an. Sie nickte zufrieden und Géza ging, die Memorykärtchen zu holen. Er wusste, dass er gewinnen würde, und freute sich darauf. »Wir könnten doch wieder mit Aline und Rubina spielen«, kam ihm in den Sinn, »das war lustig.« »Ja, ihr könnt sie heute Nachmittag fragen«, stimmte der Vater zu.

Janine zitterte. Sie wusste gar nicht mehr, wieso sie die Wohnung hatte verlassen wollen, und ging zurück. Am liebsten hätte sie sich aufs Sofa geworfen und geweint. Aber sie hörte, dass Rubina am Duschen war. Also riss sie sich zusammen und machte sich noch einen Kaffee. Was war der überhaupt eingefallen, ihr so vorbeizukommen. Quasi von ihr zu verlangen, das Treppenhaus zu putzen. Vielleicht sollten Rubina und sie sich eine andere Wohnung suchen. Das war zwar in Zürich nicht einfach, wenn man nicht grotesk hohe Mieten zahlen konnte, aber jeden Mittwoch waren im Tagblatt die freien städtischen Wohnungen ausgeschrieben. Da sollte doch etwas Zahlbares zu finden sein. Alleinerziehende Frauen mit Kindern hatten keine schlechten Chancen. Vielleicht in einem der Hardau-Hochhäuser, dachte Janine trotzig, im achtzehnten Stock, mit Blick über die ganze Stadt. Sie drängte ihren Aufruhr zurück, als sie hörte, dass die Badezimmertür aufging. Das Mädchen erschien, in einen langen Morgenmantel gewickelt.

»Frühstück?«, zwang sich Janine heiter zu sagen.

»Die Cornflakes sind alle«, brummte Rubina.

»Na und?« Janine war sofort wieder gereizt. »Wir müssen jetzt halt essen, was da ist. Du könntest ja auch etwas öfter einkaufen gehen.«

Das Mädchen warf ihr einen finsteren Blick zu, schwieg aber.

»Es sind noch Haferflocken da. Wenn du willst, mache ich dir einen Porridge.« Janine wollte, nach dem Zusammenstoß mit Csilla Varga, nicht gleich wieder mit ihrer Tochter streiten.

Rubina zuckte die Schultern und ließ ein »Mh« hören, das die Mutter als Zustimmung interpretierte. Sie gab drei große Löffel Flocken in die kleinste Pfanne, schüttete Wasser, etwas Milch und wenig Salz dazu und stellte es auf den Herd. Das Mädchen verschwand in seinem Zimmer und erschien fünf Minuten später angezogen wieder. Janine stellte ihr die Schale mit Porridge und einen Tee hin.

»Ke«, murmelte Rubina und begann zu essen.

»Gern geschehen«, quittierte die Mutter den angedeuteten Dank. Für den Moment war die Situation gerettet.

Ursula Meyer saß in ihrem Wohnzimmer, vor sich eine große Kanne Jasmintee. Sie war früh aufgestanden, hatte eine erste Tasse Tee getrunken und ein paar Zwieback gegessen. Jetzt hörte sie auf SRF 2 eine Sendung mit klassischer Musik. Beethoven, einer ihrer Lieblingskomponisten. Sie liebte seine Musik, bewunderte, dass er auch noch komponiert hatte, als er praktisch nichts mehr hörte, nur seine vielen Frauenbeziehungen waren ihr ein kleiner Dorn im Auge. Besonders liebte sie die Mondscheinsonate, die soeben gespielt wurde. Normalerweise konnte sie sich völlig in diese Musik versenken. Aber heute wollte es ihr nicht gelingen. Was ist los mit mir?, fragte sie sich und musste sich eingestehen, dass sie ganz einfach schlechter Laune war. Sie schämte sich ein bisschen dafür, aber das änderte nichts an ihrem Befinden. Sie hatte genug. Genug von der alten Leiche im Parterre. Genug von dem überheblichen Schnösel in ihrem Gästezimmer. Genug auch von dem armen kleinen deutschen Mädchen. Genug vom Schnee, von der Kälte, vom Winter. Sie hätte einfach gern wieder ihr kleines, friedliches Leben gelebt. Wahrscheinlich würde sie auch dann jetzt vor dem Radio sitzen und »Ein wenig Klassik am Morgen« hören und dazu Tee trinken. Aber es würde ihr dabei gutgehen, sie würde sich überlegen, später einen Spaziergang zu machen, sie würde in der nahe gelegenen Migros einkaufen gehen; ja, einkaufen, dafür wurde es wirklich bald wieder mal Zeit. Sie könnte ihre Freundin Lena anrufen und sie fragen, ob sie zu einem Kaffee vorbeikommen wolle. Aber jetzt hatte sie, abgesehen davon, dass das meiste gar nicht möglich war, auf gar nichts Lust. Keine Lust, mit Géza Memory zu spielen, keine Lust, ein wenig mit Frau Varga zu plaudern, nicht einmal Valerie zu sehen, schien ihr eine gute Idee. Solche Stimmungen kannte sie normalerweise nicht. Gewiss, es kam vor, dass sie ein wenig melancholisch war, sich etwas einsam fühlte, dass mitten am Tag Müdigkeit sie überkam, aber dieser Groll gegen alle und alles, den sie jetzt empfand, gehörte eigentlich gar nicht zu ihr. Am besten, ich bleibe heute einfach den ganzen Tag allein in meiner Wohnung, dachte sie. Dann muss ich niemanden aushalten, und die anderen bleiben verschont von meiner Misslaunigkeit. Dann kam ihr in den Sinn, dass das nicht klappen würde, da sie ja einen Gast hatte, diesen frechen, unerzogenen Studenten vom unteren Stock. Irgendwann würde er unweigerlich auftauchen. Diese Aussicht verbesserte ihre Stimmung auch nicht.

Ob er wohl raufkommt oder nicht?, hatte sich Seraina seit dem Aufwachen gefragt. Patrick war nicht gekränkt gewesen, dass sie nicht hatte bei ihm bleiben wollen.

Aber vielleicht wollte er sich jetzt ein bisschen rar machen. Sie überlegte, wie lange sie warten würde, bis sie zu ihm hinunterging. Keinesfalls vor dem Mittag, schwor sie sich. Besser erst um halb zwei. Frühestens halb zwei. Aber sicher nicht vor elf. Ihre Berechnungen wären nicht nötig gewesen. Um neun klopfte es und Patrick schob sich in die Wohnung. »Kaffee!«, krächzte er in gespielter Verzweiflung. »Bitte!« Hatte sich Seraina vorgenommen, ganz cool und ein bisschen spöttisch auf ihn zu reagieren? Wie auch immer – sie verhielt sich wie eine ganz normale verliebte Frau. Schmiss sich in seine Arme, ließ sich küssen, schleppte ihn, nein, nicht ins Schlafzimmer, sondern in die Küche und kramte die schönste Kaffeetasse aus dem Schrank. Er liebte Kaffee aus einer möglichst großen Tasse, stark und mit viel heißer aufgeschäumter Milch. Genauso wie sie.

»Ich bin heute so schlecht gelaunt aufgewacht«, erzählte er ihr. »Ich ertrage diese dauernde Dunkelheit nicht mehr, und immer zu wissen, dass nebenan diese tote Frau liegt, macht mich ganz verdrießlich. Eigentlich sollte ich ja am Haus für meine Mutter arbeiten, aber ich kann mich fast nicht dazu überwinden. Dabei hatte es mir doch Spaß gemacht – mein erstes Haus.«

»Das kommt wieder«, versicherte ihm Seraina. »Wir alle sind von der Situation langsam zermürbt, auch wenn sie erst drei Tage dauert. Aber es ist anstrengend, auch für mich ist der Tod keine Routine. Und dann noch ein Mord.« Seraina war verschont geblieben von einer morgendlichen Missstimmung, aber sie hatte den Krach zwischen Janine Bianchera und Csilla Varga mitbekommen.

Sie hatte sich tunlichst gehütet, vor die Wohnungstür zu treten. Weder wollte sie schlichten noch ebenfalls streiten. Die beiden Frauen waren schließlich erwachsen und selbst für ihre Nerven verantwortlich. Seraina war alles andere als ein launischer Mensch. Sie brauchte sich nicht zusammenzunehmen. Es war einfach so, dass sie sich nicht oft ärgerte, dass es ihr leicht fiel, Gelassenheit zu bewahren, dass sie auch andere beruhigen konnte. Dass sie an diesem Morgen die beiden streitenden Frauen sich selbst überlassen hatte, zeigte, dass die Belastungen der letzten Tage auch an ihr nagten.

Patrick war ein ruhiger Typ. Es kam vor, dass er mit Selbstzweifeln zu kämpfen hatte, auch wenn er sein Studium mit sehr guten Noten abgeschlossen hatte. Er war nicht wie sein jüngerer Bruder, der fröhlich und tatkräftig und sorglos war und mit großen Schritten durchs Leben ging. Aber seit er sein eigenes Büro hatte und den Auftrag von seiner Mutter, ihr ein kleines Haus zu entwerfen, war er aufgeblüht und hatte mit Eifer und Sorgfalt daran gearbeitet. Seraina hatte wohl schon recht: Wenn das Leben wieder seinen normalen Lauf nahm, wahrscheinlich ab morgen, würde es wieder besser laufen. Zudem gab es ja nicht nur die Arbeit. Es gab jetzt Seraina. Seraina, die zwar noch keine Nacht mit ihm verbracht hatte, aber ihn geküsst hatte, in seinen Armen gelegen hatte. Seraina mit dem schönen Lachen, den tiefgründigen Gedanken, Seraina, die sicher und zielbewusst und meist heiter im Leben stand. Patrick hatte natürlich das Gekeife der beiden Frauen auch mitbekommen. Haltet den Mund, hatte er sarkastisch gedacht.

Es wäre zu schlimm, wenn wir der Polizei auch noch das Opfer einer Schlägerei mitgeben müssten. Der Krimi von Agatha Christie *Zehn kleine Negerlein* kam ihm in den Sinn. Er hatte ihn mit vierzehn gelesen, eines seiner ersten englischen Bücher. Wie lange müssten wir hier eingeschlossen sein, überlegte er, bis nur noch einer übrig wäre?

»Was denkst du?«, wollte Seraina wissen.

Er erzählte es ihr. Sie lachte. »Tja, wenn nichts mehr zu essen im Haus wäre, könnte es gefährlich werden. Und wenn eine Person im Haus einen Hass auf alle anderen hätte und der Reihe nach einen nach dem anderen um die Ecke bringen würde …« Sie fuhr ihm mit der Hand durch die Haare. »Wir wollen nicht zynisch werden, ja?«

Nein, er wollte nicht zynisch werden. Auch wenn er verärgert und bedrückt aufgewacht war, fühlte er sich jetzt besser, sehr viel besser, fast übermütig. Er holte sich einen zweiten Kaffee und brachte auch Seraina einen. Sie hatte im Gefrierfach eine Packung Frischbackcroissants entdeckt, die von der letzten Bruncheinladung übriggeblieben waren. Die schoben sie in den Backofen und knabberten eine Viertelstunde später warme duftende Croissants.

Die Küchentür ging auf und Aline steckte ihren Kopf hinein. Sie war nicht in Angst, sie war nicht in Tränen, nein, sie lächelte sogar. »Hat es genug auch für uns?«

»Ja, klar. Es sind noch fünf Hörnchen da. Kommt nur.«

Aline erklärte, dass Carsten und sie sich eine große Kanne Tee gemacht und sich damit im Wohnzimmer niedergelassen hatten. Sie belud einen Teller mit drei Croissants und einer Büchse Honig und ging wieder hinüber.

Carsten fläzte sich im Fernsehsessel, einem abgewetzten, durchgesessenen Stück aus ziegelrotem Brokat aus dem Brockenhaus. Obwohl er so hässlich war, war er der Lieblingssessel von allen, wenn sie fernsahen. Aline hockte auf dem Sofa, eine Decke um sich geschlungen.

»Gut geschlafen?«, fragte ihr Bruder.

Sie nickte. »So tief und lang wie schon lange nicht mehr. Der gestrige Tag hat mir gut getan. Ich weiß, das klingt komisch. Erst war es ja auch total schlimm, das mit Luca.« Sie pausierte und fuhr dann fort: »Aber dann waren alle so nett zu mir, und ich bekam das Gefühl, dass die mich vielleicht gar nicht total doof finden, dass die mich auch ein bisschen mögen; Valerie und Seraina und Patrick und die Familie Varga.«

»Ja, das denke ich auch«, stimmte Carsten zu. »Du warst so schlecht drauf, voller Vorurteile, dass du das gar nicht merken konntest und wolltest.«

»Vorurteile?«

»Ja, du warst von vornherein überzeugt, dass man dich nicht mag, komisch findet. Deshalb sind die anderen nicht auf dich zugekommen. Dabei bist du ein ganz normaler Mensch, wie alle anderen auch. Du kannst Freunde finden, dich wieder verlieben, ein gutes Leben führen.«

»Aber Luca?«

»Idioten gibt es überall. Du musst lernen, dich gegen solche Typen zu wehren oder sie zu ignorieren. Ein

Mensch wie dieser Luca verdient es doch gar nicht, dass du dich von ihm derart verängstigen lässt.«

Sie schwiegen eine Weile. Auch Carsten fühlte sich an diesem Morgen nicht besonders gut. Den Roman *Kanada* hatte er gestern Nacht noch fertig gelesen. Heute würde er anfangen mit dem Konzept für das Referat, das er darüber halten sollte. Aber er hatte im Grunde überhaupt keine Lust darauf. Ob ich nochmals mit den Langlaufskis eine Runde im Quartier drehe?, überlegte er. Aber er wollte seine Schwester nicht allein lassen. Sicher, es ging ihr besser, aber sie stand noch nicht auf festem Boden. Wie um das zu bestätigen, fragte sie nach.

»Aber bin ich denn nicht psychisch gestört?«

Er schüttelte den Kopf. »Du hattest eine schwere Krise, und du bist auch noch nicht völlig darüber hinweg. Ich würde dir wirklich raten, eine Therapie zu machen. Aber gestört bist du nicht. Dass es dir so schlecht ging, hatte Gründe. Und du hast bis jetzt nicht eben viel Hilfe bekommen.«

»Ich möchte aber nicht zurück zu Mama oder Papa.«

»Musst du auch nicht. Die beiden sind derart mit ihren Scheidungsproblemen beschäftigt, dass sie dir bestimmt nicht gut tun würden. Vielleicht kannst du mit einer Freundin zusammenziehen, mit Julia, zum Beispiel?«

Aline zögerte, dann fasste sie Mut. »Könnte ich nicht hier bleiben? Ich meine, wenn Luca nicht mehr hier wohnt? Mit dir und Seraina?«

»Und was möchtest du denn machen?«

»Ich muss doch, also, ich möchte, einen Beruf lernen. An die Uni mag ich nicht. Man muss ja nicht unbedingt studieren, wenn man das Abitur hat. Ich habe gedacht, ich würde gern Krankengymnastin werden. Physiotherapeutin heißt das in der Schweiz. Meinst du, ich könnte hier einen Ausbildungsplatz bekommen?«

»Ja, ich denke schon. Wir werden uns darum kümmern. Und wir werden mit Seraina reden, ob sie einverstanden ist, dass du hier einziehst.«

»Könntest du – nein, ich werde selbst mit ihr reden.« Aline aß den letzten Bissen ihres Croissants und ging dann ins Bad.

Carsten blieb nachdenklich zurück. Er hoffte, dass bei seiner Schwester eine Wende eingetreten war, dass es nicht wieder einen Einbruch gab. Jedenfalls würde es noch eine ganze Weile dauern, bis sie wieder auf dem Damm war. Psychische Störung – was hieß das überhaupt? Man konnte doch genesen von einer Depression. Hatte Aline eine Depression gehabt? Depressive Menschen fühlten sich doch vor allem kalt und leer, empfanden nichts mehr. Aline hingegen war voll Verzweiflung und Angst gewesen, eher überschwemmt von zu vielen quälenden Gefühlen. Vielleicht konnten ihr ein definitiver Ortswechsel und eine Berufsausbildung wirklich helfen. Und eine Psychotherapie natürlich. Er würde Seraina fragen, wie man in Zürich einen guten Therapeuten fand. Ob Seraina einverstanden wäre damit, dass Aline bei ihnen einzog? Sie war nett und großzügig, aber sie würde sicher nicht Mama spielen wollen für seine Schwester. Sie war sehr selbstständig und gern mit Menschen zusammen, die ebenfalls auf eigenen Füßen standen und die Verantwortung für sich übernehmen konnten. Aber es könnte eine Chance sein für Aline, vielleicht *die* Chance.

Aber erst mal mussten sie den morgigen Tag abwarten. Es schneite nicht mehr – endlich, die Temperatur war schon etwas gestiegen, und Carsten hatte im Radio und im Lokalfernsehen gehört, dass noch im Laufe des heutigen Tages erste große Schneeräumungsmaschinen ausrücken würden. Natürlich würden sie nicht mit kleinen Quartierstraßen wie der Bristenstraße anfangen, aber wenn das Tauwetter kam, würde es rasch gehen. Und eine gewisse Priorität, sagte er sich, haben wir schon – mit der gemordeten Leiche im Erdgeschoss.

Luca Oertle lag schon länger wach, aber er hatte nicht die geringste Lust aufzustehen. Bitter war ihm bewusst, dass er in diesem Haus der Paria war. Mordverdächtig. Dass er ein Mörder war, war nicht bewiesen, aber dass er gestern die kleine Deutsche fertiggemacht hatte, wussten alle und verabscheuten ihn dafür. Wie sollte er den heutigen Tag verbringen? Er hatte ein paar Studienbücher und sein Notebook mit raufgenommen, aber ob er hier überhaupt aufs Internet konnte? Überdruss erfasste ihn. Er war jung, er wollte Spaß haben im Leben – und jetzt musste er einer alten Schrulle dankbar sein, dass sie ihm ihr hässliches Gästezimmer überließ. Schrulle, nun ja, sie war eigentlich anständig gewesen zu ihm, vermutlich hielt sie ihn nicht für den Mörder. Trotzdem. Wahrscheinlich gab es zum Frühstück Lindenblütentee und Vollkornknäckebrot. Er schüttelte sich. Aber er konnte ja nicht den ganzen Tag liegen bleiben. Er stand auf. Wo war bloß das Bad? Stimmt, am gleichen Ort wie in der WG-Wohnung. Er schlurfte hinüber. Eine Viertelstunde später ging er in die Küche. Sie war leer, aber die Kaffeemaschine war eingestellt, der grüne Knopf leuchtete und der Wasserbehälter war fast voll. Luca füllte sich eine Tasse, Milch und Zucker brauchte er nicht. Er öffnete den Kühlschrank. Da standen noch zwei Joghurts. In der Türöffnung erschien Frau Meyer. »Guten Morgen«, grüßte sie freundlich, wenn auch zurückhaltend. »Wenn Sie mögen, nehmen Sie sich ein Joghurt oder kochen Sie sich ein Ei«, bot sie an. »Morgen«, brummte Luca. »Danke.« Er nahm sich das Vanillejoghurt. »Löffel sind dort«, sie deutete auf eine Schublade und verschwand wieder. Luca trank seinen Kaffee und löffelte das Joghurt. Plötzlich kam ihm Diana in den Sinn. Klar, die hatte er vor einer Woche getroffen, an einer Party im Kaufleuten. Eine attraktive Frau, kaum zwanzig, rothaarig, und zwar nicht gefärbt, große blaue Augen, Superfigur. Sie hatte ihn mit nach Hause genommen und sie hatten in jener Nacht dreimal Sex gehabt. Seither hatte er sich nicht gemeldet. Er ließ die Frauen gern etwas warten, er mochte es, wenn sie sich meldeten. Aber Diana hatte nicht angerufen. Jetzt, da die Zeit ihrer Gefangenschaft zu Ende ging, hatte er Lust, sich mit ihr zu verabreden. Vielleicht konnte er ein, zwei Wochen bei ihr wohnen, bis er wieder eine Loge hatte. Jedenfalls war sie von ihm sehr angetan gewesen. Sehr – mit großen Buchstaben, dachte Luca zufrieden. Er holte sein Handy in die Küche und wählte ihre Nummer.

»Gräub.«

»Diana? Hallo, hier ist Luca.«

»Luca? Was denn für ein Luca?« Das saß. Aber Luca gab nicht so schnell auf.

»Vor einer Woche, im Kaufleuten. War eine tolle Nacht mit dir. Wo bist du? Sitzt du auch in der eingeschneiten Stadt fest?«

»Ach so, Luca. Ja, ich weiß schon. Hör, das passt jetzt schlecht. – Eigentlich passt es überhaupt nicht. Ich bin bei meinem Freund, wir machen uns da ein paar gemütliche Tage. Und sobald wir aus dem Haus können, fahren wir ein paar Tage in die Berge. Also, machs gut.«

»Diana«, rief Luca, aber sie hatte schon aufgelegt.

Er blieb konsterniert sitzen. Eine solche Abfuhr war er nicht gewöhnt. Na, eingebildete Bitch. Habe ich nicht nötig, sagte er sich. Er war verärgert. Nicht dass er sich in sie verliebt hatte, aber er hätte sie gern nochmals getroffen. Ihm war es lieber, wenn er die Frauen abhängte als umgekehrt. »Ich bin bei meinem Freund« – was wird das schon für ein Typ sein, dachte er geringschätzig. Treu war sie ihm jedenfalls nicht. Was sollte er jetzt bloß mit sich anfangen? Lesen? Wie wenn er sie gerufen hätte, stand wieder die alte Frau im Türrahmen. »Wenn Sie aufs Internet möchten, hätte ich da ein Verbindungskabel. Sie können es in Ihrem Zimmer in die unbenützte Telefonbuchse einstecken, dann sollte es funktionieren.« Sie hielt ihm ein zusammengerolltes weißes Kabel hin.

»Danke.« Luca zwang sich zu einem Lächeln. Sie war wirklich anständig. Bestimmt glaubte sie an seine Unschuld. Oder war es ihr einfach egal, ob er der Mörder war? War ihr auch zuzutrauen. Sie war eine alte, gebrechliche Frau, aber nicht dumm, nicht naiv. Er nahm das Kabel und zog sich in sein Zimmer zurück. Arbeiten mochte er nicht. Er ging auf Youtube und schaute sich einen kleinen Film mit John Coltrane an. Luca liebte alten Jazz.

Raffaela ging es gut. Sie lag in der Badewanne, in einem duftenden, schaumigen warmen Bad. Auf dem Wannenrand stand eine Tasse Kaffee. Die junge Frau fühlte sich besser als seit Tagen. Erleichtert, erlöst. Sie hatte sich, seit der große Schnee gekommen war, seit die Leiche entdeckt worden war, Sorgen gemacht, sie hatte sich gefürchtet, es war, als ob ein schwerer Stein auf ihr gelastet wäre. Zuerst hatte sie nicht gewusst, warum. Aber dann war langsam die Erinnerung zurückgekommen, die Erinnerung an die erste Nacht, die Nacht, in der Frau Ingold umgebracht worden war. Sie hatte so schlecht geschlafen, obwohl sie zeitig zu Bett gegangen und bald eingeschlafen war. Warum nur? Gestern war etwas in ihr aufgestiegen. Sie hatte sich gesehen in jener Nacht, wie sie aufgewacht war, noch vor Mitternacht. Sie hatte gesehen, wie Fridolin auf dem Bettrand saß, wie er aufgestanden und in eine Trainerhose geschlüpft war, sich einen Pulli übergezogen hatte und das Schlafzimmer verlassen hatte. Warum zog er sich an, wenn er ins Bad oder in die Küche oder noch etwas fernsehen wollte? Sie war ebenfalls aufgestanden, sehr benommen, im ersten Augenblick war ihr schwindlig gewesen. Sie schlich hinaus und bemerkte, dass Fridolin die Wohnungstür aufgeschlossen hatte, ins Treppenhaus hinausging und langsam und leise hinunterging. Raffaela war erschrocken ins Schlafzimmer zurückgegangen. Wohin ging ihr Freund? Wen besuchte er nachts? Janine Bianchera? Csilla Varga? Hatte er ein Verhältnis mit einer anderen Frau? Wie ein Messer schnitt diese Idee ihr ins Herz. Fridolin untreu? Aber sie hatten doch schon darüber gesprochen, dass sie zusammenbleiben wollten, dass ihre Beziehung mehr als eine Eintagsfliege war. Sie könnten ein Kind haben zusammen, vielleicht irgendwann sogar heiraten. Raffaela schleppte sich ins Bett zurück. Sie wollte Fridolin nicht folgen, aber sie wollte wach bleiben, ihn zur Rede stellen, wenn er zurückkam. Aber kaum hatte sie den Kopf auf das Kissen gelegt, war sie weg. Sie wachte in jener Nacht noch zwei-, dreimal auf, jedes Mal lag Fridolin neben ihr, und sie wusste nicht mehr, was los gewesen war, ob überhaupt irgendetwas Ungewöhnliches geschehen war. Am nächsten Morgen war einzig ein schlechtes, bedrückendes, bedrohliches Gefühl geblieben, das sie nicht mehr verlassen hatte. Letzte Nacht, als ihr alles wieder in den Sinn gekommen war, war sie verzweifelt gewesen. Hatte ihr Freund wirklich eine Affäre – oder war er etwa bei Renate Ingold gewesen? Hatte er –? Nein, das war nicht möglich. Raffaela wusste nicht, was für sie schlimmer wäre, ein untreuer Mann oder ein Mörder. Fridolin hatte so tief geschlafen, aber sie hatte nicht lockergelassen. »Fridolin«, hatte sie gedrängt, »du musst aufwachen, ich muss mit dir reden. Es ist wichtig!« Endlich hatte er ein Auge halb geöffnet, es gleich wieder zugemacht und sich umgedreht. Raffaela hatte ihn an der Schulter gepackt und sanft geschüttelt. »Fridolin«, hatte sie lauter gesagt. Am Ende hatte sie es fertiggebracht, ihn wach zu kriegen. Natürlich war er missmutig gewesen. »Was willst du, mitten in der Nacht? Hat das nicht Zeit bis morgen?«

»Sei mir nicht böse«, bat Raffaela. »Aber ich muss wissen, was vorvorletzte Nacht war. Ich mache mir solche Sorgen.«

Er setzte sich auf. »Was soll gewesen sein? Ich habe geschlafen. Und du auch.«

»Nein, ich bin aufgewacht und habe gesehen, wie du aus der Wohnung gegangen bist.«

Er schwieg.

»Fridolin, bist du zu Janine Bianchera gegangen? Oder hast du Csilla Varga getroffen? Hast du … seid ihr …, ich meine, betrügst du mich? Oder …?«

Nun war er wirklich wach. »Oder hast du die alte Frau umgebracht?«, ergänzte er ihren letzten Satz.

Sie ließ den Kopf hängen. »Nein, das würdest du nie tun, aber …«

Sie wagte nicht, ihn anzusehen. Würde er wütend werden ob ihrer Anschuldigung, ihrem Argwohn?

Erst als sie seine Hand auf ihrem Haar spürte, blickte sie auf. Er war nicht wütend, er lächelte.

»Sorgen hast du dir gemacht, meine Schöne?«, murmelte er. »Ja, das verstehe ich, wenn der Liebste mitten in der Nacht verschwindet. In Richtung einer nicht unattraktiven Nachbarin. Und am nächsten Tag eine Leiche herumliegt.«

Raffaela spürte wieder die Tränen kommen. Aber sie

nahm sich zusammen. »Ich hatte zuerst keine Ahnung mehr, was in dieser Nacht vorgefallen war«, flüsterte sie. »Ich habe mich bloß miserabel gefühlt, bedrückt, ängstlich, unruhig. Erst gestern Abend, als ich schon im Bett lag, aber noch nicht schlafen konnte, fiel es mir plötzlich wieder ein. Es war so schrecklich. Fridolin, du musst mir sagen, wo du in jener Nacht warst. Ich halte es sonst nicht aus. Wir lieben uns doch, wir vertrauen einander, nicht?«

Er fuhr fort, ihr übers Haar zu streicheln. »Wir sollten einander vertrauen. Du solltest mir vertrauen. Nein, ich habe mich weder zu Frau Bianchera ins Bett gelegt, noch hatte ich eine Verabredung mit Frau Varga im Heizungskeller. Und ich habe mich auch nicht bei Frau Ingold eingeschlichen und ihr ein Messer ins Herz gerammt.«

Raffaela atmete tief aus. »Ja, aber …«

»Ich war bloß in der Waschküche. Als ich am frühen Abend unsere Wäsche heraufholte, war mein bestes Hemd, das blaugrau gestreifte, noch nicht ganz trocken. Das kam mir nachts plötzlich in den Sinn. Ich wollte es nicht unten lassen bis am Morgen, denn ich befürchtete, Frau Varga würde es annektieren, da ihr Mann ein ganz ähnliches besitzt. Natürlich mindestens eine Nummer größer als meines«, fügte er mit einem Grinsen hinzu.

»Du hast nur das Hemd …«, wisperte Raffaela.

»Ja, komm, ich zeig es dir.« Fridolin stand auf, ging zu dem Korb, in dem die Wäsche lag, die gebügelt werden musste, und fischte es heraus. »Es ist noch zerknittert. Der Sinn ist mir in den letzten Tagen nicht nach Bügeln gestanden.«

Raffaela musste lachen. »Klar, verstehe ich.«

Plötzlich war ihr ganz leicht und heiter zumute. Fridolin hatte sein Lieblingshemd aus der Waschküche geholt – und sie hatte sich tagelang geängstigt. Er stieg wieder ins Bett und sie nahm ihn in die Arme. So dumm will ich mich nie mehr benehmen, schwor sie sich. Von jetzt an werde ich ihm vertrauen.

»Vielleicht hat diese unglückliche Geschichte sogar etwas Gutes«, sagte sie. »Sie schweißt uns zusammen. Wenn man zusammen etwas Schwieriges übersteht, liebt man sich nachher noch mehr. Man weiß wohl erst nach einer Krise, was man aneinander hat. Ich werde nie mehr misstrauisch sein gegen dich.«

»Ja, mein Liebling,« stimmte er zu.

»Wollen wir jetzt schlafen?«, schlug sie vor. »Ich bin ganz bettschwer.«

Er lächelte. »Noch nicht gleich. Wart einen Moment.«

Er stand nochmals auf und ging zur Schublade, wo er seine Manschettenknöpfe aufbewahrte. Er kam mit einem kleinen Kästchen zurück und setzte sich zu ihr.

»Da wir jetzt übereingekommen sind, einander zu vertrauen, könnten wir doch gleich Nägel mit Köpfen machen. Raffaela, mein Liebes, willst du mich heiraten?«

Heiraten? Einen Augenblick lang glaubte Raffaela ohnmächtig zu werden. Sie riss den Mund auf. »Heiraten? Du mich? Ich dich? Wir einander?« Sie war völlig verwirrt.

Er sagte nichts, schaute sie nur an. Ihre Augen wurden nass. »Du solltest jetzt Ja oder Nein sagen«, mahnte er sanft. »Ja wäre mir lieber.«

Sie schlug die Hände vors Gesicht. »Ja«, stotterte sie, »wenn du wirklich willst.« Er konnte nicht mehr unterscheiden, ob sie lachte oder weinte. »Ja«, wiederholte sie, »ja, ich will dich heiraten.«

Er beugte sich über sie. »Und dann machen wir ein Baby, ja? Und ziehen aufs Land.« Er reichte ihr das Kästchen, aus dem sie einen Ring fischte, einen Verlobungsring aus Gold, verziert mit kleinen Rubinen und Smaragden. Raffaela kam es vor, als ob sie nun endlich angekommen war in dem Leben, das sie führen wollte. Fertig mit den haltlosen Partyzeiten, mit gelegentlichem Drogenkonsum, fertig mit den bedeutungslosen Affären. Jetzt war sie Raffaela Zweifel, verlobt, und bald wäre sie Raffaela Heer-Zweifel, mit Fridolin verheiratet. Für immer. »Ich bin so glücklich«, flüsterte sie. »Ich könnte singen und tanzen. Und ich möchte sofort schwanger werden.«

»Okay«, murmelte er, löschte das Licht und begann, ihr das Nachthemd abzustreifen.

Nun war später Vormittag, Raffaela lag im duftenden Bad und nahm ab und zu einen Schluck Kaffee. Sie mochte ihn am liebsten mit Zucker und ganz wenig Milch. Noch immer war sie ganz übermütig vor Glück. Als eine der wenigen Hausbewohnerinnen und Hausbewohner war sie nicht schlecht gelaunt aufgewacht, sondern sanft und fröhlich. Wegen des Mordes machte sie sich nicht die geringsten Sorgen. Man würde die Leiche fortbringen, den Mörder entlarven, damit hatten sie und Fridolin nichts zu tun. Sie würden heiraten, ein

Kind haben und niemals endende Flitterwochen. Sie ließ sich etwas tiefer ins warme Wasser sinken. Für das Baby würde sie weiche Plastikentchen kaufen für in die Badewanne. Würden sie ein Mädchen oder einen Jungen bekommen? Ein Mädchen wäre süß, aber vielleicht hätte Fridolin lieber einen Jungen, mit dem er Fussball spielen konnte. Jedenfalls würden sie umziehen müssen. Das Kind würde ein eigenes geräumiges Zimmer brauchen. Vielleicht Vorhänge mit Blumensträußchen drauf oder mit hellgrünen Häschen und blauen Kätzchen. Raffaela überließ sich ihren Ideen, wie sie das Kinderzimmer einrichten wollte. Ein Schaukelpferd musste das Kind haben, auch wenn das etwas Altmodisches war. Ein mit Plüsch bezogenes Pferdchen, auf das eine Dreijährige klettern konnte. Ein Handy würde sie in dem Alter ja noch nicht haben.

Raffaela richtete sich auf. Eine ungeschickte Bewegung, die Tasse kippte in die Wanne und der letzte Schluck Kaffee ergoss sich ins Badewasser. Rasch stand die junge Frau auf, stieg aus der Wanne und wickelte sich in ein großes weiches Badetuch ein. Es klopfte kurz und Fridolin kam herein.

»Willst du noch einen Kaffee?«

»Ja, aber in der Küche. Ich habe eben den Kaffee verschüttet. Wie spät ist es übrigens?«

»Viertel nach zehn.«

»Schon? Na und? Heute ist ja noch frei. Vielleicht lege ich mich nachher nochmals hin.«

»Noch müde?«

»Tja, ich habe nicht allzu viel geschlafen. – Aber nicht

mehr, weil ich mir Sorgen gemacht habe, sondern aus Übermut und Freude.«

Fridolin lächelte.

Beat Streiff starrte vor sich hin. Er saß an Valeries Schreibtisch. Das Notebook war aufgestartet, das Telefon lag schräg auf der Tischplatte. Eben hatte Streiff ein längeres Gespräch mit seiner Kollegin Zita Elmer geführt, die seit drei Tagen im Polizeipräsidium saß, weil sie in jener Nacht, als der große Schnee gefallen war, Dienst gehabt hatte, zusammen mit Adrian Dürst. Sie teilten sich nun Dienst- und Ruhezeiten, lebten von den haltbaren Vorräten in der Mittagskantine, beantworteten Telefonanrufe, konnten aber auch nicht viel anderes tun, als sich über die erwartete Wetterentwicklung auf dem Laufenden halten. Zu dumm, dass gerade jetzt in Zürich ein Tötungsdelikt verübt worden war. Oder doch nicht? »So wird mir wenigstens nicht langweilig«, erklärte Zita Elmer resolut. Sie hatte in den letzten Tagen tüchtig auf dem Internet, in Datenbanken, recherchiert, Streiff hatte ihr mehrere Aufträge gegeben. »Du könntest recht haben«, hatte sie an diesem Morgen gesagt. »Die Idee ist bestechend. Aber Beweise hast du wohl nicht?«

Nein, Beweise hatte er nicht. »Aber vielleicht kann ich sie mir heute beschaffen«, sagte er.

»Wie denn?«

»Überlass das mal mir«, war er ausgewichen. »Denken, Fragen stellen, Dinge, die man allein tun kann. Vielleicht werde ich ein paar Wohnungen durchsuchen.«

»Wie willst du das denn anstellen? Du hast ja keine Durchsuchungsbefehle.«

»Hatte Sherlock Holmes auch nicht«, gab er gemütlich zurück. »Trotzdem hat er seine Fälle gelöst.«

Zita Elmer war sprachlos. Solche Töne von Beat Streiff, der sich sonst spöttisch über Kriminalromane ausließ, der immer betonte, dass moderne Verbrechensaufklärung nichts mit dem Genie von altmodischen Einzelkämpfern zu tun hatte, sondern das Teamwork von ausgebildeten Spezialisten war. Das war auch Zita Elmers Meinung. Schau an, dachte sie, da schlummerten ja noch ganz andere Ideen in ihrem Chef. Sherlock Holmes, so ein Unsinn. Aber sie widersprach ihm nicht, so abwegig ihr sein Vorgehen auch vorkam. Er war der Chef, und sie hatte schon mehrmals die Erfahrung gemacht, dass er mit seinen Methoden zum Ziel kam.

»Was macht Adrian?«, lenkte er nun ab.

»Schläft«, gab sie zurück. »Er hatte die Nacht übernommen.«

Streiff dankte Zita für ihre Arbeit, versprach, sich später wieder zu melden und legte auf. Er wusste, dass sie mit ihrem Protest gar nicht so Unrecht hatte. In ihm war in den letzten Tagen eine Veränderung vorgegangen. Er hatte sich noch nie in einer Situation befunden, in der er so komplett auf sich allein gestellt war. Selbstverständlich war Polizeiarbeit das Werk eines Teams, daran glaubte er, gestützt auf langjährige Erfahrung, auch jetzt noch. Und doch, die Situation reizte ihn, es gefiel ihm, sich im Geheimen neu zu denken, sich als Detektiv, als Einzelkämpfer des frühen zwanzigsten Jahrhunderts zu sehen. Er nahm nicht an, dass er den Mörder entlarven würde, aber ein gutes Stück Arbeit hatte er mithilfe der Gespräche, des Nachdenkens und Zitas Arbeit geleistet. Und vielleicht war er mit seiner Idee, der er seit vorgestern nachgegangen war, doch auf der richtigen Spur.

Was gab es für Mordmotive? Liebe, Leidenschaft, Eifersucht – das konnte man hier bei dieser alten Frau wohl ausschließen. Hass, Rache? Vielleicht. Eine alte Geschichte, die auf diese Weise beendet worden war. Geld? Immer ein gutes Motiv. Würde ich für Geld, für viel Geld, jemanden umbringen?, hatte er sich schon gefragt. Nein, er würde es natürlich nicht tun, so wenig wie aus irgendeinem anderen Grund. Sein Gefühlsleben war nicht heftig, sondern ausgeglichen, er war nicht von Hassgefühlen und Rachewünschen getrieben, und Geld bedeutete ihm nicht alles, auch wenn er es natürlich angenehm fand, gut zu verdienen. Er fand es schön, sich mit Valerie in den Ferien gute Hotels leisten zu können, er führte sie gern zum Essen in angesehene Restaurants aus, er schenkte ihr zum Geburtstag manchmal Schmuck; sie liebte Gold. Aber er würde dafür keine Unterschlagung begehen, keinen Betrug – und ganz sicher keinen Mord.

Heute war der letzte Tag, an dem sie an die Bristenstraße, ans Haus gebunden waren. Vermutlich würde am Nachmittag mit der Schneeräumung begonnen, und dann würde es nicht lange dauern, bis die Leute vom Kriminaltechnischen Dienst hier waren. Aber das, was er noch tun konnte, wollte er versuchen. Dafür brauchte er Hilfe, aber seine Karten aufdecken würde er nicht.

Valerie würde ihn bestimmt unterstützen. Er gab eine Internetadresse ein, klickte ein paarmal und las dann konzentriert einen Text.

Valerie war im Keller. Sie hatte eine Maschine mit 60-Grad-Wäsche gewaschen, die sie aufhängte. Es gab einen Tumbler, aber Valerie benutzte ihn nur selten. Sie hatte einen Beutel farbige Wäscheklammern aus Plastik, mit denen sie Küchentücher und Unterwäsche an der Leine befestigte. Anschließend ging sie in ihr Kellerabteil hinüber. Es war fast leer. Ein hölzernes Regal, das nicht recht stabil aussah, stand dort. Kartoffeln, Marmeladegläser, einige Packungen Teigwaren, Konserven, zwei Flaschen Speiseöl, ein großes Sixpack Cola und Ähnliches standen dort. Ein bisschen Vorräte, die Valerie gelegentlich aufbrauchte und wieder ersetzte. Sie hatte nie gedacht, dass sie die Dinge einmal wirklich benötigen würde, aber so war es jetzt gekommen.

Neben dem Regal stand ein uraltes Fahrrad. Es war schon nicht mehr neu gewesen, als der Vater, der ebenfalls Fahrradmechaniker gewesen war, es für Valerie zurechtgemacht hatte. Damals war sie ungefähr zehn Jahre alt gewesen. Im Laufe der Jahre und Jahrzehnte hatte Valerie eine ganze Reihe anderer Räder gehabt, Rennräder, Citybikes, Mountainbikes. Aber jenes erste Velo hatte sie immer behalten, es immer wieder aufgefrischt, repariert, aufgepumpt. Nun stand es schon lange im Keller, wurde nicht mehr ausgeführt, aber Valerie mochte es immer noch gern. »Einen neuen Vorderpneu könntest du gebrauchen, Sleipnir«, murmelte sie liebevoll und tätschelte dem alten Möbel den Sattel. Der nordisch angehauchte Namen stammte noch aus Valeries Kindheit, von einer Fahrradtour in den Sommerferien in Dänemark.

Sie streckte sich. Sie hatte einfach das Bedürfnis gehabt, endlich einmal aus der Wohnung zu kommen, in der sie schon den dritten Tag eingeschlossen war. Sie war ja schon das ganze Wochenende zu Hause gewesen, weil Beat, der am Freitagnachmittag gekommen war, krank geworden war. Innert einer halben Stunde war er stockheiser gewesen, hatte Halsschmerzen und Schnupfen gehabt. Das Fieber war bis 38,5 Grad gestiegen, und sie hatte ihre Zeit mit Tee- und Bouillonkochen verbracht, hatte ihrem Mann Essigsocken angelegt, seine Stirn mit einem Waschlappen gekühlt und sein feuchtes verstrubbeltes Haar gestreichelt.

»Schlaf auf dem Sofa«, hatte er ihr krächzend geraten, weil er sie nachts nicht stören wollte. Aber sie war neben ihm geblieben. Sie war fit und gesund und verzichtete ohne Probleme ein bisschen auf Schlaf. Ihre Fürsorge hatte genützt. Am Tag, an dem Renate Ingold ermordet worden war, war es Beat schon deutlich besser gegangen, und er hatte sich engagiert daran gemacht, sich mit den Hausbewohnern zu unterhalten und Verdachtsmomente zu notieren.

Jetzt hatte sie, wie die Nachbarn auch, bis obenhin genug von der Lage. Sie wünschte sich nichts mehr als einen tüchtigen Spaziergang quer durch die Stadt, der in einem lebhaften Café enden würde, in dem sie zwei Cappuccino trinken und ein Stück Schwarzwäldertorte oder ein Vermicelles essen würde. Bald wäre es so weit, aber vorläufig musste noch der Keller als Ausweg dienen. Sie spürte den Bewegungsmangel der letzten Tage. Normalerweise war sie als Fahrradmechanikerin einen großen Teil des Tages in Bewegung: Kunden beraten und bedienen, Räder reparieren, neue Räder für den Verkauf bereitmachen. Sie eilte die Treppe hinauf und hinunter, durchquerte den Laden, immer lief etwas. Natürlich gab es auch Büroarbeit: Rechnungen schreiben, Rechnungen bezahlen, Bestellungen machen, die Website aufdatieren – aber mehrere Tage nur in der Wohnung herumhängen, das kannte sie sonst gar nicht. Zuerst hatte sie es ein bisschen interessant gefunden, aber jetzt langweilte es sie bloß noch. Sie schaute auf die Uhr. Zeit für einen Vormittagskaffee mit Beat, dann würde sie weitersehen.

»Könntest du mir etwas helfen?«, fragte Beat, als sie beide am Küchentisch saßen, einen Kaffee vor sich.

»Ja, klar. Was denn?«

»Du musst sehr diskret sein«, bat ihr Mann. »Ich habe etwas vor, für das ich keine Genehmigung habe. Aber ich bin fast sicher, dass es mich einen großen Schritt vorwärtsbringen wird.«

»Was wirst du tun?«

»Ich will eine Wohnung durchsuchen, natürlich ohne dass die Bewohner es merken. Deshalb müssen sie mindestens eine Stunde woanders im Haus sein.«

»Soll ich jemanden zum Mittagessen einladen?«, fragte Valerie. »Etwa gar die Familie Varga? Kann ich schon, bloß, wie begründe ich es? Und was koche ich ihnen? Ich habe nicht mehr viel im Haus.«

Beat schüttelte den Kopf. »Nein, wir machen es anders. Es sind nicht die Vargas. Ich muss in die Wohnung da unten.« Er deutete mit dem Finger auf den Fußboden.

»Fridolin und Raffaela«, sagte Valerie langsam. »Raffaela war ja schon immer etwas leichtlebig, unüberlegt, egoistisch. Aber ich glaube nicht, dass sie jemanden töten würde. Diebstahl, einen kleinen Betrug, das würde ich ihr zutrauen. Aber keinen Mord.«

»Es geht nur darum, dass ich glaube, in dieser Wohnung Informationen finden zu können«, sagte Streiff.

»Ich helfe dir schon«, sagte Valerie bereitwillig. »Aber wie schaffen wir die beiden aus ihrer Wohnung. Hast du eine Idee?«

Beat nickte.

»Und soll ich dir dann beim Durchsuchen helfen?«

»Nein, keinesfalls. Allenfalls kannst du ein bisschen Schmiere stehen oder so. Aber am besten wird es sein, wenn du einfach in der Wohnung bist und behauptest, ich schlafe, falls mich jemand sprechen will.« Er setzte ihr seine Idee auseinander.

Eine Viertelstunde später klingelte es bei Fridolin Heer und Raffaela Zweifel. Aline Behrend stand vor der Tür und fragte nach Raffaela. Sie erklärte, Timea und Géza hätten Lust, »Eile mit Weile« zu spielen und fragte, ob Raffaela auch mitmachen würde. »Rubina kommt auch«, sagte sie. »Komm auch, es wird sicher lustig, die Kinder freuen sich richtig darauf. Sie waren heute Morgen so schlecht gelaunt und stritten sich. Bei einem Spiel können sie sich ablenken, an etwas anderes denken, Valerie hat es vorgeschlagen, und Timea und Géza waren sofort begeistert.«

Raffaela überlegte eine halbe Minute. Eigentlich war es ihr nicht so drum. Seit gestern Abend dachte sie an nichts anderes als daran, dass Fridolin und sie heiraten und ein Kind machen würden. Sie brauchte keine Ablenkung oder Konzentration auf irgendetwas. Aline schaute sie bittend an.

»Also gut«, willigte sie ein. »Warum nicht? Es wird sicher Spaß machen. Ist gescheiter, als bloß auf dem Sofa herumzuliegen und fernzusehen. – Ich gehe eine Weile zu den Nachbarn«, rief sie in die Wohnung, an Fridolin gerichtet.

»Okay«, tönte es zurück.

»Komm, wir holen noch Rubina ab«, sagte Aline, und die beiden jungen Frauen stiegen die Treppe hinunter.

Wenig später kam Valerie die Treppe herauf gerannt. »Beat, das Kellerregal ist umgekippt – ein Riesendurcheinander«, rief sie noch im Treppenhaus, bevor sie in die Wohnung stürmte.

»Die Kartoffeln sind überall hingerollt, ein Paket Reis und eine Büchse Cola sind aufgeplatzt, zwei Marmeladengläser sind zerbrochen, alles klebt«, berichtete sie. »Und zwei Regalbretter sind zerbrochen, man muss sie wieder zusammennageln. Das wird ein bisschen kompliziert.«

»War es ein großer Aufwand, das hinzukriegen?«

»Ach, es ging. Ich habe tüchtig ins Regal reingeboxt,

und dann ging es fast von allein. Hat mir fast Spaß gemacht. Was eine richtige Handwerkerin ist, die kann auch mal was kaputt machen für einen guten Zweck!«

»Was meinst du, wie lange dauert es, alles wieder instandzustellen?«

»Eher mehr als eine Stunde«, schätzte sie, »vor allem weil man alles aufputzen muss. Wen willst du fragen, ich meine, außer Fridolin?«

»Ich glaube, Herrn Behrend. Luca Oertle lieber nicht, Herrn Varga auch nicht, der ist mit seiner Familie beschäftigt, und Patrick Freuler sitzt wohl mit Frau Loretz zusammen. Da bahnt sich, wenn ich mich nicht sehr täusche, eine Liebesgeschichte an.«

»Ja, gut. Wie wirst du es begründen, dass wir uns nicht selbst daran machen?«

»Am liebsten gar nicht. Aber falls nötig, werde ich sagen, dass du Kopfschmerzen hast und ich mit dem Büro in Kontakt bleiben muss.«

»Muss ich mich hinlegen?«

»Ach was. Du kannst vielleicht auf Youtube einen Film anschauen, wenn du Lust hast. Zum Beispiel etwas über Rügen, da wollen wir doch im Sommer hinfahren.«

Valerie zuckte die Schultern. »Lieber etwas über Raymond Chandler oder Cornell Woolrich. Mir ist eher nach Mord und Totschlag zumute«, meinte sie ein wenig brummig.

Beat Streiff zog seine Frau rasch an sich. »Unsere Zwangslage dauert nicht mehr lange«, tröstete er. »Am ersten Abend in Freiheit gehen wir ins Bistro im Prime

Tower essen, okay? Und du kannst den ganzen Abend Prosecco trinken, wenn du magst.«

Sie lächelte. »Ja, wir machen uns einen wilden Abend und amüsieren uns gnadenlos.«

Streiff machte sich auf, zwei Hilfskräfte zu suchen. Fridolin Heer, dessen Freundin in der Wohnung Varga war, sagte sofort, wenn auch ohne Begeisterung zu, Carsten Behrend, dessen Schwester auch am Kinderhüten war, ebenfalls. Beat Streiff drückte ihnen mit ein paar gemurmelten Entschuldigungen und Dankesbezeugungen Staubsauger, Werkzeuge, einen Eimer heißes Wasser, Putzmittel, Lappen und eine Fegbürste in die Hände, versprach ihnen zur Belohnung ein Abendessen, schickte sie die Treppe hinunter und verzog sich in seine Wohnung. Allerdings nicht ohne vom Schlüsselbrett der Wohnung Heer einen Reserveschlüssel behändigt zu haben. Rasch und unauffällig wie ein begabter Taschendieb.

Als er die Kellertür zufallen hörte, schlich er aus der Wohnung, ging leise einen Stock tiefer und betrat die Wohnung von Fridolin und Raffaela.

Anderthalb Stunden später stiegen zwei schmutzige und zum Teil nasse Gestalten das Treppenhaus herauf. Im leeren Putzeimer lagen feuchte Lappen und ein paar Werkzeuge, Nägel, ein Hammer, eine kleine Säge. Carsten schleppte den Staubsauger und einen Abfallsack. Sie klingelten bei Valerie. Sie öffnete.

»Das Regal steht wieder«, meldete Fridolin, »und ich würde behaupten, es ist jetzt um einiges stabiler als vorher. Einfach umkippen wird es nicht mehr und die Regalbretter sollten sich auch nicht gleich in mehrere Stücke auflösen. Zudem«, er grinste, »ist das Kellerabteil entschieden sauberer als vorher.«

»Vielen Dank«, lachte Valerie, »ich weiß, mit dem Kellerputz bin ich etwas nachlässig. Ich gehe ja nur ab und zu kurz rein, hole etwas herauf oder stelle neue Vorräte hinein. Da ist mir die makellose Sauberkeit nicht so ein Anliegen. Aber mindestens zweimal im Jahr sollte ich mich schon runter bemühen, um ein bisschen sauber zu machen. Jedenfalls habt ihr beiden ein Nachtessen zugute, sobald ich wieder zum Einkaufen gekommen bin, okay?«

»Ja, das wäre sehr nett, vielen Dank«, sagte Carsten.

»Klar, super – falls ich meine Liebste mitbringen dürfte«, fiel Fridolin ein.

Valerie nickte.

»Immer noch Kopfschmerzen?«, fragte Carsten.

»Ein wenig. Aber es ist schon besser. Ich habe eine Tablette genommen«, gab Valerie Auskunft. Wegen ihrer Lüge hatte sie kein schlechtes Gewissen. Irgendwo hatte sie mal gelesen, dass jeder Mensch im Durchschnitt pro Tag mehr als zwanzigmal lügt. Und diese Unwahrheit, sagte sie sich mit Überzeugung, ist eine klassische Notlüge. Beat hatte ihr nicht genauer erzählt, was er in der Wohnung Heer/Zweifel zu finden hoffte, aber sie würde es schon erfahren. Er war vor einer halben Stunde wieder heraufgekommen und hatte sich gleich an ihren Arbeitstisch verzogen. Sie war etwas nervös gewesen. Was, wenn die beiden Putzmänner früher heraufkamen, bevor Beat zurück war? Wenn sie es mit der Nachbarschaftshilfe nicht so genau nahmen? Aber ihre Sorge war unbegründet gewesen und jetzt war sie erleichtert. Sie eilte rasch in den Keller hinunter. Ja, ihr Kellerabteil war wieder in Ordnung. Der Boden noch feucht, aber das Regal machte einen guten Eindruck, die Vorräte waren sorgfältig aufgestapelt, das alte Fahrrad lehnte an einer Wand. Valerie ging langsam wieder hinauf.

Im ersten Stock begegneten ihr Aline, Raffaela und Rubina, die offenbar genug vom Spielen hatten. Raffaela gab zu, dass sie sich eigentlich gelangweilt hatte, aber Rubina wirkte vergnügt, sie hatte ein paar Mal gewonnen. Auch Aline war guter Dinge. »Ich mag Kinder«, sagte sie. »Kann man sich als Physiotherapeutin auch auf die Behandlung von Kindern spezialisieren?« Sie erzählte, dass sie beschlossen hatte, eine Ausbildung zu machen.

»Bestimmt kannst du dich auf Kinder spezialisieren«, versicherte ihr Valerie. »Du musst schauen, dass du Beziehungen zu Kinderärzten hast, die dir ihre kleinen Patienten überweisen.«

Aline lächelte. »Ich bin plötzlich wie ein neuer Mensch«, sagte sie. »Ich fühle mich ganz anders. Ich glaube, ich werde das mit dem Leben doch schaffen.«

»Aber klar«, stimmte Valerie zu. »Das heißt, ihr bleibt in der Schweiz, Carsten und du?«

Aline war etwas unsicher. »Wahrscheinlich«, sagte sie. »Ich muss abklären, wie das mit der Ausbildung ist. Aber mit Carsten und Seraina in der Wohngemeinschaft zu leben fände ich schön.«

Valerie wandte sich an Raffaela. »Du machst auch einen fröhlicheren Eindruck als gestern.«

Raffaela strahlte. »Ja, ich bin glücklich. Fridolin und ich – wir werden heiraten. Und wir möchten ein Kind.«

»Gratuliere«, rief Valerie. »Dann hat also dieses Sauwetter doch noch ganz schöne Auswirkungen.«

Rubinas Handy piepste; sie verschwand in ihrer Wohnung. Raffaela und Aline begleiteten Valerie einen Stock höher, und Valerie stieg allein in den obersten Stock.

Beat saß noch immer am Computer. Valerie fühlte sich plötzlich ein wenig befangen. »Hast du gefunden, was du gesucht hast?«, fragte sie, an den Türrahmen gelehnt. Er drehte sich kurz um.

»Youtube«, sagte er. Sie wusste, was das hieß. Er wollte in Ruhe gelassen werden.

»Okay«, murmelte sie und ging ins Wohnzimmer. Das kannte sie an ihrem Mann. Wenn er am Denken war, vor allem, wenn er ziemlich kurz vor der Auflösung eines Falls war, zog er sich zurück, wollte weder Auskunft geben noch erzählen oder Fragen beantworten. Es machte Valerie keine Mühe, das zu akzeptieren. Aber dieser Fall war eben besonders. Renate Ingold. Plötzlich war die Erinnerung an sie wieder sehr lebendig. Ihr missmutiges Gesicht, die Zornesfalten, die sich so oft auf ihrer Stirn gezeigt hatten, ihr stampfender Gang. Und doch war in dieser Frau auch eine ganze Menge Kraft gewesen, sie war keine gebrechliche alte Frau, sondern ein, wenn auch meist schlecht gelauntes, Energiepaket. Wie war sie zu anderen Menschen gewesen, zu Menschen, die sie gut leiden konnte? Sie hatte immerhin Kollegen gehabt, die sie ab und zu traf. Auch zu Patrick und Fridolin war sie nett gewesen. Valerie beschloss, mit Patrick zu reden. Vielleicht konnte er ihr etwas sagen über eine andere Renate Ingold, die umgänglich und freundlich hatte sein können. Sie hatte ja jetzt ohnehin nichts zu tun. Sie tippte ein SMS an Patrick und fast umgehend kam die Antwort: »Ist gut, komm vorbei.« Valerie ging hinunter.

Patrick saß immer noch in einer dunklen Wohnung, war am Computer mit dem großen Bildschirm. Offensichtlich arbeitete er, aber er war in guter Stimmung. Er war allein.

»Kaffee?«

»Nein, danke.« Valerie schüttelte den Kopf. »Ich hatte vor Kurzem einen. Aber ich hole mir ein Glas Wasser. Willst du auch eines?«

Sie kam mit zwei Gläsern aus der Küche zurück.

»Kannst du mir etwas über Renate Ingold erzählen?«

»Na ja, ich habe gehört, sie sei tot«, witzelte er.

»Nein, im Ernst. Sie war ja meist unfreundlich und barsch. Aber dich und Fridolin mochte sie. Wie war sie zu euch? Wie würdest du sie beschreiben?«

Patrick legte kurz seine junge Stirn in künstliche Falten. »Ja, es stimmt. Sie war ganz nett zu mir. Natürlich hat sie auch geschimpft. Aber sie hat nicht direkt mit mir geschimpft, sondern ist über andere hergezogen.«

»Was war sie für ein Mensch?«, hakte Valerie nach.

»Sie war sehr selbstbewusst«, sagte Patrick. »Sicher nicht der Typ, der an sich zweifelte. Sie redete gern.«

Valerie, die Renate Ingold nur kurz angebunden und mürrisch erlebt hatte, wenn sie nicht überhaupt wortlos an ihr vorbeigestampft war, wunderte sich. »Was redete sie denn?«

»Sie erzählte gern von früher. Von ihrer Arbeit. Wie sie verdächtige Kunden beobachtet und überführt hatte. Auch von ihrem Mann. In den Ferien waren sie jeweils mit einem kleinen Wohnanhänger losgefahren. Oft nach …« Patrick machte einen Moment Pause, »… Jugoslawien nannte sie es. Man müsste natürlich sagen Ex-Jugoslawien oder Kroatien. Sie fuhren ans Meer, weil es auf den dortigen Campingplätzen billiger war als in Italien oder Spanien. Ich glaube, die waren recht sportlich. Gemeinschaftsduschen und WCs, die hundertfünfzig Meter vom Wohnwagen entfernt waren, machten ihnen nichts aus. Ja, von solchen Dingen erzählte sie recht gern. Sie hat mich auch ein-, zweimal in ihre Wohnung gelotst und mir einen Kaffee aufgestellt. Allerdings hatte ich ihr zuvor den schweren Abfallsack zum Container getragen und einmal sogar die Einkaufstasche, als sie von der Migros herkam.«

»Hat sie versucht, mit dir zu flirten?«

»Nein, das würde ich nicht sagen. Sie konnte schon ein etwas kokettes Lächeln draufhaben, aber ich glaube nicht, dass sie noch auf der Suche nach einem Mann war. Dieses Kapitel war für sie abgehakt. Und für mich – ich meine, sie hätte nicht nur meine Mutter, sondern meine Großmutter sein können. Nein, ich bevorzuge entschieden Frauen meines Alters.«

»Seraina?« rutschte es Valerie heraus.

Patrick wurde tatsächlich ein bisschen rot. »Muss sich alles so schnell herumsprechen?«, fragte er etwas ärgerlich.

»Sei nicht empfindlich, das ist doch erfreulicher Klatsch«, beruhigte ihn Valerie.

Er lachte ein bisschen. »Ja, Seraina und ich … aber behalts noch ein wenig für dich, ja? Du wolltest mit mir über la pauvre Ingold sprechen.«

»Glaubst du, dass sie Leute erpresst hat? Leute, von denen sie irgendwelche peinlichen oder kompromittierenden Dinge wusste?«

»Du fragst Sachen. Keine Ahnung. Ich glaube es nicht. Vielleicht hat es ihr gefallen, Andeutungen fallen zu lassen. Aber Erpressung? Kaum. Wäre natürlich ein gutes Mordmotiv.«

»Ich verdächtige sie nicht wirklich«, relativierte Valerie. »Sie war letztlich sicher eine gesetzestreue Bürgerin. Aber sie hat die Leute gern ein bisschen geplagt, verunsichert. – Was hält eigentlich Fridolin von ihr?«

»Er fand sie ganz nett. Sagte sogar, sie habe Charme. Sie hat ihn, glaube ich, mal gezwungen, ein Glas von irgendeinem scheußlichen, übersüßen Likör mit ihr zu trinken. Weißt du, ich mochte sie eigentlich nicht. Auch wenn sie freundlich zu mir war. Ich hatte den Eindruck, dass sie sich im Haus ein, zwei Verbündete suchen wollte, um desto barscher zu den anderen Nachbarn sein zu können. Die Hausverwaltung hatte auch bis obenhin genug von ihr, weil sie sich dermaßen häufig über die Familie Varga und über Biancheras beschwerte.«

Valerie nickte nachdenklich. »Sie hat bestimmt nicht angenommen, dass irgendwann jemand zurückschlägt. Sie war sich ihrer selbst sehr sicher. Zu sicher, wie sich gezeigt hat.« Sie seufzte. »Ich wünschte einfach, der Fall würde möglichst rasch aufgeklärt. Obwohl das für alle von uns nochmals einen Schrecken bedeuten wird – und für einen eine Katastrophe.«

»Tappt Streiff noch im Dunkeln?«

»Ich weiß nicht. Er hat sich zum Denken zurückgezogen. Das bedeutet meistens, dass er vorangekommen ist. Aber er sagt mir natürlich nichts. Tja, ich will dich nicht länger versäumen, du bist ja am Arbeiten. Es ist bald Mittag. Hast du was zu essen?«

Er grinste: »Seraina füttert mich durch. Lange dauert es ja nicht mehr.«

Auf dem Rückweg klingelte Valerie bei Fridolin und Raffaela, aber niemand machte auf. Na, die beiden sind jetzt wohl miteinander beschäftigt, nachdem sie beschlossen haben zu heiraten, dachte sie. Sie mochte Fridolin nicht besonders, aber für seine Freundin hegte sie eine gewisse, teils auch karitative Zuneigung. Auf diese Frau sollte immer jemand aufpassen, dachte sie und war froh, dass offenbar Fridolin diesen Job nun definitiv übernommen hatte. Ein Kind wäre gar nicht schlecht, sagte sich Valerie. Um ein Kind wird sich Raffaela kümmern müssen, rund um die Uhr, und das wird sie wohl nicht verschlampen. Es wird ihr gut tun, etwas Verantwortungsgefühl zu entwickeln.

Sie ging in ihre eigene Wohnung hinauf. Von Beat war immer noch kein Ton zu vernehmen, also gönnte sich Valerie einen Luxus, den sie im Winter ab und zu beanspruchte: Sie ließ sich ein heißes Bad einlaufen, gab ordentlich duftenden Schaumbadezusatz hinzu und ließ sich hineingleiten. Normalerweise duschte sie am Morgen und oft auch abends, wenn sie schmutzig heimkam. Aber ein Vollbad war etwas anderes, das war ein Verwöhnprogramm, wunderbar im Winter, wenn sie fror oder den Eindruck hatte, sie könnte krank werden. Sie griff sich jeweils ein altes Taschenbuch aus dem Bücherregal, in dem sie in der Badewanne aber meist nur blätterte oder diagonal las. Sie schloss die Augen und döste vor sich hin. Nach einer Viertelstunde öffnete sie die Augen wieder. Nicht nur war sie aufgewärmt und fühlte sich wohl und gemütlich. Auch ihre Neugier war wieder erwacht. Was wohl Beat so lange vor dem Computer tat? Auf dem Internet war wohl der Name des Mörders nicht zu finden. Valerie stieg aus der Wanne und wickelte sich in ein großes, flauschiges, cognacfarbenes Badetuch. Sie trocknete sich ab und schlüpfte dann in ihren Morgenmantel, der knöchellang und ebenfalls weich und flauschig war, aber nicht cognacfarben, sondern dunkelviolett. Sie zog dicke Wollsocken an und tappte dann so zu Beat hinüber.

Er starrte aus dem Fenster. »Hast du etwas Wichtiges herausgefunden?«, fragte Valerie und tat ein bisschen schüchtern, obwohl sie sich eigentlich ganz munter fühlte, abgesehen von einer kleinen Müdigkeit durch das warme Badewasser.

Er drehte sich zu ihr um und sagte: »Ja, ich habe etwas Wichtiges herausgefunden.«

»Weißt du, wer der Mörder ist? Hast du den Fall gelöst?«, fragte sie eifrig nach.

»Vielleicht«, gab er zu. »Aber ich habe noch keine hieb- und stichfesten Beweise.«

»Erzähl's mir«, bat sie.

Er zuckte die Schultern, ein bisschen hilflos, schien es ihr, und holte tief Atem.

DER DRITTE TAG, MITTAG: DER MÖRDER

In diesem Augenblick läutete es an der Wohnungstür. »Mach du auf«, rief Valerie, »ich zieh mir schnell Jeans und einen Pulli an.« Sie eilte ins Schlafzimmer. Beat ging zur Tür.

Draußen stand Fridolin Heer, der völlig verstört wirkte. »Kommen Sie herein«, Streiff öffnete die Tür weit. Heer taumelte in die Wohnung. Seine Augen waren weit aufgerissen.

»Ist etwas passiert?«, fragte der Polizist.

Er führte den jungen Mann ins Wohnzimmer, wo sich dieser in einen Sessel warf und die Hände vors Gesicht schlug.

»Was ist geschehen?«, fragte Streiff nochmals.

»Raffaela«, stotterte Fridolin, »sie ist … ich weiß nicht, ich glaube, sie ist …« Er brach ab.

Valerie kam ins Zimmer. »Fridolin, was ist los? Was ist mit Raffaela? Ist sie krank?«

»Nein, sie ist … ich glaube, sie ist … tot«, brachte Heer heraus.

»Tot?«, schrie Valerie. »Warum tot? Sie ist jung und gesund. Ist sie ohnmächtig? Sie hatte immer einen zu niedrigen Blutdruck.«

»Wollen Sie bitte mit mir hinunterkommen?«, wandte sich der junge Mann an Streiff. »Holst du die Medizinstudentin?«, das war an Valerie gerichtet.

»Ja, sicher.« Valerie eilte hinunter. Streiff und Fridolin Heer folgten ihr.

Dann standen sie zu viert im Schlafzimmer von Raffaela Zweifel und Fridolin Heer. Die junge Frau lag reglos und bleich auf dem Bett, ihre Haare waren zerwühlt. Seraina Loretz hatte ihren Tod festgestellt.

»Sie war mit dem deutschen Mädchen und Rubina bei den Vargas«, erzählte ihr Freund stockend. »Sie spielten mit den Kindern *Eile mit Weile* oder sonst was. Nach anderthalb Stunden kam sie zurück. Es sei ganz nett gewesen, sagte sie, aber nicht sehr spannend. Sie hatte etwas Kopfschmerzen und ich riet ihr, sich hinzulegen und ein bisschen zu schlafen. Das tat sie. Ich habe einmal reingeschaut, da atmete sie tief und schlief fest. Als ich vor Kurzem wieder kam, um zu fragen, ob sie etwas essen oder einen Kaffee wolle, da atmete sie nicht mehr.

Sie ist gestorben. Im Schlaf gestorben. Das war alles zu viel für sie. Sie war zu sensibel. Ach, Raffi«, er warf sich neben ihr auf das Bett.

Valerie, deren Herz sich anfühlte wie ein schwerer schmerzender Stein, sah Beat von der Seite an. Er wirkte nicht erschüttert, ganz und gar nicht. Kühl sah er aus, um nicht zu sagen kalt. Ein kalter Zorn lag auf seinem Gesicht.

»Herr Heer«, sagte er brüsk, »Sie sind verdächtig des Mordes an Renate Ingold und an Raffaela Zweifel. Ich nehme Sie in Gewahrsam.«

Heer sprang auf. Er wirkte plötzlich wie ein Tier, das sich einem stärkeren Gegner gegenübersieht und um jeden Preis sein Leben retten will. Wie ein Gnu, dem ein Löwe auf den Fersen ist. »Was?«, schrie er. »Beweisen Sie mir das! Sie können mir nichts beweisen. Warum hätte ich die alte Frau töten sollen? Und Raffaela wollte ich heiraten. Hier, da ist ihr Verlobungsring.« Er hatte ihre Hand ergriffen und zeigte ihren Finger, an dem der neue Ring funkelte.

Streiff blieb unbewegt. »Was die Beweise angeht«, begann er in dem gleichen kalten Ton.

Da klingelte es. Nicht an der Wohnungstür. Es war die Haustürklingel, die deutlich anders tönte als die Wohnungstürklingel.

Valerie rannte zum Fenster. »Die Polizei«, schrie sie. »Vorne ein Schneeräumungsfahrzeug, dahinter ein großer Polizeiwagen! Sie kommen Frau Ingold holen.« – »Und Raffaela«, fügte sie leiser hinzu. Sie eilte zur Wohnungstür, riss sie auf und drückte heftig und lange auf die Türöffnungstaste. Sie hörte, wie unten die Tür aufging und Schritte hörbar wurden. Einen Moment lang fühlte sie ihren Körper schwach werden, die Beine zittrig, mein Blutdruck, dachte sie ärgerlich, aber gleich darauf fing sie sich wieder. Der Albtraum ist vorbei, dachte sie mit tiefer Erleichterung. Sie lehnte sich an den Türrahmen. Erst da kam die Szene von vorhin wirklich bei ihr an. Fridolin ein Mörder? Vor einigen Jahren, bei einem anderen Fall, hatte sie ihn einmal verdächtigt, einfach so, weil sie ihn, schon damals Kunde bei *FahrGut*, nicht mochte und ihm misstraute. Sie hatte bald gesehen, dass sie ihm Unrecht getan hatte und hatte leichte Gewissensbisse verspürt. Seit sie im selben Haus wohnten, war sie immer nett zu ihm gewesen, auch wenn sie ihn immer noch nicht übertrieben sympathisch fand. Er sollte Renate Ingold getötet haben? Und dann auch noch Raffaela, seine hübsche, fröhliche, vielleicht nicht allzu intelligente Freundin? Wie war Beat bloß darauf gekommen? Konnte er sich getäuscht haben, irregeführt durch die absurde Situation, in der sie alle seit drei Tagen steckten? Aber wer war es sonst gewesen? Niemandem traute Valerie einen Mord zu, nicht einmal Luca Oertle, der sich so schlecht benommen und sich bei allen dementsprechend unbeliebt gemacht hatte.

Zuerst mussten die Leute in Renate Ingolds Wohnung. Sie wollte hinuntereilen, hörte aber Serainas Stimme. Sie öffnete die Parterrewohnung. Valerie hörte Schritte, das mussten die Sanitäter sein, die die tote Frau abholten. Andere Schritte kamen die Treppe hinauf, schnelle, bestimmte Schritte. Zita Elmer erschien.

»Super, dass Sie hier sind«, rief Valerie. Nein, sie rief nicht, ihre Stimme war leise, fast flüsterte sie. Mein blöder niedriger Blutdruck, dachte sie nochmals. Wenn ich umkippe, verzeihe ich mir das nie. Aber sie kippte nicht um. »Super, dass Sie hier sind«, wiederholte sie, diesmal etwas lauter. »Beat ist hier drin«, sie deutete in die Wohnung, »mit Fridolin Heer. Er glaubt«, sie hielt inne. »Besser Sie reden direkt mit ihm.« Sie machte Zita Elmer Platz. Einen Augenblick erwog sie, in ihre eigene Wohnung zu gehen und sich einfach auf das Sofa zu werfen. Aber Neugier und Spannung siegten, sie folgte langsam der Polizistin.

Im Schlafzimmer, neben der Leiche von Raffaela Zweifel, hatte sich Fridolin Heer am Fenster postiert. Er wirkte, als ob er gleich eine Schlägerei anfangen würde. Die Arme waren angewinkelt, die Hände zu Fäusten geballt. Auf der anderen Seite des Betts, ihm gegenüber, stand Beat Streiff.

»Ich behaupte, dass Ihre Freundin sterben musste, weil sie etwas wusste. Das war gefährlich für Sie, also musste die Frau aus dem Weg geräumt werden.«

»Wo ist eine Wunde?«, fragte Heer höhnisch. »Womit habe ich sie umgebracht? Mit einer Schusswaffe, einem Messer, einem stumpfen Gegenstand?«

»Sie haben sie erstickt«, gab Streiff zurück. »Während sie schlief, haben Sie ihr ein Kissen aufs Gesicht gedrückt. Wenn sie tief schlief, hat sie nicht einmal viel gespürt. Zwei, drei Minuten dürften gereicht haben.«

»Das ist doch kompletter Quatsch«, rief Heer verächtlich. »Ich habe weder die alte Frau noch meine Verlobte umgebracht.« Streiff spürte hinter seiner Aggressivität etwas anderes. Angst.

»Ich hatte keinen Grund, Frau Ingold zu töten«, fuhr Heer fort. »Warum denn? Ich habe mich immer gut mit ihr verstanden.«

»Warum?«, fragte der Polizist.

»Warum nicht? Sie hatte Pep, das alte Mädchen. Sie kannte das Leben. Sie ließ sich nicht unterbuttern. Nicht wie die anderen hier im Haus, die braven Studenten, die mit ihrer Tochter überforderte Serviererin, die brave Mama vom ersten Stock, die alte Meyer, die nur aus Gezirpe besteht. Reden Sie mit denen!«

»Danke, das habe ich schon«, versetzte Streiff eisig.

»Also, sagen Sie mir das Motiv, los«, rief der junge Mann.

Der Polizist zog unter einer Zeitschrift eine Kartonmappe hervor und schlug sie auf.

»Was? Das haben Sie sich widerrechtlich beschafft, das geht Sie gar nichts an!« Fridolin Heer schrie jetzt.

»Ja«, gab Streiff zu, »das habe ich mir widerrechtlich beschafft, weil ich keinen Durchsuchungsbeschluss hatte. Aber den würde ich jetzt innert kürzester Zeit bekommen, und dann käme es wieder auf dasselbe heraus.«

Heer hatte es die Sprache verschlagen. »Streiff«, das war Zita Elmer, leise, aber bestimmt.

»Gehen wir kurz raus«, sagte Streiff, »Valerie, du kommst auch.« Er nahm den Zimmerschlüssel aus dem Schlüsselloch und schloss das Schlafzimmer von außen ab. Valerie ging in ihre Wohnung, Elmer machte nach einem kurzen Gespräch mit Streiff ein Telefon, während er wieder zu dem jungen Banker hineinging. »Sie werden verhaftet und in Untersuchungshaft genommen«, teilte er ihm mit. Wir werden Ihre Befragung im Polizeipräsidium weiterführen.«

»Ich werde das niemals gestehen«, schnaubte Heer.

»Es gibt auch Indizienprozesse«, erklärte Streiff. »Aber vielleicht werden Sie doch gestehen.«

Fridolin Heer schwieg. Kurz darauf trafen zwei uniformierte Polizisten ein, die ihn anwiesen, das Nötige zu packen und ihn dann abführten.

Streiff ging zu Valerie in die Wohnung. »Bist du dir sicher, dass er der Täter ist?«, wollte sie wissen.

Er nickte. »Und ich glaube nicht einmal, dass er ein besonders harter Hund ist. Er wird zusammenbrechen und gestehen.«

Sie schaute fragend. »Schau, ich konnte dir nicht erzählen, hinter was ich her war. Ich hatte einfach so ein Gefühl. Deshalb wollte ich seine Wohnung durchsuchen. – Danke übrigens für die Ablenkung.«

VIERTER TAG: STREIFF

Beat Streiff lehnte sich in seinem Stuhl zurück. Es war Abend, er war allein. Er war heute zum ersten Mal seit einer guten Woche wieder im Büro, nach Grippe und Jahrhundertschnee. Die Leichen von Renate Ingold und Raffaela Zweifel lagen in der Rechtsmedizin. Zita Elmer und er hatten den Verdächtigen, Fridolin Heer, heute zweimal tüchtig in die Mangel genommen. Ein verrückter Fall. Mit einem Mörder, der sich für sehr gescheit hielt, für sehr schlau. Er hatte den Mord genau geplant, aber eines hatte er nicht bedacht: den extremen Schneefall in der Mordnacht, der verunmöglicht hatte, dass jemand von außen hätte ins Haus eindringen, die alte Frau in der Parterrewohnung umbringen und das Haus wieder hätte verlassen können. Wie hatte er sich gefühlt am nächsten Morgen, als er festgestellt hatte, dass sie alle eingeschneit waren? Dass jemand von ihnen der Mörder sein musste? Immer noch überlegen und zufrieden? Wahrscheinlich ja. Er war überzeugt gewesen, dass man ihm die Tat nicht nachweisen könnte, dass er nicht verdächtiger war als alle anderen Hausbewohner – mit Ausnahme der Kinder natürlich.

Streiff hatte bald Fridolin Heer im Verdacht gehabt, ohne hieb- und stichfeste Gründe dafür zu haben, gar nicht zu reden von Beweisen. Es war einfach so ein Gefühl gewesen, er hatte dem jungen Banker nicht über den Weg getraut. Als seine Freundin im Bett tot aufgefunden worden war, hatte er seinen Verdacht bestätigt gesehen. Sie sei im Schlaf gestorben, hatte Fridolin Heer behauptet. Weil sie zu sensibel war, das alles zu verkraften. Streiff hatte es besser gewusst. Die muntere Raffaela war nicht speziell sensibel gewesen, eine Leiche im Parterre hatte ihr sicher nicht den Lebensmut genommen. Im Gegenteil, sie war ganz happy gewesen, weil sie angenommen hatte, Fridolin und sie würden nächstens heiraten. Schließlich hatte er ihr einen Antrag gemacht und einen Ring an den Finger gesteckt. In Wahrheit war sie für ihren Freund gefährlich geworden, weil sie in der Mordnacht aufgewacht war und gemerkt hatte, dass er aus der Wohnung gegangen war. Als sie ihn darauf angesprochen hatte, hatte er sich zwar mit einer Lügengeschichte, die sie ihm geglaubt hatte, aus der Affäre gezogen und hatte ihr den Verlobungsring angesteckt. Aber er befürchtete, sie würde in aller Unschuld und Naivität anderen davon erzählen – und damit war ihr Todesurteil besiegelt.

Aber eben, beweisen musste man das alles. Streiff hatte nicht einmal richtig ermitteln können, er war ja als Privatperson in dem Haus. Krank noch dazu. Er hatte sich mit allen Hausbewohnern unterhalten, war per Telefon und Mail mit seinen Mitarbeitern Zita Elmer und Adrian Dürst gewesen, die in jener Nacht Dienst gehabt hatten und dann auch drei Tage im Präsidium eingesperrt gewesen waren. Die anderen Hausbewohner hatten eher Luca Oertle verdächtigt, den unverschämten, eingebildeten Studenten. Aber Streiffs Bauchgefühl hatte in eine andere Richtung gewiesen. Er hatte nachgedacht. Renate Ingold war erstochen worden, und es gab keine Zeichen von Gegenwehr oder Kampfspuren. Vermutlich hatte sie geschlafen. Es war, folgerte Streiff, kein Verbrechen im Affekt gewesen, nicht begleitet oder ausgelöst von heftigen Gefühlen, von Wut oder Hass, von Streit. Es musste eine überlegte, geplante Tat gewesen sein. Der Täter hatte nicht wissen können, dass gerade in dieser Nacht so viel Schnee fallen würde, dass am nächsten Tag niemand mehr das Haus verlassen konnte und dass ab einer bestimmten Zeit auch niemand mehr ins Haus hineinkam. Was konnte das Motiv für eine solche Tat sein? Geld, hatte Streiff gedacht, Geld ist immer ein gutes Motiv. Also hatte er in der Wohnung des Opfers dessen Papiere, Bankauszüge und Ähnliches angeschaut und entdeckt, dass die alte Frau ein kleines Vermögen gehabt hatte. Testament hatte er keines gefunden. Familienangehörige schien es keine zu geben. Und wenn doch? Die Idee war wahrscheinlich verrückt, sinnlos. Dennoch hatte Streiff beschlossen, ihr nachzugehen. Wenn es Unsinn war, brauchte ja niemand davon zu erfahren.

Streiff hatte sich an die Durchsuchung der Wohnung Heer/Zweifel gemacht, nachdem er das Paar woanders beschäftigt hatte. Er hatte nicht wirklich gewusst, was er suchte, was er zu finden hoffte – aber er war fündig geworden. Fridolin Heer hatte es offenbar zu seinem Hobby gemacht, einen Familienstammbaum zu basteln. Er hatte Fotoalben, Briefe und andere Papiere von seinen Groß- und Urgroßeltern. Aber er hatte auch weiter recherchiert, im Internet, um weitere, mit ihm nur weitläufig verwandte Vorfahren zu entdecken. Seine Familie war recht weit verzweigt. Da gab es einen verwitweten Großonkel, der dreimal geheiratet hatte und mit jeder Frau mindestens drei Kinder gehabt hatte. Es gab eine Großcousine zweiten oder dritten Grades, die sich hatte scheiden lassen und wieder geheiratet hatte. Es gab Stiefkinder, Halbgeschwister, Pflegemütter, abgehauene Väter, ein Panoptikum von Familienbeziehungen, Verwandtschaftsverhältnissen – und ganz am Rande, als entfernte Verwandte eines Halbcousins von Fridolin Heer war der Name Renate Ingold aufgetaucht, der älteren alleinstehenden Frau mit dem hübschen kleinen Vermögen. Von dem Augenblick an war Beat Streiff überzeugt gewesen, dass er den Mörder hatte, dass Heer die alte Frau umgebracht hatte. Es würde sich herausstellen, dass er mit ihr verwandt gewesen war, und er würde die halbe Million erben.

Fridolin Heers Verhalten, als er ihn damit konfrontiert hatte, war verräterisch gewesen. Aggressiv, heftig, aber auch geprägt von einer versteckten Verunsicherung. Streiff spürte so etwas, lange Erfahrung hatte ihn gelehrt, solche winzigen Zeichen wahrzunehmen.

Zusammen mit Zita Elmer, die sich die Unterlagen genau angeschaut hatte, hatte er Fridolin Heer auf dem Präsidium befragt. Heer hatte es mit Aggressivität probiert, mit Hohn und Spott, mit verstocktem Schweigen, mit Empörung. Aber schlussendlich hatten sie ihn weichgekocht. Sein Widerstand war bröckchenweise in sich zusammengefallen. Zuerst hatte er noch darauf zu bestehen versucht, dass der Mord eine Art Unfall gewesen war, dass er Renate Ingold nur hatte bedrohen wollen. Aber damit war er nicht weit gekommen. Gegen die Anschuldigung, seine Freundin umgebracht zu haben, hatte er sich länger gewehrt, aber schließlich aufgegeben. Er hatte befürchtet, dass seine Freundin in aller Unschuld jemandem von seinem nächtlichen Ausflug erzählen könnte. Streiff war sich sicher, dass der Staatsanwalt eine Anklage auf Mord erheben würde. Die Tötung der alten Frau war kalt und sorgfältig geplant gewesen. Er hatte ihr einen Reserveschlüssel vom Schlüsselbrett gestohlen, um nachts in ihre Wohnung eindringen zu können. Seiner Freundin hatte er ein Schlafmittel ins Getränk gemischt, das allerdings nicht richtig gewirkt hatte. Sie war halb aufgewacht und verwirrt und ängstlich gewesen, als er nicht da war. Und eine schlafende junge Frau mit einem Kissen zu ersticken war nicht weiter schwierig gewesen. Es hatte nur eine Portion Entschlossenheit gebraucht, und über die hatte Heer verfügt.

Streiff atmete tief aus. Der Fall war gelöst. Irgendwie hatte Valerie doch recht behalten. Heer hatte zwar nicht vor Jahren in ihrem Fahrradgeschäft *FahrGut* einen Kunden erschlagen. Aber er war ein böser, skrupelloser Mensch, und das hatte Valerie gespürt.

ENDE

Weitere Krimis finden Sie auf den folgenden Seiten und im Internet: www.gmeiner-verlag.de

Isabel Morf
Satzfetzen
978-3-8392-1132-8

»ZÜRCHER AFFÄREN«

Die umstrittene Zürcher Kantonsrätin Angela Legler, gerade intensiv mit einem neuen Radwegekonzept für den Kanton beschäftigt, wird erstochen aufgefunden. Zunächst wird ein politisches Motiv vermutet, schließlich war die Politikerin kurz zuvor von einer Parlamentsmitarbeiterin beschuldigt worden, bestechlich zu sein. Oder handelt es sich um eine Beziehungstat? Denn die verheiratete Frau hatte offenbar auch eine Affäre …

Kommissar Beat Streiff ermittelt in alle Richtungen – unterstützt von seiner Freundin Valerie Gut, Besitzerin des Fahrradgeschäfts »FahrGut« im Stadtkreis Wiedikon.